北京联合大学
作家作品精选集

寻梦京华

王德领
主编

学苑出版社

图书在版编目（CIP）数据

寻梦京华 / 王德领主编 . — 北京：学苑出版社，2022.10

ISBN 978-7-5077-6511-3

Ⅰ . ①寻… Ⅱ . ①王… Ⅲ . ①中国文学－当代文学－作品综合集 Ⅳ . ① I217.1

中国版本图书馆 CIP 数据核字 (2022) 第 194947 号

责任编辑：	李 耕　王嫣婕
出版发行：	学苑出版社
社　　址：	北京市丰台区南方庄 2 号院 1 号楼
邮政编码：	100079
网　　址：	www.book001.com
电子信箱：	xueyuanpress@163.com
联系电话：	010-67601101（营销部）、010-67603091（总编室）
经　　销：	全国新华书店
印 刷 厂：	北京建宏印刷有限公司
开本尺寸：	880mm × 1230mm　1/32
印　　张：	10
字　　数：	215 千字
版　　次：	2022 年 12 月第 1 版
印　　次：	2022 年 12 月第 1 次印刷
定　　价：	58.00 元

目录

北京城里的"北联大作家群"
——《寻梦京华》序　　　　　　王德领 / 001

第一辑

名家星座

狗日的粮食	刘　恒	/ 012
离异的人	陈　染	/ 028
空的窗	陈　染	/ 044
火车	宁　肯	/ 062
北京断章	徐　虹	/ 088
读书札记三篇	张颐雯	/ 112
纺织厂的女儿	侯　磊	/ 124
船在海上	于一爽	/ 177
替代者	李　唐	/ 204

第二辑

文学新星

归山	董雅倩 /	236
后海的春风茶	张紫宸 /	242
最后的仪式	梁　军 /	247
回响	王文静 /	251
欲望陷阱	李嘉怡 /	263
伊蒂亚特	孙　喆 /	268
蔷靡	尤菁菁 /	273
烟暖雨收	王小宇 /	279
老郭那点事	陈　畅 /	284
安琪的诗	安　琪 /	297
艺赫的诗	艺　赫 /	304
吴柯辉的诗	吴柯辉 /	313

北京城里的"北联大作家群"

——《寻梦京华》序

王德领

大学与作家是有着不解之缘的。首先,大学教师本人是作家的例子不胜枚举。在中国新文学史上,鲁迅、周作人、徐志摩、闻一多、朱自清、沈从文、废名、吴组缃、冯至、穆旦、郑敏、施蛰存等,都在大学任过教。其次,就作家本人来说,许多也是大学培养的。以西南联合大学为例,有著名的"西南联大诗人群",培养了穆旦、郑敏、汪曾祺等一批著名诗人、作家。

毕业于北京大学的著名作家,有一个长长的名单,远的不说,新时期以来就有陈建功、曹文轩、刘震云、徐则臣等。另外,张洁之于中国人民大学,苏童之于北京师范大学,格非之于华东师范大学,贾平凹之于西北大学,都是很好的例子。1950年代,北京大学中文系主任杨晦曾言"中文系不培养作家",这种观点曾经一度盛行。但是如今,大学越来越意识到写作的重要性,纷纷打破僵化的学术考核机制,出高薪把一些作家请进大学中文系,如中国人民大学文学院引进了阎连科、刘震云、张悦然,北京师范大学组建国际写作中心吸收了莫言、余华等一批国内顶尖作家，复旦大学把王安忆从上海作协调进本校的文学院。大学与作家的关系，可以说是进入了一个良性发展的时期。欧美大学也一直有这个传统，许多作家都有大学教职，如纳博科夫、索尔·贝娄、米兰·昆德拉等。为什么大学与作家的关系如此密切？曹文轩在一篇访谈里说到，大学是有利于作家成长的，因为大学有一种"肃穆而纯净"的"学府气息"，可以帮助作家获得一种良好的创作心态。大学还提供一种理性力量，照亮作家的经验世界。

北京联合大学的前身，是1978年北京市依靠北大、清华、人大、北师大等高校建立的36所大学分校。十年"文革"，许多青年失去了上大学的机会，即使在恢复高考之后，大学招生规模也十分有限。这36所大学分校的成立相当于在京扩大了招生名额，圆了莘莘学子的大学梦。这些分校与本校之间联系紧密，教学是一体的。比如，现在的北京联合大学师范学院，前身就是北京师范大学分校。启功、童庆炳、许嘉璐等著名学者都在此任教过。1985年，北京市把这些分校整合成立了北京联合大学。

在名校林立的北京，北京联合大学尽管体量很大，是北京市属的唯一一所综合性大学，但知名度不高。不过在培养作家方面，北联大的文风却是很盛，是可以和名校有一比的。

迄今为止，40多年来，北京联合大学师范学院中文系培养了一批作家，既有刘恒、陈染、宁肯等这些已成名的"50后"作家，也有侯磊、于一爽这些年轻作家。毕业于北联大其他学院的作家，还有石康、徐虹、张颐雯、李唐等。王小波也曾在人大分校任教过。可以说，形成了一个颇具规模的"北联大作家群"。这一点,就是从全国高校来说,也是比较突出的成绩。

收入《寻梦京华》里的作者,既有毕业已30多年的校友,也有在校的中文系学生,他们无一例外都是北京出生的,这些作品,都有着很深的"北京地域"烙印。

刘恒本名刘冠军,是中文系"文学干部专修班"1985级学生,1986年在校期间就发表了成名作《狗日的粮食》,引起了文坛的轰动,获得了第八届中国优秀短篇小说奖。刘恒生于门头沟斋堂镇,《狗日的粮食》故事发生的地点——洪水峪村是在清水镇,清水镇与斋堂镇为邻,都在大山深处。刘恒1980年代的小说,大都是写底层村民生存的艰辛,里面有原始欲望的煎熬,有对基本的生存欲望的精描细刻,当然也有对底层欢乐的精彩呈现,还有来自民间的北京式幽默。这些小说,写的是封闭的山村贫困而卑微的生活,故事的地点虽然是京郊,但是大山阻隔了这些人,现代文明之光难以照耀到他们。刘恒的意义在于,他不是从知识分子的视角去写乡村,而是完全从村民的眼光去平视乡村,展现与文明世界隔绝状态下的底层民众最基本的生存欲望,这使他的写作,带上了很浓的新写实色彩。可以说,就写京郊乡村生活而言,没有一个北京作家能够比刘恒走得更远。刘恒小说里的人物的对话十分精彩,叙述语言干脆利落,十分贴近山村生活本身,人间烟火气重,我认为这些特质,使他后来成功转向影视剧创作。阳春白雪曲高和寡,影视剧的大众文化特质,需要的正是一种贴近生活的烟火气。既是著名小说家又是著名编剧的作家凤毛麟角,刘恒就是其中之一,这与他前期的小说创作是密不可分的。

陈染1982年考入北师大分校中文系，1986年毕业后留在中文系任教，教写作课，后来调到作家出版社做编辑。文学史把陈染叙述成1990年代个人化写作的代表作家之一。她的《私人生活》在文坛产生了广泛影响。但是如果细读陈染的小说，可以看到两个陈染的存在。一个是1980年代的，一个是1990年代的。1980年代的陈染小说既有婚恋内容，也有对生存意义的追寻。比如收入本书的短篇小说《离异的人》《空的窗》。《离异的人》写的是一对夫妻离异后的生活。人物的心理描写十分细腻传神，尤其是对于幻觉的叙述，显示了作家异乎寻常的笔力。《空的窗》探讨了人的生存的意义，具有形而上的色彩。一位孤独的老人，在老伴去世之后，找不到活着的意义，偶尔在邮局寻找到支撑自己活下去的理由，从邮局局长那里接收了一项负责投递那些无法投递的"死信"的任务。有一天他从邮局拿到了最后一封死信，收信地址是：北京鼠街每天太阳初升时分开窗眺望的女人收。老人对自己说，这是最后一封了，投递完就会去另一个世界和老伴相会。小说这样描写他的感受：

> 他坚毅地向前走去。手里提着的那封死信，很重，像是全人类覆灭之前写给上帝的最后一封信。他从鼠街西头的那条污水河开始，沿着街道向东走去。他仰着头，留心查看着每一扇窗子。活了大半辈子，他生平还是第一次感悟到那些千奇百怪的窗子比过往行人的脸孔更富于表情，更富于故事。

老人终于找到了一位早晨临窗而立向外眺望的女人，把信送到了，但是那位女人是个盲人，没有收下这封信。也许，老人此生不会把这封信送到了。但正是在不停地寻找中，生命的意义才变得丰富起来。鼠街、污水河，在小说里有着特别的寓意。陈染赋予生命本身庄严的意义，哪怕是身处鼠街，身处污水河，哪怕是面对可怕的孤独，面对失明之后无边无际的黑暗，也要有尊严地活着。活着本身就是生命的意义所在。陈染是一个朝向灵魂写作的作家，一个灵魂的朝圣者。她从一开始写作就是这样。当然，1990年代的陈染，写作的天平重心倒向了女性主义，属意于女性的身体，对男权的反抗成为写作重心。不过，为心灵而写作，足以弥合陈染写作的这两个裂痕。不得不承认的是，朝向灵魂的写作，时间一长，是很累的，是令人感到绝望与窒息的。到了新世纪，陈染新作便很少了。

宁肯本名宁民庆，1979年考入北京师范学院二分院中文系，1983年毕业后去西藏拉萨郊区的一所中学支教，之后回到北京。西藏的这段经历沉淀成宁肯写作的富矿。宁肯的写作在西藏和北京之间切换，一个是世界屋脊，一个是八百年古都，一样具有庄严的意义。宁肯的写作具有强烈的实验探索色彩，他是中国作家里罕见的将思想性与探索性集一身的人，被评论家陈晓明称为"当代文学的刺客"。宁肯的生命中有一种强悍的东西，而他的写作比他本人还要锋利。他痴迷形而上的哲思，也追求诗性与高远。因此，读他的作品仿佛置身于西方的教堂，有一直带领你飞升的阔大与高旷，幽暗与神秘。尤其是他在长篇小说《沉默之门》里对北京作为政治中心的叙述的深刻性，在当代作家里堪称独步。近年来，宁肯的写作重心由西藏向北京偏移，他的散文集

《北京：城与年》获得了鲁迅文学奖。收在本书中的《火车》，是他最新创作的"北京：城与年"系列小说中的一篇。"北京：城与年"系列小说是有关1970年代的北京文学地理，叙述了那个特殊年代北京南城一带的日常生活，里面贯穿了文明与野蛮的冲突。时代的烙印与个人成长的记忆叠印在一起，共同揭示了那个畸形岁月。这是一段从没有人在小说里认真凝视的岁月，就像这篇《火车》里所揭示的，青涩的少年从历史中走来，从安东尼奥尼拍摄的纪录片《中国》中走来。谁说历史不能复活呢？宁肯让我们又一次沿着已被拆掉的北京胡同，走进了那个贫乏的年代。

女作家徐虹1991年毕业于联大文理学院中文系。我在北京作协组织的活动上见过几次徐虹。她是中国青年报社的资深记者，编发了许多有分量的作品，王朔的一些随笔就是在她的约稿催促下写成的。徐虹眉宇之间有一种忧郁的气质，这一点我印象很深。徐虹对文字非常虔诚，写作很刻苦。记得她认真给我聊过她正在写的长篇小说，为里面的情节进展而苦恼，咨询我在这种情况下怎么办。天妒英才，2018年，徐虹因病去世，年仅49岁，令人十分伤痛。收进集子的《北京断章》是徐虹的散文代表作。她以自己的亲身经历，以异常丰盈的细节，记录了改革开放以来北京这个城市的变迁。历史与现实交织，过去与现在交错，显示了作家出众的才华。

张颐雯1994年毕业于联大文理学院，是我的老朋友，和我是同龄人。她是一家著名文学杂志的资深编辑。她对作家作品的解读，不同于学院派评论家，带有一个阅尽天下文章的资深编辑的独到眼光。她细细审视王安忆、刘震云、王朔的作品，徐徐展示文本内部细腻的肌理，艺术感受非常独特。

收进本书的几位青年作家的作品同样精彩。于一爽毕业于师范学院汉语言文学专业，作品有一种超凡脱俗的梦幻色彩。我第一次见到于一爽是10年前在一位作家朋友组织的饭局上。那是在北京的一家餐馆里，大家喝了很多酒。我因为开车，没有喝酒。于一爽有酒胆，喝了很多白酒，有点醉了。我开车和一位同事一起送她回家。那时候她就在写作，已经小有名气。一爽是典型的北京女子，不拘小节。她的小说，也有着大大咧咧的不俗的内核。

90后作家李唐2014年毕业于应用文理学院，他的《替代者》具有玄幻与科幻交织的色彩。小说讲的是一个替代者的故事。在这样一个数字化的时代，人工智能以惊人的速度发展，元宇宙将虚拟世界变得触手可及，传统的"人"本身也在发生始料不及的变异。叙述这种变异，一直是这几年文学界的热点话题。《替代者》的叙述，有一种从容不迫的气度，对人物心理的把握微妙而精准，可见出作家出众的才华。

最让我眼睛一亮的是侯磊的《纺织厂的女儿》。《青年文学》的主编张菁向我推荐过这篇小说。读完小说，我有些惊讶。侯磊是师范学院汉语言文学专业2003届毕业生，在北京胡同长大，如他所说："一百五十年以来，我家只搬过一次，不管搬得多远，一出胡同口都能看到巍巍的鼓楼。"《纺织厂的女儿》是一篇写北京纺织厂生活的优秀小说。以我有限的阅读经验，北京纺织行业题材的小说还是第一次见到。中华人民共和国成立以后，为了发展北京的纺织工业，从全国各地调集技术人才，在北京的东郊，即现在的朝阳区，建立了规模浩大的现代化纺织厂。小说在1950至1990年代的历史背景下，叙述了纺织女工王海燕既平凡又沧桑的人生历程。令我惊讶的是，小说对于80年代的北京日常生活做了精微的叙述。侯磊生于1985年，应该是对于90年代的北京生活比较熟悉。可见，在写作这篇小说前，侯磊就有关20世纪七八十年代的北京做了大量的调研工作。日常细节的丰盈，使得这篇小说特别厚实、绵密。特别是对北京东郊纺织厂车间生活的叙述，有着填补空白的意义。小说内容如此地扎实与沉稳，叙述气度如此地气定神闲，对于一个80后作家来说，确实难能可贵，令人颇感意外。其实小说是一个相当笨拙的艺术，需要作家对生活做足扎实绵密的功夫。目前的作家往往为了赶潮流而写作，无论是赶主旋律的潮流，还是赶市场化、畅销的潮流，都是失之于浮躁，难以产生精品力作。从这个意义上，我为侯磊喝彩，期待他走得更远。

与第一辑"名家星座"相比，《寻梦京华》的第二辑"文学新星"里选入的作品，在艺术上略显稚嫩，还不够成熟。但是字里行间显露的才华也令人眼睛一亮。假以时日，这些文学新秀，也会有人成长为优秀作家。需要提醒的是，写作是一场马拉松，仅有才华是远远不够的，还需要勤奋、坚持。只要持续不断地写作，总有一天会成功。我们期待着！

编选这个选本的目的，一方面是为了梳理"北京联合大学作家群"，在此之前，从没有人提出这个概念。每个大学都有自己独特的历史文化积淀，联大作家群就是北京联合大学办学44年来取得的最为亮丽的人才培养成果之一。另一方面，也是为了传承文脉，给北京联合大学师范学院中文系的学子提供一个可供反复阅读、模仿的范本，激励他们拿起笔来，去书写人生，书写未来。

最后，需要说明的是，编辑这个选本确实异常辛苦，历时一年多才完成。虽经多方努力，还是不够全面。有的作家校友，如石康，一直在美国游历，多方联系，一直没有联系上，就只能忍痛割爱了。感谢著名作家刘恒、陈染、宁肯对母校的支持，他们著作等身，遗憾的是囿于篇幅所限，只能选择有代表性的短篇作品了。感谢师范学院领导对本书出版的支持，感谢学苑出版社编辑的辛勤工作。

让我们做持灯的使者，一起让文学的光芒照亮青年学子前行的路。

王德领
2022 年 7 月 22 日于北京回龙观

第一辑

名家星座

狗日的粮食

刘　恒

日后人们记起杨天宽那天早晨离开洪水峪的样子，总找不到别的说法儿。他们只记住了一件事，不知道是不是顶重要的一件事。

"他背了二百斤谷子。"

这没滋没味儿的话说了足有三十年。它显不出味道是那天早晨以后的日子味道太浓的缘故。

杨天宽是蹚着雾走的，步子很飘。他背着花篓，篓里竖着粮袋，鼓的。这些都陷入白烟，人们疑心他背着空篓，但他前几日的确跟各家借过粮食，谷子的用处也吞吐着挑了。他走得健就是因了这个。

人们却只说："他背了二百斤谷子。"把一个火烧火燎的光棍儿汉说得丢了分量。

杨天宽驴一样把谷子背到那地方，脸面丢尽了。不会说话，只会吐气，眼一劲儿翻白，晕噎中那个男人问他："新谷？"

他点头，甩一帘汗下来。那人身后立一匹矮骡儿，也不计分量，只掂了掂就用肩一顶，将粮袋拱到骡鞍上。

"妥了，兄弟歇着。"

那人一笑，便牵了骡走。骡屁股后面就移出了一个人，站在那儿瞭他。杨天宽只对了一眼，不敢看了，有心去宰走了的男人，又没有力气。

他叹了一口气。这声长叹便成了他永远扔不脱的话柄。

丑狠了。二百斤谷子换来个瘿袋。值也不值？他思来想去，觉得还是值。总归是有了女人。于是他领了女人上路，光棍脑袋细打路的尽头那盘老炕的主意。事情比他想的来得快，女人有火。

"你的瘿袋咋长的？"出了清水镇的后街，杨天宽有了话儿。

"自小儿。"

"你男人嫌你……才卖？"

"我让人卖了六次……你想卖就是七次，你卖不？要卖就省打来回，就着镇上有集，卖不？"

"不，不……"女人出奇地快嘴，天宽慌了手脚，定了神决断，"不卖！"

"说的哩。二百斤粮背回山，压死你！"

女人咯咯笑着踩前边去，瘿袋在肩上晃荡，天宽已不在意，只盯了眼边马似的肥臀和下方山道上两只乱掀的白薯脚。

"瘿袋不碍生？"天宽有点儿不放心。

"碍啥？又不长裆里……"女人话里有骚气，觉得光棍儿心动，"要啥生啥！信不？"

"是哩是哩！"

最后是女人到坡下小解，竟一蹲不起，让天宽扛到草棵子里呼天叫地地做了事。进村时女人的瘿袋不仅不让天宽丢脸，他倒觉得那是他舍不下的一块乖肉了。

那时分地不久。杨天宽屋里添了人，地数就不够，村里把囫囵坨两亩胡萝卜地拨给了他。地很肥，可是路远，是日本人在的时候游击队烧荒撂下的，多年不种了。

天宽性子钝，人人不要的地给了他，也嚼不出啥，苦着脸忍了。女人却不，爬到猪棚上骂街。句句骂的猪，可句句人不要听，唬得村干部谁也不敢露脸。

"猪哩，哪个托生的你呀？你前辈造了孽，欺负我家男人，今世你可美了吧？哼哼啥，看老娘拉屎给你吃！你个臭了心肝的……"

人们只知天宽娶了个瘿袋婆，丑得可乐，却不想生得这般利口，是个惹不得的夜叉，都不敢来撩拨了。天宽也由此生出一些怕来，女人的瘿袋越哭越亮，圆圆的像个雷，他便矮下三寸去，觉着自己做个男人确是活得不带劲，比不上这娘们儿豁爽。

他灶间里舀一瓢水，哀怯怯去劝她。

"累着，行啦……下来喝。"

"你哑啦？尿挤不出一星，屁崩不来一个，尿得你！我下去你上来，你给我吆喝，给我日他欺人精的祖宗……"

天宽搀女人进屋，愁得苦。这女人是个混种，以后的日子怕难得好过。但是，凭怎么骂，女人还是女人，身条儿和力气都不缺，炕上也做得地里也做得，他要的不就是这个么。

女人果然勤快。扛了镢头、吃食，在囫囵坨搭个草棚，五宿不下山。白天翻坡地的黑土，两口子一对儿光膀，夜里草铺上打挺儿，四条白腿缠住放光。不下三日天宽就蔫了，女人却虎虎不倦，净了地留丈夫在棚里养精，独自下山背回一篓一篓的山药种。种块切得匀，拌了烧透的草灰，两拃一颗掩进松软的泥土。这女人很会做。

秋后天宽家收的山药吃不清了。叔伯兄弟杨天德口儿众，四个娃儿，谷子又没有长好，天宽有心接济他。

"屁话！饱日不思饥，你不怕我还怕日后饿煞哩！他吃自己种去……"

女人挡了他，在屋后掘了一口大窖，将黄皮山药码鸡蛋似地堆成小山，封了。

她嘴伤人，心也伤人。天宽在乡人面前抬不起头，但他心里有数，女人待他不薄。两口子熬日月，有这个够了。

以后他们有了孩儿。头一个生下来，女人就仿佛开了壳，一劈腿就掉一个会哭会吃的到世上。直到四十岁她怀里几乎没短过吃奶的崽儿，总有小小的黄口叼她小萝卜似的奶头儿，吃饱了就在瘪袋上磨嫩牙，口水、鼻涕蹭她一脖儿。

她奶水一向充足。伏天吃饭，天宽蹲北屋檐下，她在灶间门口，孩儿玩她奶子弄不对付了，只需一压，一股白溜溜的长线能嗖地挂到天宽碗里去。两口子闲时打趣，奶柱儿时时滋得天宽眼珠麻痛。这些都成了男人的骄傲。

但是，女人到底不是奶牛，孩儿们也不是永远不大。他们要吃，孩儿们也要吃，大小八张嘴，总得有像样的东西来填塞。天宽起初只尝到养孩儿的乐趣，生得一多就明白自己和女人一辈子只在打洞，打无底洞。一个孩儿便是一个填不满的黑坑。

他们生下第三个孩子的时候，锅里的玉米粥就稀了，并且再没有稠起来，到第四个孩儿端得住碗、捏得拢筷子，那粥竟绿起来，顿顿离不开叶子了。

孩子们名字却好，都是粮食。大儿子唤作大谷，下边一溜儿四个女儿，是大豆、小豆、红豆、绿豆，煞尾的又是儿子，叫个二谷。两谷夹四豆，人丁兴旺。可一旦睡下来，撂一炕瘪肚子，天宽和女人就只剩下叹息。

几个孩子舌头都好，长而且灵活；每日餐后他们的母亲要验碗，哪个留下渣子就逃不脱骂和揍。

"就你短舌，舔喽！"

脑勺上挨一掌，腮上掉着泪，下巴上挂着舌，小脸儿使劲儿往碗里挤，兄妹几个干得最早、最认真的正经事就是这个。外人进了天宽家，赶巧了能看见八个碗捂住一家人的脸面，舌面在粗瓷上的摩擦声、吧嗒声能把人吓一大跳。

天暗得看不清人形了，天宽常常顶着星星去串户。他拎一个小口袋，好像提拎着自己的心，又羞又慌。碰上不肯借粮给他的，他就恨不得整个儿钻到破口袋里去。

洪水峪歹人少，没有借过粮给天宽的人不多，天德要算一个。

"你借不给，让瘿袋来！"

叔伯兄弟说出这个，天宽料定早年山药蛋的账还未结，只好讪讪地走开。传话给女人，她就骂："这算一个爷的种？日歪了的!"

出不够气,她便到天德菜园儿里将白日瞄下的一颗南瓜摘来,放了盐煮。待天德在菜园儿里揪着秃秧跳脚,天宽的孩儿们已经拉出了南瓜籽。

一家人就这么活。

女人姓曹,叫什么谁也不知。她对人说叫杏花,但没有人信。西水那一带荒山无杏,有杏的得数洪水峪,杏花是她嫁来自己捡的名儿,大家还都说她不配,因此不叫。人们只叫她脖上的那颗瘤,瘿袋!

她的西水口音短促、尖厉,说快了能似公鸡踩蛋儿,咕咕咯咯的满是傲气,人们觉得这种嘴只配骂人。她又的确会骂,骂起来脏字连珠,恍惚间一跃而为男人,又比一般男人多着胆量和本事能让对手或与对手有关的一切女人受辱,不管她活着还是在坟里。

这里男人打老婆是一顿饭,常事。她来了就造出天宽这厮货,让老婆揪住耳朵在院里打悠儿。这又是西水的习气,人们简直近不得她,当她是西水的母虎。

生红豆那年,队里食堂塌台,地里闹灾,人眼见了树皮都红,一把草也能逗下口水。恰逢一小队演习的兵从山梁上过,瘿袋抱着刚出满月的红豆跟了去,从驮山炮的骡子屁股下接回一篮热粪。天宽见它在阳儿里晒,真把它当了粪,拎起来倒猪圈里。瘿袋见了空篮,从屋里跳出来就给他俩嘴巴。

"瞎了你的!我闻骡子屁都不嫌你看一眼就嫌它?你自己拉!自己拉一锅能熬的来,能煮的来……"

谷子豆子们看着父亲让巴掌抡得转圈儿，好一阵挣扎才稳下来。墙头上有几个脑袋在笑，叹气。她不是母虎又是什么！但人们又发觉她夹着细筛到河里去了。

骡粪沾了猪圈的脏味儿，淘得不能不细。草棍儿和渣子顺水漂去，余下的是整的碎的玉米粒儿，两把能攥住。一锅煮糟的杏叶上就有了金光四射的粮食星星。一边搅着舌头细嚼，一边就觉得骡儿的大肠在蠕动，天宽家吃得惬意。女人是好的，天宽用筷子在打肥的腮上拨，这么想。乡人们只好沉默，百孬不如一好，这娘们儿坏得不透。

那年头天宽家坟场没有新土，一靠万幸，二靠这脏嘴凶心的女人。

日子苦，但让她得些怜悯也难。她做活不让男人，得看在什么地界儿。家里不消说了，推碾子腰顶主杠，咚咚地走，赛一头罩眼牲口，能把拉副杠的小儿小女甩起来；从风火铳背柴到家里，天宽一路打六歇，她两歇便足了，柴捆壮得能掩下半堵墙；担水一晨一夕十五担，雨雪难阻，五担满自家的缸，十担挑给烈属、军属，倒不是她仁义，而是每日四个工分诱着。地里就不同了，一上工立即筋骨全无，成了出奇的懒肉。别人锄两梯玉米的工夫，她能猫在绿帐深处纳出半拉鞋底，锄不沾土；去远地收麻，男背八十，女背五十，她却嫩丫头似的只在胳肢窝里夹回镐把粗的一捆。

"瘿袋长到屁股台儿了，背不得？"队长怨她。

"背不得，我腿根子夹着你的屌哩！"

"……你篓儿倒不空。"

"空了不饿死你六个小祖宗？亏是天宽揍下的，你的种儿你敢说这个？！"

她笑得野，队长扯眉无话。她篓里是半下子泉里泡过的麻麻棵儿，绿格盈盈吐香，单等着掉锅里煮了。别人歇晌她不歇，草坡上乱扒图的就是这货，是村旁山地难得一见的野菜呢！队长能说什么？怪不得，自然也敬不得，还不由她去！

怪不得不止一项。她身上有口袋，收工进家手不知怎么一揉，嫩棒子、谷穗子、梨子、李子……总能揪一样出来。日积月累，也不能说是个小数目。但谁也逮不住她，不知道口袋在什么地方。有猜在裆里的，虽说是老娘们儿终究不是可探的地方，证实不易。或许又是人家不愿逮她罢了。天宽未必明白小秋收的底细，他只明白起初女人只是嘴坏些，有了孩儿，肚子一紧瘪，她的手便也坏了。不能说，他嘴打不过她，手打怕也吃力。况且养一堆活口，女人的本事哪一样都是有用的。

这爪子就难免四处撒野。

邻家靠院墙搭了葫芦架，水汪汪一棚嫩叶，几朵白花挤到墙头这边来，绿豆和二谷伸着小手去够。

"看落了！让它长……"瘿袋有了心思，也不说。白花枯后，茎上吊了拳大几颗蛋蛋，吹气似地胀起来。邻家女人也是个精明的，趁瘿袋上工溜进来，用荆条圈将葫芦一一托牢，既免了坠秧，又宣白了它们的主人。瘿袋只当无事，邻人扒墙头窥动静，她就背身藏住冷笑，滴水不漏。

葫芦大了，估量着掺俩茄子已够吃一天，瘿袋便刮北风似地割了它们。依旧是煮，然后骂也依旧。邻家的嫩崽打了先锋，骑墙头日偷儿的娘。这边就威凛凛杀出了瘿袋。不骂人，只骂葫芦。骂得很委屈，葫芦成了骚娘们儿，把漂亮身子递过墙，将清白的瘿袋勾引了。

"心肝葫芦肉儿，你天生是个招人日的货哩！明儿个记着，有骚憋自家院儿里，便宜自个儿留着……"

声气儿顿消，邻家女人羞得只剩了拔秧的力气，把一棚葫芦扯散了。吃亏的都说，西水的娘们儿不是个人。天宽也觉得女人八成是着了魔。

那一年粮食又不济。可二谷都七岁了呀！魔鬼附体的日子没个休、没个休。

天宽五十了，闹不清自己是怎么长的，也闹不清自己肚里是什么下水。人呆得像个木桩，横炕上总打不住要想年轻时那沉甸甸的二百斤谷子。鼻子凉酸，哀气也跟着涌，一声叠着一声。

"哀啥？见我那天就打哀声，半辈子也下来了，我亏了你没？"

"不亏，不亏！"

两口子捂一床破絮无事可做。早年几句话逗下来，天宽就能折腰腾身，压女人一身腥汗。如今不行了，女人的屁股他看都不要看，况且又有满满一炕大的小的孩子，大谷大豆怕已听不得爹娘喘气。

最后一次是在园子里，黄瓜架后边。俩人在月亮底下办事，不紧不慢做得渐浓，瘿袋就开了口："明儿个吃啥？"

天宽愣住了，"吃啥？"自己问自己，随后就闷闷地拎着裤子蹲下。好像一下子解了谜，在这一做一吃之间寻到了联系。他顺着头儿往回想,就抓到了比二百斤谷子更早的一些模糊事,仿佛看到不识面的祖宗做着、吃着,一个向另一个唠叨:"明儿个吃啥?"

"你说吃啥哩?"他问瘿袋,不论月光把她粗皮照得多么白细,他算彻底失了兴趣了。

"麸子。"

"哪儿拾的?"

"鞍子房。小豆眼快,这丫头出息了。"

"……仓库后头地里有鼠坑儿,怕能掏下正经粮食。"

天宽认真琢磨耗窝儿的走向。从此清心寡欲,与女人贴肉的事算淡了。瘿袋也到了日子,仰炕上不再向他伸手。

吃啥?细想想,祖宗代代而思的老事,两口子可是一天都不曾怠慢过。

女人日见憔悴,如虎也是病虎了,急躁中添了忧伤。瘿袋有了皱儿,再不似亮亮的粉红气球,骂人时也鼓不起来。

天宽呆想:操心操够了吧?看看六个孩儿个个饿相,大的小的都有舔鼻涕的病,心里就有了火苗,燎着熏着朝上顶。

他想逮个活的揍一顿,揍死它!

绿豆退学、二谷上学那年,洪水峪日子不坏。虽说新崽儿不在这家就在那家哇地降世,人均土地已由九分降到七分,但返销粮是足的。家家一本购粮证,每人二十斤,断了顿儿就到公社粮站去买。夏粮绿在地里时辰,山道上总有拎着空的鼓的口袋的人,来回踟蹰地走。那天早上瘿袋挑了八担水,留七担晚上挑,伺候鸡、猪、人吃了,便掖着购粮证离了家。出村的时候,凡见她的人都觉得她气色不坏。

过后人们才明白，凶人善相不是吉兆。

公社粮站柜台外边挤着人，虽挤倒并不显得怎么饥饿。瘿袋捏着空口袋，发现钱和购粮证一并丢掉了，生就的急性子，当即便嗷地怪叫一声，跌到地上吐开了沫儿。买粮的卖粮的四下里围住，看那有趣的瘿袋在她胸脯上滚来滚去，人人探个鸡脖儿，眼也都乌鸡似的鼓出来。粮站一个人物拨不开人，拿腔儿抓调儿地念出一段语录，说的是大家都来自五湖四海，为了一个什么目标共同走到这地方来了，意思是他要挤进去……帮助帮助。那时候兴这个，而且管用，于是人们闪一条缝出来，他看明白了，到柜台后面端出个大茶缸，含一口水漱了漱嗓子，然后喷到瘿袋脸上。几口刷牙水浇下来，她嘴不抽抽了，眼却愣直。

"哪村的？"

"丢了。"

"姓啥？"

"丢了。"

"啥丢了。"

"丢了丢了……丢了……"

女人撒了癔症，围的人更添趣味。那人加倍逗能，逮住人中狠掐，嘿嘿着："丢不了，你过来呗！"瘿袋乱扑棱，终于尖号："日你娘！"她爬起来，夺路而去。

瘿袋哭软了，一辈子刚气，不知哪儿积了那么多泪。她打了两个来回，把十几里山道上每块石头都摸了，又到灌木林儿里脱光，撅着腚撕衣裳补丁，希望里边藏点儿什么。有了月亮她才进家,油灯底下天宽在吸烟袋锅,旁边炕桌上给她谅着一碗稀粥。她盯住那碗粥愣了神儿。

"娘,快吃粥!"二谷蹦过来拽她。

"不吃,再不吃啦……"女人猫似的。

天宽一下子知道出了事。一边问,一边就有火苗在心里拱,手巴掌打着抖没处搁没处放。女人不曾现过的软弱使他勇气陡升。尿人有了胆了不得!

"败家的!"

他吼一声,把粥碗往地上一砸。

"吃货!"

一辈子没这么痛快过。

"丢了粮,吃你!老子吃你!"

说着说着就管不住手,竟扑上去无头无脸一阵乱拍,大巴掌在女人头上、瘿袋上弹来弹去,好不自在。乡人们蹲在夜地里听,明白天宽家的男人又成了男人,把女人的威风煞了。半世里逗能扒食,却活生生丢了口粮,这是西水女人的造化。天宽,往死里揍她!

正揍得紧,一声长号让他悬了手。

"天爷,瞭哪个拾了粮证,让他给我家还来呀,我的粮唉……"

这歌是复调,一遍一遍唱。月亮把那脖上的瘿袋照成个白球,在黑院里闪。天宽撸一把酸鼻涕,点个马灯拎着去了。

有睡不实的乡邻,半夜里听到瘿袋到水泉担水,白薯脚在石板上踏踏地蹭。又听到蒜臼响,响得很脆,啪啪的像是硬壳碎了，以后就没有声音。

天宽趴在山道上拿马灯东照西照的时候，他女人卧在席上服了苦杏仁儿。天上有不少星星，眨着眼冷冷地瞧着他们。

天宽耗尽了灯油回家，隔二里地就听到村里有惨哭。是自己那窝粮食在响。院子里嘈杂，豆子们从门里滚出来迎他："爹，快看娘！"他一听就怕了，硬挺着踱到炕前，老娘们儿丑脸歪着，还有气，只是喘得骇人。他从二谷手里接过碗来，在粗瓷儿上抹下一指杏仁儿渣子，这才记起她一天不曾吃什么。她再不想惦记吃，所以她就吃了这个。一辈子不饥，天宽也有吃的意思了。

黎明时分，一扇门板离了村庄。几个邻家后生抬举着，瘿袋高高地睡在上边，蜡脸焕发容光。大谷在前头引路，天宽由叔伯兄弟天德陪着殿后；一行人在雾里向山下滑。

天宽迷迷瞪瞪走路，恍然回到差不多二十年前的那个早晨，但二百斤谷子正沉得把他压扁，压做薄薄的骨饼。

大谷唤他："爹，娘有话！"

门板撂稳，天宽把耳朵凑上去。听不清，他扒拉一下瘿袋球，挨她嘴近些。

"狗日的！"

静了半天，又吐出两个字。

"粮……食……"

天宽赞同地点点头，很悲哀。他在女人头发上摸了一把，最后一把。

门板将要漂出山谷时，大谷把天德的儿子换下小解。那小子绕到大石头后面哗哗地撒了一通，接着便狂叫，蛇啃了屁似的。

天宽赶来，只一眼就瞭上了那个皮筋扎紧的包包。它躺在石根子那儿，几束草掩着，像块灰石。两尺开外有两节不大新鲜的绿粪，是人的，为什么绿，天宽明白。但他分明已完全糊涂，傻了似地看看这、看看那，脸上迅乎失了血色。

脏物如有幸石化，将使后世的考古学者出丑。他们将陷入历史的迷宫，在年代和人种问题上苦苦纠缠。

瘦袋却是离去了。天德的儿拾了布包抢功："婶子，天爷还你粮证哩！"她两目圆睁，阔嘴微开，大瘦袋亮着黄光，仿佛对突如其来的窝心事儿大吃了一惊。

"婶子，你瞭瞭！"

"闭你娘的嘴！"

天宽吼过侄子，大谷便哭了。天德踹儿子一脚，看看人确是没了气，又赶上去踹儿子一脚，天宽也就下了泪。他收了布包，把女人身下垫的麻袋抽一条出来。卫生站不必去，粮食却不能不买。余人抬了瘦袋回头，两口子一硬一软算是暂且分了手。

一袋粮食买回，刚够助丧的众乡亲饱食一顿，天宽的孩儿自然也扎进人堆抢吃，吃得猛而香甜。他们的娘死也对得起他们了。

"明儿个吃啥？"

夫妻合谋的事，剩天宽独自苦想，他深知了女人的不易。夜里头赤条条翻身，被里的空儿叫他心痛，接着就有女人脆响的脏话传来："狗日的……粮食！"

这仁义的老伴儿竟去了。

洪水峪少了母虎，清静了，也寂寞了。听不到她公鸡踩蛋儿似的骂声，日子便过得不够紧迫。谷子豆子们摆脱了母亲的淫威，活得反而快活起来。岁月毕竟是一天一天不同，个个肚子大了不止一倍，却大抵充实得可以。

如今杨天宽六十多岁了，仍旧慈眉善目，老娘们儿似的低声细气。他一辈子没有逞过大男人的威风，也许试过一次，但只一次便要了老婆的命。到承包的田里做活，时时要拐到坟地里去，小心拔土堆旁的杂草，他好悔！

孩儿们可没有什么债务，他们几乎将母亲忘却了。认真回想一番，也无非更加肯定那是个不可思议的人物。二谷念高中时翻过一本医书，发现瘿袋即是"甲状腺肿大"之类，于是母亲就脖子上吊着个肉球在他脑海里走。虽说只是一闪，也算有了一份想念，不能说是不孝的了。大谷、大豆、小豆们都有了孩儿，他们的孩儿是不要苦杏核儿的，可见有些事他们也还记着。

老辈儿人却爱讲瘿袋的故事，开口便是："他背了二百斤谷子。"语调沉在"谷子"上，意味着那不是土、不是石头、不是木柴，而是"谷子"，是粮食，是过去代代人日后代代人谁也舍不下的、让他们死去活来的好玩意儿。

曹杏花因它而来又为它而走了，却是深爱它们的。

"狗日的……粮食！"

哪里是骂，分明是疼呢。是不是骂，骂个谁，得问在她坟上溜达的天宽，老家伙心里或许明白。

一九八六年五月二十二日

作者简介：

刘恒，本名刘冠军。1954年生于北京门头沟区斋堂镇。著名作家、编剧。1987年毕业于北京师范大学分校中文系专修班。北京作协第三届理事会理事，第四、五届主席；中国作家协会第六届全国委员会委员，第七、八届副主席；享受政府特殊津贴。1977年开始发表作品。著有长篇小说《苍河白日梦》、中篇小说《伏羲伏羲》《白涡》《虚证》、散文随笔集《乱弹集》、电影剧本《西楚霸王》《红玫瑰白玫瑰》、话剧剧本《窝头会馆》、歌剧剧本《乡村女教师》等，有《刘恒文集》5卷。短篇小说《狗日的粮食》获全国第八届优秀短篇小说奖，中篇小说《天知地知》获首届鲁迅文学奖，《贫嘴张大民的幸福生活》获第一届北京市文学艺术奖、第一届老舍文学奖；担任编剧的电影《本命年》获第40届西柏林国际电影节银熊奖，《菊豆》获第63届奥斯卡金像奖最佳外语片提名、西班牙第35届瓦亚多里德国际电影节金穗奖，《秋菊打官司》获意大利威尼斯电影节金狮奖，《张思德》获第10届中宣部精神文明建设"五个一工程"特等奖、中国电影金鸡奖最佳编剧奖，《云水谣》获第10届中宣部精神文明建设"五个一工程"特等奖、文化部第12届电影华表奖，《集结号》《铁人》获第11届中宣部精神文明建设"五个一工程"优秀电影奖，《集结号》获台湾第45届金马奖最佳改编剧本奖；担任编剧的电视剧《贫嘴张大民的幸福生活》获第八届中宣部精神文明建设"五个一工程"奖、第18届中国电视金鹰奖最佳编剧奖、第21届中国电视飞天奖优秀编剧奖。

离异的人

陈 染

午夜时分,万籁俱静,房间里无声无息。林芷缱绻在被子里已经迷迷糊糊。她始终觉得冬天是从她的脚趾开始的,骨感的脚踝越发凸凹起来,凉意和空旷感便从她光裸的脚底向上攀爬蔓延。

"铃,铃铃……"林芷微微打了一个激灵。

和前夫离婚后,她添置的第一件东西就是这台进口的高档电话机,她再也受不了原来那电话忽然而起的铃声大作。现在,她把铃声调到最轻柔悦耳的一档,那声音如同一只蛐蛐在鸣叫。

她从被子里伸出一只手臂,拿起话筒,"喂"了一声。

话筒里没有回应。

林芷清醒过来。

她知道是他,是布里。她甚至听到了一丝熟悉的屏息的呼气声。

"说话。"她低沉着嗓音。

依然没有回应。

林芷挂了电话。

几天前一个薄暮向晚时分,她下班回家的路上,也曾经干过这样的事。那天,她忽然抑制不住,产生一股想知道他行踪的冲动。她掏出手机,迟疑了一下,又收起来,她知道他那里有来电显示。她冲到路旁的一个黄帽子公用电话下,拨了电话。布里接通后,她也没有出声,沉了一刻,才慌慌张张挂断了线。

林芷心里怪怪的,觉得蹊跷,觉得他们彼此都像隐蔽的侦探,暗中窥视着对方。可是,他们的确都不再有重归于好的愿望了,一丝也没有。

刚离婚那几天,情形还不大一样。林芷和布里一下子都不太适应,隔三岔五互相找碴儿打电话,彼此说话都阴阳怪气的。有时候周末,他们还克制不住,鬼使神差地往一块儿凑,到他们过去常去的餐厅吃顿饭。

有一次,他们一起过马路,他习惯性地牵住她的手,他那宽大温暖的手掌整个包裹了林芷指尖的冰凉,她的余光看见他那熟悉的侧影和陡峭俊朗的脸孔,心里的愤恨和防线似乎一瞬间坍塌崩溃了,眼泪在眼眶里不争气地转,险些掉落下来,急于找个角落大哭一场。好在此刻布里正全神贯注地盯着过来往去车水马龙的车辆,顾不上看她。

马路还没有过完,林芷便把自己的手从他的掌心里抽出来,"别拉拉扯扯的。"

布里的嘴角歪向一边,似笑非笑,一副不动声色的样子,"我这不是替别人拉着嘛。"

他松开林芷的手,她心里忽悠一下。这种奇妙的感觉林芷以前从未体验过，仿佛自己的重量在一瞬间发生了变化，不知是轻了还是重了。

一辆大型轿车几乎擦着他们的鼻子尖开过去，银白泛亮的车身外壳闪烁着豪华的光彩；马路两旁鳞次栉比的高楼大厦，反光玻璃折射出傍晚斜阳的余晖；一株株高大的槐树、梧桐树，高扬着头颅，用力呼吸着，从不清爽的空气中吸入一口清新；灰蓝色的天空下，一群群下班的人流行色匆匆，踉踉跄跄，嘈杂喧哗，一派浮躁喧腾的城市景观……然而，眼前的一切，都不再能引起他们谈论的兴趣。

他们走进一家餐厅。这间叫作"老房子"的栗色餐厅位于街道拐角处，不大的厅堂貌似东倒西歪，内部的格局也不对称，似乎主人随心所欲信手拈来，其实明白人一眼就能看出它的内在的章法和风格——酷得隐蔽，精制得粗糙，雕琢得毫无痕迹，所谓大巧若拙，如同人世间的许多事物一样，精心得漫不经心。布里遂想到他们在濛山上的那套叫作"美梦"的小别墅正是这样的风格。

在他们曾经共同喜欢的《家庭的衣服》一书的熏染下，林芷和布里养成了一种小到对纸巾碗筷、餐具器皿，大到对桌椅板凳、窗户墙壁的共同的挑剔。这是一家他们过去十分喜欢的餐厅，可惜现在已经物是人非，天各一处了。

餐厅里遮光的百叶窗拉得很低，光线黯淡，布里的脸色显得苍白灰暗，表情难以捉摸，眼睛里似乎闪烁着一丝忧伤、无奈，嘴角却分明笑着，整个脸部表情看上去别别扭扭的，时而讪笑，时而蹙眉；时而明媚，时而阴郁，很不对劲。

林芷问:"女朋友交得怎样了?"

"这个话题嘛,"布里一副神秘兮兮的神情,"还是不说为好。"

林芷说:"你是不是还以为我会吃醋?你就放心吧!"

布里又是诡秘地一笑,一道光亮与阴影交织着闪动在他的脸孔上。

"布里啊布里,无论如何我们也曾是天造地设、般配投缘的一对,怎么就是不能互相理解呢?看看你的脸色,"她拿出随身包里的小镜子对着他的脸,"生活肯定是一团糟。"

布里摸了摸自己陡峭的下巴,眼睛看着别处,不置可否,"也许,是替你发愁吧!"

"哼哼。"林芷略带轻蔑地嫣然一笑,"你是为'美梦'发愁吧。"

他的脸色陡然变得越发苍白,"你最好不要提它,我不想再跟你吵。"

停了片刻,他又说:"我可以折给你一些钱。"

"这正是我要说的话。"林芷不温不火,心里抻着劲。

这个被他俩叫作"美梦"的别墅,是他们结婚时共同购置的。它位于濛山之上,依山傍水,是濛山上零零星星散布在树木葱茏的半山腰上的别墅之一,一幢由不规则的石块和木头建筑的玩具似的房子。那时候的夏天,家里每一扇变幻多姿的小窗子都敞开着,他们倚在窗前,可以看到褐色的土坡小路蜿蜒而下,悠闲的狗在湿漉漉的草丛间漫步,他们甚至可以隐约听到不知是哪里传来的音乐声从枝蔓婆娑的叶影中缓缓飘起。山下还有一条水声低潺的小河流穿梭而过,他们过去时常在河边漫步。布里和林芷曾在这里拥有过缠绵的爱情。

"是啊,"林芷继续说,"我也不想再跟你吵。"

他们凑到一起,彼此就这样坐在对方冷漠、嘲弄而叵测的目光里,说话不阴不阳、真真假假的。

也许,潜意识中,他们都还想再挣扎着抓住过去记忆中美好的一点儿什么,哪怕是一丝丝留恋的回味呢,也会成为他们此刻脆弱内心的一点儿依偎。但是,他们每次聚会都像扑了一场空,除了阴阳怪气,就是冷冰冰的沉默。

当初离婚谈判的那几个月,他们可是都失去了理智,撕破了脸,彼此摔碎了对方喜欢的东西,对于那些无足轻重、鸡毛蒜皮的小物件也争执不休。林芷坚持要的,布里肯定也坚持要;布里不要的,林芷也绝不要。这在离婚前他们是万万没有预料到的。

比如,林芷坚持不给布里他最喜欢抽的那几条大卫杜夫牌香烟。

他说:"我抽烟,你留着又没用。"

林芷说:"谁说的?这烟我全抽了它。"

"好啊,好啊,"布里的嘴角歪向一边,哼哼着什么不成调的小曲,不慌不忙走到卫生间,把他给林芷买的那只未拆封的香奈尔口红从她的化妆盒里拿出来,"这个,我得拿走。"

"怎么,你要涂口红了?"她明知故问。

"暂时还没这打算。送给我的新女友吧。"

"嗯,这主意不错。"

他们意气用事的全部目的,似乎就是让对方不能得逞。这不是财产本身的小节问题，而是到底谁胜谁负的大是大非问题——你不让我好过，我也不让你过好。

倒是濛山上那栋房子，两个人很少提及，想必各自都胸有成竹，主意已定。

俩人阴阳怪气地在进进退退的几个月中，达成了除却"美梦"之外其他物品分配的初步共识。孩子，没有。财产各归各。然后，就急匆匆办理了离婚手续，表示财产无争议，"美梦"也就此悬置起来。他们自己也不甚明白为什么非急着解除婚约而遗留这么一个拖泥带水的问题。

从办事处出来，俩人都深深吸一口清爽的空气，然后没有迟疑地相背而去。林芷坚持着不要回头，但是，她隐约感觉到她的后脑勺上正停留着一双目光。她猛地回转身，看到他的脸孔朝着她，一缕奇怪的笑容悬浮在他的嘴角，倏忽一闪，然后，他那颀长的身影就消失了。

那个冬天，林芷一个人空荡荡的，表情十分沉重。虽然心无所居、神无所附，但日子也一天一天挨过去。她曾经在一本小册子里看到一句话：生活是不能想的，一想，就是失败的开始。于是，她便不再想，就跟随着日子自身的脚步随波逐流吧。

他们的联系越来越少，渐至不再联系。

春天的一个周末，林芷忽然想去看看濛山那房子，她翻出长时间没有用过的钥匙，就上了路。

当她伫立在"美梦"门前时，却不知为什么踟蹰犹疑起来，她甚至不想打开栅栏门上的大锁。正当她犹犹豫豫心神不定的时候，忽然听到房间里边似乎有什么动静。林芷隔着木栅门，踮起脚尖，向里边张望。她看到小楼里边白色的窗帘微微在动，然后，似乎慢慢被掀起一个角来。

有人在屋里吗？

林芷深抽了一口气。

是他，肯定是布里。

她后退了几步，蹲了下去。一股莫名的沮丧甚至恐惧向她袭来。

不知怎么，林芷这会儿忽然有点害怕看到他嘴角那种奇怪的笑容，仿佛那笑容后边隐藏着什么深不可测秘不可宣的东西，让人捉摸不透。

她蹲在栅栏门外，内心忐忑地想了一会儿。

然后，她决定起身离开。

可是，她走出去几步后，又折回身来，站在那儿又想了想，好像不死心。

终于，她还是颓然而返。

离开的路上，林芷十分懊恼！那不是自己的家吗？怕什么！

又过了很久，有一天，她居然一时想不起他的手机号码，她很吃惊，原来如此熟悉亲密、有血有肉的一个人，竟然变成了一个冰冷的记忆不清的数字号码，这是多么荒唐又无可奈何的事情啊！

她查看了电话簿，当那个曾经熟悉得倒背如流的号码跃入眼中的时候，望着那串数字，她心里一片悲哀。

她没有再给他打电话，让时间自己决定吧。

然后，林芷把那个号码用黑水笔涂掉了。

一段记忆，一段历史，也可以像磁带一样抹去吗？

一晃，他们分开已一年多了。

一天晚上，林芷意外地接到布里的电话。

"怎么样，最近还好吧？"布里在电话里说。

"还好。你怎么样？"林芷竟然心平气和得连她自己都吃惊。也许，怨恨已经被时光抹平。

"马马虎虎，老样子。"

"噢，那太好了！"

他们居然如同经常见面的熟人老友一样有点嘻嘻哈哈的，平静的语气中带着一丝夸张的甚至虚妄的热情，一股逢场作戏、卖弄风雅的奇怪味道。但是，轻松随意中他们都悉心谨慎地回避着什么。

寒暄了一通空洞无用的客套之后，布里清了清嗓子，说："我母亲来了，路过咱们这里一天……"

"嗯。"

他停顿片刻，继续说："……离婚的事，我还没来得及告诉她，所以，想请你……"

"你说吧。"林芷说着，心里竟漾起一丝欣喜，确切地说是窃喜的波纹。

"我想，我们，一块儿陪我妈妈玩一天。"

"嗯……"她略微迟疑了一下，把垂落下来的一缕长发别到耳后，说，"可以考虑……当然，应该没问题吧。"

最后，她还是答应下来。

放下电话，林芷呆呆地默立在已经沉静的话机旁，心里的某根线似乎还没有断开。她的神态也从刚才那绷紧的状态中松弛下来，还原到自己本来的样子——一股清寂哀婉、无可奈何的表情重新浮上她的脸颊。曾经那么熟悉的声音现在已恍若隔世，她心里的阴郁慢慢洇散开来。

一个多么熟悉的陌生人啊！

松子大街熙熙攘攘，人头攒动，路旁一棵棵粗大壮硕的槐树长满了槐树花，有的悬挂树上，有的垂落到地下。树上成串的槐树花宛若女人烫过的鬈发。前些天还是光秃秃的枝干，那些嫩嫩的枝叶不知是什么时候抽条的。这个春天，似乎是猛然一下抬头发现的。

拐过一个弯，幽山公园的外墙已经隐约闪现在路旁的树木后边，远远地，公园的红漆雕花大门已经可以望到轮廓。

林芷在拐角僻静处掏出包里的小镜子，揽镜自照，镜中的女子虽已有了一些岁月的痕迹，眼角和鼻翼两侧细细碎碎的有一些不易察觉的小皱纹，但总体上还可算是风姿绰约，身材苗条。眼睛不大，但黑亮亮的隐含着某种深度，鼻梁挺拔，长发披肩，脸孔白皙。一条宽带束在红色上衣纤细的腰肢上，黑色的长裙在腿间徐徐拂动，随风荡漾。

收起镜子，她定了定神，便向幽山公园走去。

远远地，她望见布里和他的母亲已经等在那里了。

布里穿着一件米黄色风衣，身材显得格外修长，衣冠楚楚，风度翩翩。早春时分，正所谓乍暖还寒时候，布里穿着略显单薄，身上的骨节仿佛衣服架子似的撑在长长的风衣里边。

他也看见了林芷，抬起一只胳膊向她招手。布里的母亲立在他的身旁，手搭凉棚，朝她这边眺望。

林芷迎着他们的目光走了过去。

"来啦。"布里冲她微笑了一下，礼貌的笑容后边有一股似是而非模棱两可的诡秘，他的声音也有点奇怪的沙哑。

他的脸孔比起一年多前越发陡峭，棱角分明，神情有点恍惚，而且陌生，好像心里缠绕着什么徘徊不去的事。他的米黄色风衣敞开着，里边穿了一件崭新的麻纹衬衣，腿上是一条天蓝色的名牌牛仔裤，脚蹬一双褐色软牛皮鞋。

一瞬间，林芷恍惚觉得，眼前这个男人她好像从来就不认识。

"来啦。"她几乎与他同时出了声，她的声音似乎成了他的回声。

她微笑着迎上去。

"哟，孩子，"布里母亲上前拉住林芷的手，"看把你累的，怎么这么消瘦，脸色这么苍白，加班也不能这么辛苦啊！"

布里的母亲体态丰腴，衣着考究，可以说风韵犹存。时光似乎没有在她的身上留下痕迹。

"您还好吗？"林芷说。

"有点儿不放心你们俩，正好路过，就过来看看。"

林芷和布里迅速地对视了一下，马上又互相避开。她注意到，布里看她时的眼神也好像不认识她似的。

他们三人一起向公园大门处走去。

布里一边走，一边抬头看看天，有点尴尬，没话找话，说："今年的春天来得真早啊。"

林芷附和说:"是啊,春天来得真早。"

停了一会儿,布里又说:"今天的天气真好啊。"

林芷又附和说:"是啊,今天的天气真好。"

也许是他们的对话空洞得有点儿滑稽可笑,接下来都默不作声了。

快到公园门口的时候,布里忽然想起什么,说:"你们先过去,我去买票。"说罢,他逃也似地离开了。

公园门口的空地上人流不息,十分喧哗,林芷和布里母亲选择了一个空当,站定。

布里的母亲好像是察觉了什么,意味深长地说,"你和布里还好吧?"

"还好。"林芷有点儿心虚,干巴巴地说。

布里母亲见林芷一时没有说话的兴致,自己便絮絮叨叨说起来:布里啊从小就性格腼腆,内向,不爱说话,亲戚们都叫他不理。反正是谐音。他小时候,逢年过节大人们聚到一起包饺子,几家亲戚的孩子们便不分男女一律戎装上阵,屋里屋外杀声连天,一片喧哗。可是,布里不玩,三四岁的布里躲在房间的角落里翻字典。孩子们喊:"布里,你过来,你当特务。"布里他不理。"布里,你的字典拿倒了。"布里他也不理。布里倒拿着字典,嘴唇嚅动,似乎在读字。

布里母亲笑了起来,林芷也跟着笑。"我在院子里买完了蜂窝煤,举着一根手指头数数,布里他爸又是拿笔又是找纸地算钱。正当一片嘈杂忙乱之际,布里忽然细声嫩气地在屋角出了声:'九块六毛五。'大家谁也没理会他,谁也没在意他说什么。布里他爸用笔算完,果然是九块六毛五分钱,全家一片惊诧哗然……"

这时,正好有一个老头提着鸟笼子经过她们身边,笼子里的鹦鹉不停地重复着"你好。废话。你好。废话。"后来,干脆只剩下"废话,废话,废话"一遍遍重复着,怪声怪气的嗓音在人群中弥漫。

林芷有点儿想笑,但抑制住了。

她一边认真听着,一边不由自主地侧过头来朝布里跑去的方向张望。

透过人头攒动的人群,她忽然一眼看见了布里那长长阔阔的米黄色风衣背影,他正从她们站立的公园门前的这片空旷场地穿越出去,步态踉踉跄跄,急急忙忙,神情鬼鬼祟祟的样子,好像生怕被她们发现。然后,他那颀长的身躯穿过马路,消失在人群当中。

林芷觉得自己不会看错,她的第一个反应是,他想把这份尴尬的局面丢给她一个人。

她定了定神,就朝着他的方向追了上去。

跑出去不远,她猛然一抬头,却瞧见布里手里举着门票镇定地站在她面前,优哉游哉的样子,他习惯性地讪笑着把嘴角歪向一边,把手里的门票在她的脸前晃来晃去。

他说:"咦,你怎么在这儿?"

"你,"林芷一时间有些蒙头蒙脑的,搞不清这是怎么回事,"你到底什么意思?"

"唉,"布里叹了一声,喘了几口气,拉住她的衣袖。

他说:"刚才我站在售票处的台阶上,正好望到侧面的那条街,我远远地看见你离开了公园大门,神色慌张地朝侧面那条街跑去,步履蹒跚,你那红色的上衣和黑色的长裙在人流中十分惹眼,如同一片红黑相间的彩旗随风流动,我看见你扬起一条胳膊挥舞,使劲地招呼出租车,可是,忽然一下,你就被出租车别到车轮底下去了,我吓了一跳……"布里把手放在胸口上,做出平息的样子,"幸好,是我看错了。"

林芷惊愕至极。

公园里已经完全是春天的景观了。大朵大朵的牡丹、芍药、百合花团锦簇,争相开放,姹紫嫣红,一片浓墨重彩的样子。林荫小路遮蔽在高大茂密的白杨绿柳之间,小径沿着湖泊和土丘迤逦缠绕。湖面清波漪澜,恬静而浓郁,深不可测。陡峭的土丘斜坡上,覆盖着嫩绿诱人的草皮,狭窄的石阶蜿蜒曲折地流向隐蔽的深处。

他们三人缓缓地沿着土丘的斜坡攀沿而上。

这里的光线显得格外暗淡,凸凹不平的峭壁和盘根错节的灌木丛遮挡了外边的太阳,似乎隐含着某种异乎寻常的东西。

布里一个人走在前边,他默默思忖着刚才的"车祸",心里有一团他自己也不清楚的莫名其妙的东西,恍恍惚惚,一时压得他心事重重。

林芷和布里母亲跟在后边有一搭无一搭说着什么。

布里的母亲继续回忆布里小时候的事情。"布里小时候犟得很,如果遇到什么事情不高兴,他会做出一个意外非凡之举,他就是喜欢出人意料。五岁那年,有一次,忘记为了什么,他忽然一口咬住餐桌的犄角，两排细细的小嫩牙死死钳住桌角的木头，我和他爸急得在一旁束手无策团团转，想用力拉他又怕把他的门牙弄坏了，只好不停地劝说，'布里啊布里，你松开嘴好不好，有什么事松开嘴再说。''布里啊布里，听话，你再不松开，你的下巴就要掉下来了啊……'结果他硬是一个姿势咬了半个小时。"

林芷笑了起来，接过来说："如果你们不劝他，也许他早就松开了。"

"是啊，他从小就和别的孩子不一样。"

这时，石阶小径在土坡的边缘向左边拐了个弯，她们继续沿着狭窄的台阶拾级而上。

拐过弯后，光线更加昏暗。林芷看到前边不远处有一个雕木镂空的亭台，红红绿绿的油彩已经有些残损脱落，斑斑驳驳，显得凋敝而苍凉。

她有了兴致，说了声："我先上去。"

她大步赶上了布里，然后越过他，独自向亭台走去。

布里转回身来陪母亲走，湿漉漉的石板台阶发出嘎吱嘎吱的声响，他依然有些神思恍惚，心不在焉。

布里母亲提议小憩片刻，于是，他们就坐到石阶上。

"你们最近没有住在别墅吗？"母亲问。

布里心头咯噔一下，一瞬间，他似乎明晰了自己心里盘旋不去的事情，或者说潜意识中一直压抑着他的那团模糊不清的东西。

"都忙，平时就各自在宿舍住呢。"布里急忙避开别墅问题，如同躲避脑子里缠绕的魔鬼一样。

黄昏蹑手蹑脚地来了,身前身后被暮色笼罩一层神秘,布里看到西天已渐渐映出一片红晕。

早春的小风围绕着他们的脖颈和脸颊,暖洋洋的,习习撩人。布里似乎无心说话,他点燃一支香烟,闷闷地吸着,一缕青烟袅袅冉冉越过他的头顶。他把头靠在一株歪歪斜斜的树干上,一条腿平直地伸开,另一条腿从膝盖处向内侧弯曲。他望着眼前怡静幽雅、郁郁葱葱的草坡,心里竟有些飘飘忽忽,昏昏然然……

他抬头看到上面不远处的亭台上十分静谧,林芷一个人站在那里十分惬意。也许是热了,她把那件火红的上衣搭在一只手臂上,只穿着里边乳白色的衬衣。她似乎在微笑,只是笑得有些奇怪。额头由于些微的汗渍而闪闪发亮。她向布里这边或者他们身后更远的地方频频招手。

她仿佛觉得自己的高度还不够,一个箭步迈到亭台的栏杆上,然后回过身,把火红的外衣往身后的空中一抛,那上衣被风托浮着如同一只红色的风筝徐徐缓缓扑落到亭台的石砖地上。

就在这时,意想不到的事情发生了。布里看到她站立在窄细的栏杆上,忽然做起了跳水之前的甩臂动作,那动作弄得十分夸张,富于戏剧性,小臂和大臂笔直地抡成180度,她来来回回抡了七八下。然后,回头向他们这边粲然一笑,接着纵身一跳,跌入陡坡下边几十米处深不见底的湖水中……

"这里有阴风,可别瞌睡。"布里的母亲说。一双手轻轻地拍在他的肩上。

他迷糊了一下，定了定神，马上清醒过来。

"噢，"布里掐掉手中的香烟，站起身来，"我们还是上去吧，林芷等我们呢。"他说。

他抬头向亭台望去，林芷果然已经等在那里。

空气中有一种沉甸甸的抑郁，这种抑郁挂在他的肢体上，也挂在他的眼帘上。他暗暗揣度自己刚才的梦，倒吸了一口气，心头浮起一种罪孽感。他自己也不明白今天是怎么了。

布里母亲一边走一边跟他叨叨："你长大了，长得那么高，人也变了，变得我都不了解你了。"

布里慢慢登上几级台阶，"其实，怎么说呢，"他叹了一声，嘴里有些含含糊糊的，"谁也不见得真正了解别人，也不见得了解自己。"

林芷在亭台上向他们频频招手，她的火红的上衣果然搭在一只白皙的手臂上，透薄的乳白色衬衣领口开得很低，十分危险地隐约露出一节胸骨。这的确是一个性感而风采十足的女人。

布里的脸孔似笑非笑，怪兮兮地望着她。

这时，天啊！她真的缓缓地登上了那幽灵一般的亭台栏杆，在细窄的栏杆上晃了一下，定住。那件红上衣被风吹拂起来，鼓荡着翻飞。

布里心头猛然忽悠一下，浮起一缕几乎慌乱的激动和莫名的不安。

她站在那里朝他们微笑，挥动着纤细的手臂。

空的窗

陈 染

孤独的人最常光顾的地方是邮局。老人是在两年前的黄昏时分得出这一结论的。无论你相信抑或不相信，他都对自己的发现表现出坚定不移的信念。

两年前的一个沉闷而阴郁的下午，绵绵的雨雾终于在唑唑啦啦纠缠了七天七夜之后打住，太阳灼热的光线像一把寒光凛凛的匕首，从太阳应该消失的西天角斜逼出来，横亘在鼠街的中央地带，这时已是迟暮时分。老人正站在街边观望着什么，他发现自己有一半脸颊亮在阳光里，另一半脸颊埋在阴影里，于是，他把自己的脸完全拉进街角的一级高台阶上面的阴影里边去。

这举动与他的心境有关。比如，有一天夜晚，我送两个朋友去车站，一个男一个女，这男人和女人本身并无故事，他们都是我的好朋友，一个天南一个地北，在来我家做客之前并不相识。我要说的是在我送别他们的时候，那场景所给予我的对人生的一点小感悟。

那女人外观艳丽且凄凉，黑黑的长发披散着被夜风抚弄得时起时落,飘飘扬扬,像一面柔软的黑色缎旗,眼睛大大地洞张着,里边盛满忧郁,在黑夜中闪闪烁烁,楚楚动人。作为女人,我对拥有这种眼睛和神韵的同类,会从心灵里某个深深的部位产生一种疼痛感,这个格调总与我自己的生活经历相投合。她刚刚离了婚,从遥远的北方城市逃到我生活的这个城市。当时,夜色已经很浓稠,车站正好有一盏路灯突兀地亮着,在四际茫茫的黑暗中,这灯光给人以突然的暴露感。我们三个人在站牌下站定后我所看到的第一个动作就是那女人向后退了一步,把自己的脸躲进身后一条电线杆的瘦长的阴影里。随即,我发现我自己也闪了一下身,躲开那令人暴露的灯光,和她并排而立,脚下踏着那条横卧在鼠街车站的电线杆的影子,我们俩从头到脚被电线杆的影子保护起来。

  我们的对面,在光秃秃四处无藏的光亮里,那男人(我当时在自己心里把他塑造得完美无缺,我热恋着我自己想象而成的男人,而这男人其实与他关系不大)乐呵呵迎视而站,眼睛安然地裸露在光芒之下。他是从一个边远的南方小城过五关斩六将杀进我生活的这个文化氛围很浓的城市里工作的,并且很快又将离开我到一个遥远的国度去学习,因此,他心中充满信心和希望,并不因离开我而觉失去什么。我的这个对于人生的一点小感悟就是在此时产生的:倘若你在任何一种光芒里——比如目光、阳光、灯光——看到两个或三个或四个人聚在一起,他们每个人对于光芒的或迎视或背立的选择,绝不只是一种偶然为之的空间位置,那绝对与心境有关,似乎是很随意地站立位置,但那却是一种必然的结局。

两年来，种种回忆使我一直在思索黑暗与光亮这个既相悖又贯通的生命问题。这个问题与我下面的故事有关。

那一天，在阴雨初晴的黄昏时分，老人被忽然绽开的阳光逼到鼠街东侧的高台阶上边的阴影里边去。高台阶的上边正好是一家小邮局。七天七夜的绵雨过后，邮局里显得格外繁忙。孤独的老人，忽然发现在死寂的生活中有一块角落与全世界相连，人们在这里与远在太平洋那一边的亲人爱友清晰地说着话。一个女孩在走出电话间时，神采飞扬地说，她刚刚听到了纽约清晨清扫街道的洒水车的声音。老人心中莫名地激动起来，这里还是疲倦的黄昏，而太平洋的那一边已是阳光初照的清晨了，哦，世界有这样大！老人兴味十足地在邮局里观看起来。有人风风火火排队寄发邮政快件，有人慢吞吞把信封投进四平八稳的信箱，还有人四处借着钢笔或圆珠笔，以便填写电报内容。有个面色苍白得好像没有温度的年轻女人，握着电话筒，光流泪出不了声。这个女人给他留下很深的印象。几天后，他在另外一个地方又见到了这个年轻女人。

老人连续好多天在邮局里进进出出四处张望。有一天，他正在被这个繁忙的孤独世界所感动，想着自己的这一生似乎没有收到过什么人的信，并考虑着给什么人写封信的时候，忽然他听到一个很年轻的声音从身边掠过："有病，有病，肯定这人有病。"老人的目光追随着那声音，那声音是一位身穿墨绿色邮电部门工作服的小伙子发出的，他走到柜台里，和一位穿同样服装的姑娘指指点点。老人凑过去，看到他们正嘲笑地议论一封信的信封。老人戴起老花镜，看到那信封上写：北京八宝山老山骨灰堂第五区第一百零五号收。老人的心像被什么东西攥了一下,他立刻想起两天前在老伴儿去世后的她的第一个生辰日。那一天,他熄灭了房间里所有的电灯,燃起三支蜡烛,在昏黄的烛光下,他笨手笨脚包了五十九个一寸大小的饺子。老伴儿去世正好五十九岁。然后,他把这五十九个小饺子抛撒在鼠街西头的一条通往远处的污水河里。河水像一只庞大的铁锅里的沸水,跌宕跳跃,小饺子落到河水里犹若水耗子一般上下蹿起,最后被河水跳着舞带走了。可是,忽然,老人望着那远去的河水哭泣起来,说饺子忘记煮了,还是生的。

那一天,正是晚饭前,太阳的余晖把河水涂染成让人心疼的血红,我正好站在河边,便走上去安慰老人说:阴间的吃法与我们阳间的吃法不同,饺子煮熟再吃是我们阳间的吃法,若按阳间的吃法把煮熟的饺子抛撒河中,你的老伴儿肯定在阴间无法收到。老人抬起头望望我,似乎得到安慰。他说他好像见过我,在邮局里,我举着话筒光流泪不出声。然后他就走了。我就是在那一天认识的老人。那时,我还可以像正常人一样走路交谈,像正常人一样看到光明或逃开光明。

还是先把我放在一边,继续说老人的故事。我与这个故事的关系,到最后你便可以发现。

那一天,老人回到家,给老伴儿写封信的欲望撞击着他,他在房间里走过来走过去,坐不下去站不起来,最后终于没有写。没有写的原因很简单,他要诉说的太多太多,以至无法落笔,无法开头和结尾,只好选择沉默。正像我们太亲太近的人,你无法描写他一样。你能够诉说或描写的对象,必须具备一个条件,那就是与你的距离,没有距离,也就无法存在诉说和描写。

老人把神思拉回到邮局里,望望眼前那封投寄"北京八宝山老山骨灰堂第五区第一百零五号收"的信出了声。

"年轻人,我要找你们邮局的局长。"他说。

那个穿邮局制服的青年抬起头,看看老人庄严的面孔。拥有这种面孔的人肯定是有非见局长不可的事,是糊弄不走拒绝不了的。青年人朝着一个什么方向都不是的空中一指:那儿。老人楼上楼下左边右边花了十七八分钟时间,在第七与第八之间没有房号的房间里的第七十八号茶杯前终于找到邮局局长,在这个不大的邮局里。老人气喘吁吁掏出自己的证件,自我介绍说他是鼠街中心小学的退休教师,退休的时候正好老伴儿又去世了,他活着没有了希望,没有人再需要他,他希望局长能给他一份工作,他不要钱只是义务劳动。

局长先是漫不经心地听着,后来他被老人眼角里混浊的水花以及他那种为别人所掌握的悬而未定的希望感所造成的抽搐的嘴角所感动,"那么你能做什么呢?"

老人立刻来了精神,说:"我可以投送那些无法送达的死信。"

局长很是痛快,"好了,就这样吧,每月我们发给你四十元就算补助费。"

"谢谢,谢谢!"老人一下子充实起来,轻盈起来,光亮起来。步伐铿铿然,螺旋下楼。手里攥着第一封将要去送的死信。

这是两年前一个很晴朗的午日所发生的事。就在那天,忽然之间,老人那无所依恃于世界又无人需要于他的孤独感,在那个午日的矮矮的两层楼梯的旋转中消失殆尽。

生命又回到老人的躯体上,他觉得自己又活得充实而有意义起来,像他当年在鼠街中心小学与孩子们在一起时一样,尽管"b、p、m""人与入字的不同",他讲了四十二年之久,但他从没有重复感,每一次讲都如第一次。就像一个爱着一个女人的男人看见太阳每天都是新的一样,就像热爱生命的老赫尔曼·黑塞认为我们的生命永远是出生后的第一天一样。

可是,又在忽然之间,黑暗降临了。就是现在。老人正坐在两年前他在第七与第八之间没有房号的房间里的第七十八号茶杯前找到的邮局局长面前。

"你应该在家里休息,人应该服老,腿脚怎么也是不如年轻时候。"局长表情沉痛,咬着牙说出了这句话,他知道这个决定对老人意味着什么。

老人把头低埋在两腿上,腰骨弯塌下来,一动不动,像一只风干了的人形标本。一行浊混的老泪在他那被皱纹纵横切割的脸颊上左右徘徊,绵延而下,终于掉在老人肥肥的裤脚上。

半个月前,老人在邮局门外的高台阶上摔了一跤,右膝擦破了皮肉,浓黯的血滴顺着小腿爬到脚面上。换在年轻人身上,这点儿伤本不算什么,可是老人的右膝却一日日鼓胀起来,髌骨浮肿起来。医生说是软组织损伤所造成的积液,需卧床十天。

"请你理解我们,我们必须对你负责任。"邮局局长接着说。他看了看老人,从抽屉里取出一个口袋,"两年来你为我们工作,我们非常感激!这是给你的一点儿心意。"

老人头也没抬,生命的意义都没有了,心意还算什么呢。

局长重重叹了一声,又从抽屉里取出一样东西,"这是最后一封死信。"

老人抬了头,看了看那牛皮纸信封上写的字:

北京鼠街每天太阳初升时分开窗眺望的女人收

他的眼睛亮了一下,随即又淹没在盛满绝望的眼眶里。

这时候,我并没有无端消失。这两年中,在老人从送达死信的重任中重新找回生命的意义的时候,有一天,我失去了我生命中最为珍贵的。那是一个普通得令人无法回忆出任何天气特征的下午,我等待了很久很久的一个人忽然站在我面前,这久别而去的人(就是那位被我想象加工而成的令我迷恋的男人)终于从一个遥远的国度回到我身边,我激动又委屈地流着泪,一句话也说不出来。他轻轻抚摸着我瘦削的肩,脸颊埋在我的长发和肩胛骨里蹭来蹭去,像是从未离开过我也从未遗忘过我一样。我便把脊背像猫一样弓起来,低低呻吟一声。我知道他永远不会完全属于我一个人,正像我的精神不能完全属于他一样。无论世人承认抑或不承认,我们无法做到一生只爱一个男人或女人,而那些爱的确是真诚的,只要能够称作爱。这是事实。性关系并不是爱的全部关系。即使这样,我仍然为他奉献了巨大代价。就在这天,他的到来,使那潜藏在我身体里的旷日已久的障碍,终于彻底形成了。我失去了同得到的一样珍贵的东西。这世界总是很公平。后边你将会知道这一切。

还是先把我放下,继续讲老人的故事。

老人那天蹒跚地走出邮局不大的大门，手里攥着那封死信。他心里郁郁地盘算起来，最后一封死信！果真到了最后的时刻吗？他想起曾经在一份报纸上看到的一幅漫画，画面上一个活得非常带劲的男人说："我有太多需要活下去的理由，要付房子的贷款，车子的贷款，录像机的贷款……"当时，老人立刻就把这个问题摆在自己面前让自己回答：我有太多需要活下去的理由，我每天或每两天就会得到一封死信，然后要设法把它送到稀奇古怪的死信的主人手里；有一天也许我自己也会得到一封什么人寄来的死信。老人觉得无论去送达陌生人的死信，还是等待一封寄给自己的未知的死信，都是活下去的伟大理由。而现在，这个理由终于到达了存在的边缘，送完这封死信，理由就不复存在了。

最后的时刻到了。最后的时刻果真到了。

老人打开家门，闷了一天的房子有一股霉味，墙壁由于连日阴雨而浮了一层绿茸茸的东西。在他进屋的一瞬间，啪啦一声重重的脆响溅在地上，一堆细细碎碎的白玻璃在响声里摊在地上。老人迟缓地把目光落在那堆碎玻璃上时，是在事情已经发生半分钟之后。老伴儿的遗像埋没在碎玻璃里挣扎着朝他微笑，长长的奇怪的笑容从刚才那一声爆破声里扭曲地绽出，在多种角度的碎玻璃的折光里变了形。墙壁的潮湿使挂着镜框的贴钩连着一层白白的灰皮一同脱落下来。老人弯下身，受伤的右膝发出铁器生锈一般吱吱的叫声，他抚去那笑容上闪闪烁烁的白玻璃，但是，那长长的穿越了两年多岁月的微笑终于在破碎声中折断。他把老伴儿划破的遗像拾起来，平放在床上，不知所措。

他在房间里转了几圈，然后便开始像往常那样找东西。找什么他自己并不清楚，反正他找了起来。两年来，老人的家什凌乱不堪，找什么什么准找不到，而不找什么什么准在那儿等着人去拿。所以老人已经习惯了当想找什么时就不想找到什么的思维方式，那样一来，不想找到什么什么兴许反倒自己跳出来。可是，这会儿老人脑子里却一片空白，不知道自己要找什么，但还是顽强地找起来。他先是在堆放铁钉、改锥、瓶盖起子一类小东西的抽屉里翻到一根麻绳，他犹豫着打了个死结，套了床翅上试试，结果一拉，那绳子就断了。老人失望地把它丢在一边，又去找。他走到卫生间，卫生间里有点儿昏暗，他看看悬在墙角半空的角柜，角柜上堆满雪花膏、梳子、刷子之类的小用品，老伴儿活着的时候，那些小用品曾经非常有活气，晶亮着绚丽着呼唤主人。现在，它们覆盖在一层灰蒙蒙的尘埃之下黯然失色。他打开一瓶雪花膏，那膏状物已经干枯发黄，他嗅了嗅，隐约还有一丝香味。一种想把这个干枯发黄的东西吃下去的欲望占领了他，他犹豫着，想着自己到底在做什么。忽然，一件小东西撞入他的眼帘，那是一个薄薄的刮胡子的刀片。他恐惧地颤抖起来，一个场面随之而生：淋淋鲜血在刀片的细微的切割声里从动脉血管中喷射出来，房顶、墙壁一时间爆满血花，如注的血浆像紫罗兰猛然绽开一般挂满雪白的房间。老人又想起几年前曾在报刊上看到的一段描述："刀片划破眼球，流出紫色的浆汁，舌尖上品尝汽油的味道……"他当时想，这残忍的刺激性的故事准是一个情感脆弱而又带有一点儿自虐心理的女人想象的，她在生活中准是无力自卫才转头在故事里施放残忍与恐怖。从那时开始，他就害怕刀片，每每总是把它埋在什么东西下边，使刀片后面的故事不至于裸露出来。现在，他的神经再也承受不住这小小的薄薄的满身鬼气的小东西所带给他的想象了，他把它颤抖地丢进马桶，哗一下就把它冲走了。老人又回到卧房里，定定神，然后给自己冲了一杯淡茶，安静下来。

"不找了，不找了。"他对自己说。

这时，就在他放着茶杯的茶几上放着一小瓶东西，那东西忽然光芒四射起来，老人的眼睛一下子被它抓住了。这是一小瓶阿普唑仑片（甲基三唑安定片），他牢牢地把它攥在手里。

老人恐惧着悬了半天的心莫名其妙地踏实起来。他终于完成了一项重大的使命——选择。心理上的平衡，使他安安稳稳睡了一大觉。

第二天老人醒来的时候，天已大亮，玫瑰色的阳光已在他的床上绵延，轻柔地波动。他急忙爬起来，抓起桌上那封牛皮纸的死信就出了屋。鼠街上人来人往全像急匆匆上班赶路，一脸的不情愿，男女老幼都把自行车骑得像杂技演员似的。这真是一个奇特的国度，全中国都会演杂技。老人神色紧张地想着，躲着身前身后鱼儿一般窜动跳跃的自行车，心里发着慌。这时，他想起自己出门前忘记了吃药。几年来，老人每天三次每次三片地服用复方丹参片，这是一种活血化瘀、理气止疼的用于胸中憋闷的中药。老人并没有心脏病，他只是听说此药有益于健康和长寿。他每每总是感谢政府给予他的公费医疗。总是想，尽管不能吃上很好的补品食物，但总能吃上不错的补药，若是在美国，连补药也吃不上。他的手在裤兜里搜寻起房门钥匙，准备返回去吃药。这才发现，出来时连房门也忘记锁了，老人重重地叹了一声"老了老了"。他并不怕有人进他的屋，老伴儿生病时，她没有公费医疗，他把家里值钱的东西全拿出去卖光了。现在，即使有小偷光临，也不会对他的叮当响的家感兴趣。若正好是一个性情温良的小偷，说不定还会同情地在他的茶几上留下几元钱。老人担心的是猫、耗子还有毒蜘蛛这类东西。老伴儿死于莫名其妙的肠胃病，死前精神也错乱，拉着老人的手一个劲儿叫着"大兄弟、大兄弟"；长一声短一声地对着隔壁邻居小张他爹叫着"李大哥、李大哥"，直叫得连老人自己也对着小张他爹喊起李大哥、李大哥来，弄得小张他爹张大哥惊愕不已。后来，老人想，兴许就是因为吃了野猫、耗子、毒蜘蛛这类小东西啃噬过的食物。所以，老伴儿去世后他养成一种洁癖，食物、茶杯等等凡入口的东西都用干净的布罩上。昨天，老人喝茶的杯子忘在茶几上，没有罩。他被自己这一连串的忘记，搞得懊丧起来。他的手仍在兜里搜寻。无意间，一样东西触摸到他的手指，他感到一股寒冷从指尖传递到全身，兜里装的那小瓶阿普唑仑片。于是，老人又为自己刚才居然产生懊丧情绪而懊丧起来，为自己的惜命态度而惭愧起来。

"你这个自相矛盾的老家伙，不是已经选择了吗？"他在心里说。

他坚毅地向前走去。手里提着的那封死信，很重，像是全人类覆灭之前写给上帝的最后一封信。他从鼠街西头的那条污水河开始，沿着街道向东走去。他仰着头，留心查看着每一扇窗子。活了大半辈子，他生平还是第一次感悟到那些千奇百怪的窗子比过往行人的脸孔更富于表情，更富于故事，它们生动地向你敞开着心扉，各种色彩情调的窗帘，或是晨风里徐徐漫出，像是要伸出手抚摸你的脸孔；或是羞答答半掩面、欲言又止地曼声而歌。老人仰着头，一路向东走下去。他盼望着看到哪个窗子前面有一个开窗眺望的女人，他把那封信交给她，也就完成了最后一桩心事。他一直走到鼠街东头，也没看到一张女人的脸在窗前眺望。于是，他想，今天已经过了"太阳初升时分"了。

接下来的几天，老人都早早地就来到鼠街，从太阳刚一跳出地平线开始，他沿鼠街一路向东走去，太阳像新生儿，把嫩嫩的肉红色洒在刚刚被行人踏醒而显得冷清凄凉的街道上。他仰头张望每一扇窗口，想象着有一个女人正在等待他手里的信，他想象她很美丽，年轻而有生命力，她的眼睛像梦幻一样迷蒙闪烁，嘴巴微微张着，呼吸着太阳初升时分的阳光。有一天，一个年轻的男人从她的窗前走过，他感到她的目光比太阳的照耀更令他心情激荡。后来他就到远方去了，也许他是一个海员，面对着茫茫大海，一片灰蓝色压迫着他的眼睛，他想起了她。他写了一封信给她，但他不知道她的门牌号码和姓名。老人这样想着。他为自己一生的最后一件有意义的事情是为着这样一个女人而做，感到欣慰，感到辉煌。

终于有一天，奇迹发生了。

当晨光把第一抹红晕撒在鼠街西头的时候，污水河旁边的一幢四层小楼的窗口站立着一个女人。也许她每天这时都站在那儿，只是他没有看见。她站着好像在眺望被阳光涂染成金黄色的尘埃旋转着上升，又像在静心倾听污水河慢吞吞掀出的一两声悠长而古怪的歌声，神情专注、恬淡。老人先看到的是她飘扬的黑发，确切地说，他先是以为那是一扇柔软的黑绸窗帘在晨风里荡漾徐拂；要不是那团黑色中央的过于苍白的脸所形成的反差，老人无法相信那团燃烧的晴空里的黑颜色是一个女人的长发。他定了定神。那是一张与他的想象迥然相异的苍白得好像没有温度的脸，那面孔他觉得好像在哪儿见过。她的眼睛大而干枯，目光缥缈而且没有光泽。她全身的生命似乎只流动在飞舞的长发里。这样的面孔很难使老人想到幸福这个词，那是一种茫然而无力自卫的神情。老人向女人挥挥手，又喂喂了几声，但那女人在四层楼的窗口只是专注地眺望远方。

老人判断了一下房间的方位就上了楼。房门并没有锁，他一敲，那房门就闪开了一道缝。

老人说："我可以进来吗？我找一个人。"

那女人转过身来，神态安详、宁和。她穿着一条月白色长裙，窗口的风使那柔软的长裙在她的过于瘦削的肢体上鼓荡翻飞，使她看上去幽灵一般哀婉动人。

"您是找我吗？"她出了声。

老人有点儿吃惊，这种面孔的女人怎么能发出这样柔和而平稳的声音呢？

"你每天都在清晨开窗眺望吗？"

这时候，女人已经知道他是谁了，他曾经在两年前一个黄昏时分，在污水河边哭泣。

"是的。但我不一定认识你要找的人。"她仍然微笑。

"那么，也许我就是找你。"

"怎么是也许呢?"

那女人临窗而立,头发在窗口绽开。室内正弥散着轻轻的音乐,那乐声柔和、亲切,含着淡淡的忧伤,水一样裹在老人的肢体上。他在离房门最近的一把椅子上坐下来。

他开始讲述自己,说了自己的来龙去脉,从两年前由鼠街中心小学退休到老伴去世,从在邮局帮助送达死信到现在失去了任何生活的意义。他不知道为什么要说这些,但他说了,说了许多。然后他把那封牛皮纸的信交到女人手里。

最后他说:"完成了最后这一桩事,我也该结束了。"

那女人并不急于拆信,她专注地倾听着老人的话。

老人准备走了,站起身。忽然又问:"你每天清晨都在窗口眺望什么呢?"

女人说:"那是一幅画。"

然后她转过身去,面向窗外。室内的乐声便填满了她身后的空间。

"这幅画的背景是用蜡笔涂成的顶天立地的赭石色冰河,"女人说起来,"你从窗子望出去正好可以看到。在河流的一角站立着一个鲜艳夺目的用黑色勾勒的女人,她的头发垂到腰间,闪耀着发蓝发绿的亮光。她的面部也是用蜡笔涂成,眼睛黑洞洞睁得很大,嘴角绽开浅绿色的微笑。她的没有年龄的裸体用阴影烘托出来。她正专注地看一枚疼痛的太阳从血红色的冰河里鲜活地跳跃出来,看金翅鱼和雪白的鸟儿以及浓荫招展的一株什么树在冰河背景里共同狂舞。那女人哼着一首人们听不见的歌,静静地与一切追求生命的灵物交谈,她不是用声音,不是用性别,也不是用心灵,而是用生命。"

老人似懂非懂听着她把长长的句子说完。停了一会儿,老人干涩地笑了一下,然后又笑了一下,说:"你真是睁着眼睛说瞎话。窗外那条污水河是土灰色的,这一点连瞎子也知道。"

"是的,"女人转过身来,顿了半天,说:"您说得对,我当然知道。"

"你当然应该……"老人忽然停住了。他这才发现女人的眼睛洞开着却没有眼睛,那儿只是两个凝固不动的黑洞,像两只燃烧成灰烬的黑炭。它呆滞而僵硬地守在理应射出光芒的地方却没有射出光芒。

老人一下子震惊了。

"对,我是个瞎子。"

"噢,老天爷。对不起。"

女人又微笑起来,"不,一切都很正常。"

然后,她走到老人跟前,把那封牛皮纸的信还给老人。"您看我是个瞎子,我无法眺望什么,所以这信不是我的。您去找吧,也许很久才能找到她,也许永远也找不到,但您要找下去。"

老人几乎要哭了,他望着她那光洁的脸孔,一句话也说不出来。

他把信接过来,转身又悄悄放在桌子上,就走了。

"再见。"

"再见。"

这些天来老人一直闷闷不乐,绝望已极,在苍凉与昏暗的心境中寻找一位每天太阳初升时分开窗眺望的女人,这心境持续到他终于看到这个女人终日被吞没在漫无边际的黑暗里。

老人走下那女人楼梯的时候，渐渐重现了两年前从邮局局长手里接过第一封死信时的情景，他又充实起来，轻盈起来，光亮起来，步伐铿铿然，螺旋下楼。只是手里没有了要去送达的死信。

在故事即将讲完的时候，我必须告诉你一件事，就是在那个普通得令人无法回忆出任何天气特征的下午，我所失去的最珍贵的东西是什么。那是我的光明的世界。每天清晨，是我站在故事里那个在太阳初升时分开窗眺望的女人的位置上。我已经习惯了黑暗。

几年前，当我还看得见光亮的时候，我曾经让自己躲到车站电线杆的阴影里；现在，当世界真的永远交付给我一片茫茫黑暗的时候，我用心灵寻找着光亮。我不能说我已经完成了黑暗与光亮这个既相悖又贯通的生命过程，但我的的确确领悟到这是生命存在的两个层次。

每天下午四时半，我便迈着伦敦一般古老而沉稳的脚步，走到鼠街邮局买一份《盲人日报》，然后微笑着走进白天的黑暗中。那是阳光的脚步。我无所谓白天与黑夜，亮度于我不存在意义。我的生命每天从下午四时半开始，而在太阳初升后结束。接近黄昏时分，我从黑色的阳光里买回那份《盲人日报》，然后泡上一杯色泽清淡、品味醇香的清茶，坐在工作桌前开始思索和工作。我的工作单调又创新，我用文字和思想把我心灵看到的东西设计成一幅幅画面，然后交给画家们去画。每日如此。世界上有一种职业叫作家，我的"坐家"职业差一点儿与那个职业相同。

但我并不等于真的终日在家坐着。我常常在夜深人静的夏夜游摸在街头，我看到金色的阳光像瀑布般倾洒在苍茫大地，照耀着浓浓的黑夜。在如洗的光束下，鼠街两侧的梧桐叶如一团团银白色的大花朵凌空开放，与高远的天空遥相对应。我裹满一身阳光走进一个老朋友家里，于是，他或她便会很高兴地为了我临时改变一下黑夜与白天的生物习惯，然后沏上两杯清香的茶。我告诉他或她世界吞没在黑夜里的事情，他或她告诉我世界翻腾在白天里的事情。

有一天深夜，我怀念起我的一位远在雾都生活的会唱歌、会把看不见的钢琴弹奏出美妙音乐又会写小说的旧友，她由于终日生活在大雾里，所以我觉得她和我一样总要用心灵辨别方向而不是用眼睛。我记不清她是否就是那个早年曾经和我一同站在我迷恋的那男人的对面，而躲进鼠街车站电线杆阴影里边去的女人，总之是那一类即使我永远也看不到她，也不会忘记的朋友。我给她写了一封信，我说：连绝望这件事存在的本身也不要绝望，我和你同在。

我记不清是不是在我失去光明之前从什么先人的书里看到过这句话。从前我已遗忘。盲文里没有这些。

另一次，也是在深夜，孤独的冷月照在我的身体上，皎白的肌肤光滑如鱼。走，离开，这几个大字在我的血液里涌动，使我无法安睡。我不知道去哪儿，哪儿都可以，只要是离开，只是走出惯性。

我想，我将开始茫茫黑夜漫游了。那一天，我将仔仔细细把心灵一般破损的窗棂审视一番，敞开着离去，让那首痴情的《在这里等你》的歌永远重复地从我的窗子里流出，然后，我将走进没有边际的时间与空间的黑暗里。我会拾到许多光明的故事，用盲文写给我的同类。

我相信，鼠街老人会在我离开的空窗子前看到我。

作者简介：

陈染，女，1962年4月生于北京。中国当代著名作家。幼年学习音乐。1982年7月，考入北京师范大学分校中文系，开始在《诗刊》《人民文学》等发表诗歌作品。1986年大学毕业留校任教，后调到作家出版社从事编辑工作。已出版小说集《纸片儿》《嘴唇里的阳光》《离异的人》《无处告别》《陈染文集》6卷，长篇小说《私人生活》，散文随笔集《声声断断》《断片残简》《谁掠夺了我们的脸》《流水不回头》，创作《不可言说》等多种专著。曾在澳洲墨尔本英国伦敦大学、爱丁堡大学等旅居和讲学。作品在中国大陆和港台地区以及国外均有出版和评介。作为个人化写作以及女性主义写作的代表作家，陈染始终独立于当今文坛的某种"热闹"之外，成为中国当代文学史上的一位独特而重要的女性作家。曾入围第五届茅盾文学奖，获首届女性文学奖、人民文学杂志奖（2006年度）等。

火车

宁　肯

　　一九七二年意大利人安东尼奥尼拍摄《中国》时，我们院几个孩子走在镜头中。安东尼奥尼并没特别对准他们，只是把他们作为一辆解放牌卡车的背景，车上挤满蓝色人群，我们院的孩子只停留了十几秒钟便走出画面，向城外走去。城墙已经消失了，护城河还在，过河就是城外：铁路，庄稼地，二道河与三道河。二道河是污水，河汊纵横如车辙，那是我们院孩子抵达最远的地方。听说过三道河没去过，通常就在铁道边上玩。从后来才见到的片子看，他们是五一子、大鼻净、小永、大烟儿、文庆、小芹。小芹是唯一的女孩，但是跟男孩差不多，一个颜色。那么，还有一个人是谁呢？他比别人都矮了一大截，落得有点儿远，而且不像是和前面一伙的。但是没有他一切都无从谈起。四十年后我在镜子中看到他，他也老了。别以为侏儒不会老，照样会老，满头银发雪山似的，照耀着短小的藕节似的身体。

　　他们——当然也可说我们——过了桥。

　　桥是南城的永定门桥，普通得不能再普通，要不是简易栏杆几乎看不出是座桥，路面也是一样的柏油与反光。桥上永远有人在打鱼，冬天凿开冰也打，每天打得上来打不上来都打，网抬起落下，像钟一样准确。总有含着长烟袋一动不动的老人围观，就是说不管这个城市已走了多少人总有闲人。街上也还有人，公共汽车空荡荡，但算不上空驶。偶尔车后面跟着辆自行车，汽车多快自行车就多快，没任何原因。阳光不错，路面反光，汽车、人、自行车像在镜子中。

护城河泾渭分明映着城市、农村、环城铁路，火车慢慢悠悠，汽笛声声，大团的白雾飘过河来，被坚硬的城市吸尽。白雾在田野上要飘很久，这也是我们喜欢河对岸的原因之一。我们在铁路上奔跑，追着白雾。铁路本是麻雀的世界，麻雀起起落落，重复飞翔。我们的奔跑没有重复感，我们只是几个孩子，并且奔跑的原因不明，与食物无关。枕木的节奏决定着我们的奔跑，只要踏上枕木不跑不行，直到有人带头卧下才全都卧下。没人教我们倾听，只是一人俯耳大家就都跟着——好多事都这样，然后竟真的听到了轻轻的振动声。尽管就课本而言我们是白痴，但本能异常聪明。火车来了，尽管在远方，但是来了，远远地来了，简直有音准。虽然我们不知道音准但已听出来，声音越来越高，越来越密，越来越响，然后我们一哄而散……

火车从来轧不到麻雀，也轧不到我们。

黑色的火车红色的曲臂，喷着热气一下将我们吞没，什么也不见了，只见红色曲臂那样奇怪地来回转动，好像原地打转，但却在走。我们跟着热气大声呼喊，听不到自己的声音，只看到同伴的口型。火车过去了，我们依然跟着尾车跑，向尾车扔石头，歪戴帽子的押车员不为所动。

我们从没扒过绿皮车,看都看不够,窗口都是陌生人,他们看我们,我们也看他们,我们追着窗口跑,有人扔下东西,一包垃圾,或梨核儿,我们也不在乎。我们太喜欢陌生人,远方的人,每次都追出很远,客车走了看不见了我们还在铁路上走,不知为什么。有一次走得太远,突然意外地远远发现许多黑皮车,无数平行又交叉的铁轨,闪闪发光,一个我们从未见过的陌生世界。我们不知道这是车站,要是客车我们自然会想到是火车站,货车站把我们看傻了,太兴奋了。我们猫着腰穿过铁轨,神神秘秘爬上了一列列安静的列车,从此这里成为我们的乐园。我们跳进涂着沥青的车厢,进入闷罐车厢,从车尾到火车头,扳动拉杆,发出"呜,呜,呜"想象中的声音。在帽形尾车上,我们扶着简易的铁栏,站在押车人常站的地方招手,望远方,模仿叼着烟的姿势,从里面手扶门边只露半个身子,挥舞帽子。我们探寻各种可能的发现,工具箱、大衣、帽子、暖壶、杯子、饭盒、工作服,偶尔发现有工具箱没锁,打开看到里面有锤子、改锥、钳子、扳子、轴承,太让我们兴奋了。我们戴上工帽,穿上工作服,拿着扳子拧这儿拧那儿,好像工作了一样。我们不再是简单的孩子,货车站让我们像竹子拔节一下长了一大截,我们走路都和过去有点儿不一样,这一点甚至从影片中也可看出:我们不再是散散漫漫,而是步履匆匆。

那天是周二,是不是全世界星期二下午都没课?还有周六,不仅如此我们那时周四下午也没课。就算上午也常有自习课。由于课本的原因尽管我们头脑简单本能不简单,那天一吃过中午饭本能就活跃起来。在大门洞外我们等了一会儿小芹，每次差不多都是小芹最后一个出来。烟色条绒上衣，烟色的猴皮筋，猴皮筋将两条烟色硬辫勒得很紧，整个看去小芹在我们之中是最接近麻雀的，干脆说就是一只鸟。五一子打了个榧子。

我们住在南城中轴线偏西，在和平门与宣武门之间的琉璃厂附近，我们院在北京也是数得着的上百户大杂院。有三个门，正门、旁门和后门，从前门儿进去后门儿出来，穿过迷宫似的夹道差不多就到宣武门了。已经说不上几进几进院，院中有路，路中有院。夹道、小巷、角门、垂花门、豁口将十几个院连在一起，有的院门紧闭，常年没人，里边有树，亭子，甚至一段小河。小河好像是暗河的一段，没出院又消失了。具体到我们小院不到十户人，是这大院中最普通的小院，虽青砖墁地但房子低矮，就算正房也比别的院矮一点儿，据说是早年间牲口棚。

我们等小芹倒不因为小芹是女孩，我们没什么性别意识，所有人都是一个人。主要是小芹在别的方面和我们不一样，她有零花钱我们没有。小芹不和父母住，从小和姥姥住我们院，小芹父母住在北京的西城社会路，是中科院的工程师，过去节假日她父母老来我们院，去了干校后来得少多了，听说最近又去了新疆。小芹有一个姐姐在内蒙古插队，还有一个弟弟跟着父母，北京、五七干校、新疆到处跑。关于小芹我们也就知道这些。每月小芹都有固定的零花钱，五块钱呢，我们一年的学杂费才五块，这笔钱由姥姥掌握着，小芹因此恨死姥姥了。

我们从大院里出来，穿过门前的前青厂胡同，这是我们梦游都不会走错的胡同，前面不远过了北柳巷十字路口就是琉璃厂。

我们的学校就叫琉璃厂小学,不在街面上,在小胡同内,走九道弯、小西南园、铁胳膊胡同都行。过了铁胳膊胡同是荣宝斋,荣宝斋对面是琉璃厂唯一的一座西洋建筑,四层带白廊柱,顶部刻有:一九二二年。老辈人说中国的第一部电影《定军山》就诞生在这楼前,但这是我们每天的必经之路已经视而不见。直到南新华街与东西琉璃厂交叉的十字路口才稍稍陌生一点儿:大街对我们这些孩子永远都有些陌生。这里有两趟公共汽车,一个是十四路,一个是十五路。十四路在这里的站不叫琉璃厂叫厂甸。厂甸到永定门一共七站:厂甸、虎坊桥、虎坊路、太平桥、陶然亭、游泳池、永定门。我们无比熟悉这些站牌,倒不是因为坐车而是每次都数着站牌走着,一站一站,比坐车还熟悉这些站。

只有小芹坐过一次,坐完就后悔了。小芹在永定门等了我们好久,在桥上吃了三根冰棍,喝了两瓶汽水,差一点就坐车回头找我们。那以后小芹每次都跟我们走,但每次五一子都别有用心地鼓动小芹坐车。开始我们不太明白,后来就一块帮腔,结果终于等到小芹一句话:要坐大家一起坐。不用说,小芹请我们坐车。但五一子还有幺蛾子。小芹自然统一买票,五一子偏要把钱给他,他自己上车买。小芹给了五一子一毛,这样我们都要自己买,小芹也没说什么给了我们每人一毛。七站地七分,售票员要找三分,找回的三分说好了要还给小芹。我们都上了车,五一子最后一个,没想到车门刚要关上,五一子突然跳下车。五一子说他不坐车了,他跑着。我们立刻明白了。五一子像匹小马奔跑起来,一直在我们后面,车快他也快,车慢他也慢,有时他变得只是一小点儿了,但路口到了,五一子又追上来,甚至超过我们。

每一分钱对我们都是宝贵的,因为就算一分钱我们兜里都没有,小芹没想到快到第四站时我们每人花了四分钱买了票,到虎坊路纷纷下车。

小芹也下了车。

五一子傻了眼,问我们为什么下车。我们都不说话。我们坐了四站花了四分钱,省了三分钱。小芹先没理五一子,先朝瘦得跟刀螂似的大烟儿要,大烟儿给了小芹三分,小芹不干,让把钱都拿出来。大烟儿看五一子,磨蹭半天,嘟嘟囔囔,说后面三站他也跑,意思是三分钱他可以留下。小芹毫不客气一把夺过大烟儿手里的三分钱,大烟儿心虚没躲,看五一子。大家都看五一子。接下来的大鼻净、小永、文庆,小芹只是伸手话都不说,他们张了手,但没主动送上钱。小芹一一从张开的手心里拿走了钱。到我这儿稍迟疑了下,我主动把钱放到小芹手里。

小芹朝向五一子,伸出手。

五一子拍拍兜,说钱丢了,可真说得出。

"那我翻了。"小芹说。

"翻吧。"五一子梗着脖子说。

一个女孩子翻一个男孩子身,我们都没想到。虽已是春天五一子仍穿着脏得发亮的土黄棉袄,并且是空心儿的,下面穿了一条单裤。五一子跑了四站地,棉袄系在腰上,光了膀子,像小一号他装卸工的爹。小芹一点儿不犹豫翻了五一子腰上的脏棉袄,解了下来翻,五一子光着大板儿脊梁,肩头晒得发红。小芹在五一子身上翻了个遍。

我们挺佩服小芹的,主要是我们把钱都交了,也希望小芹翻出钱。

"把他裤子脱了！"大烟儿说。

"藏裤裆里了！"大鼻净说。

我们太了解五一子了。

"我脱了？"五一子主动说。

"脱了。"

"你脱吧。"如果马有流氓的表情就是五一子。

小芹伸手便脱，五一子拿出了钱，变魔术一般。

小芹妈妈每月从远方寄来一次生活费，姥姥把小芹的零钱换成一毛、五分，分成了三十份，每天视小芹的情况发放一次。哪怕三天一次，两天一次也行。但是不。小芹姥姥不。早晨小芹睡得迷迷糊糊便听姥姥唠叨，催快起床，数落昨天小芹的错误、不是，鸡毛蒜皮，嗡嗡嗡嗡，小芹堵上耳朵，姥姥给扒开。姥姥也真会挑时间，平常小芹根本不听，吃饭都端碗到邻居家吃，我们院倒是也兴这个。或者姥姥说一句小芹顶一句。小芹同姥姥的关系就跟中苏关系似的，时不时紧张。上学都快迟到了姥姥还没完没了，越说越气，钱捏在手里不放下，有时小芹忍无可忍背起书包就走了。姥姥便追上去把早点钱摔给小芹，最气时不追，早点钱也不给了。第二天姥姥继续数落昨天事，讲得不算太长便给了钱。小芹拿到钱，问昨天的钱呢？姥姥没办法，要是吵起来小芹会把钱放下便走，继续不吃早点。这不是没有过。

小芹的零花钱包括早点钱，每天一个油饼，八分钱，另外的七分钱才是零花，粮票可以兑钱，或者也是钱，油饼要是交一两粮票可以省两分钱。为了这一两粮票小芹跟姥姥打了好长时间，粮票按月定量供应,每人一份,每月都有粮店的人到院里来发。"发粮票喽!"一嗓子就行,全院人都出来了,拿着户口本,就等着这天呢!小芹姥姥死活不给属于小芹的这一两粮票,买粮食都用了,哪儿有你的粮票,你都吃了。小芹不服,我早晨也得吃呀,粮票包不包括早晨,你要说不包括我就不要。不包括。包括。小芹给妈妈写信,讲理,控诉,妈妈寄来了全国粮票问题才解决。我们院谁家都没有全国粮票,看着可是新鲜了,全国粮票也叫全国统一粮票,到哪儿都能花,比一般粮票大,硬挺挺的像新钱票一样。但我们还是希望小芹把全国粮票花掉,别攒着,换成钱,攒几张就行了。每次出门远行小芹都会给我们买冰棍,去时一根回来一根,还买过汽水呢。汽水一毛五分钱一瓶,当然不是每人一瓶,五六个人一瓶,你一口我一口分着喝,喝着喝着我们就打起来。这时就算五一子是我们的头儿我们也照样会跟他急,扑上去撕咬,只有小芹能像有电棒一样将五一子分开。小芹姥姥最恨的就是五一子,最瞧不上的也是五一子,老太太总能一眼就看穿五一子,每次我们筋疲力尽从铁路回来,小芹的姥姥都像定时炸弹,是我们预料之中的。你们还回来,怎么不让火车撞死!

我们四散奔逃,五一子更是缩头乌龟。说起小芹姥姥我们都不怕,但一见小芹姥姥还是怕,就像说起炸弹不怕,一响可就另外一回事了,我们都像着了弹片被炸飞了一样,跟电影上的鬼子似的。倒是小芹充耳不闻,像没看见一样,从姥姥身边走过。她们家门敞着,弹簧都被临时卸掉,只等看着我们进院。小芹也不客气,进了屋使劲把屋门拉上,拉上弹簧,就差插上门。小芹姥姥本来冲着我们，立刻停了，无比愤怒地拉开门，哐当卸了弹簧敞开房门，跺着脚将小芹和我们一起骂。小芹躺炕上堵耳朵，有时一跃而起，摔门而出，跟长征似的好不容易回来，重新走到街上。

我们毫无同情心，没有一次到街上看看小芹。我们都在挨家长骂，那么大声我们听得出也是让小芹姥姥听的。小芹姥姥在我们那片是个很特殊的老太太，既不像有文化的老太太，也不像没文化的老太太，更不像是有着工程师女儿女婿的老太太，瘦，脸上皮包骨，抽长烟袋，黑牙。出身不好，头几年还挨过斗，可是我们院邪行，一直没怎么有社会上比如工厂机关学校那一套，红卫兵的哥哥姐姐倒是闹过一段，但很快都被轰乡下去了。说不迷信那也就是嘴上说，事实在那儿摆着，我们院大人就是这心理。

我们院也就小芹不怕她姥姥，每次铁道回来零花钱至少停三天，就是那七分钱也不给了，只给早点钱。上铁道是大错，小芹也不争，而且没了零花钱小芹也有办法，早点不吃了，省了，就像五一子、大烟儿、小永——我们都不吃早点，就没吃早点的习惯。这当然是农村人的习惯，但我们院大多以前都是农村人，还保留着许多农村人的习惯。我就不一一列举了，还是说小芹，习惯了早点的小芹没了早点非常挂相，中午放学回来狼吞虎咽，一点儿吃相没有——吃相历来是老太太教育的话题。

"是不是没吃早点？"

"吃了。"

"撒谎。"

小芹姥姥跟踪了小芹，戳破了小芹的谎言。

"我的早点钱,我愿吃就吃,不愿吃就不吃,你管得着吗?你有本事别让我吃早点,别给我早点钱。就不滚,我妈的钱我干吗滚?"

"我是你姥姥!"

"你不是我妈。"

我们走在细长铁轨上,伸出两手,排成一线,晃晃悠悠,不时弯腰捡起一块砾石扔向远方。铁轨与枕木是天然的一对,像一对老人。铁路已太老了,连石头都老了,带着深深的油腻污渍。但比起这座城市它依然是现代的,钢铁世界。信号灯闪耀,路轨反光,在这盛大而又迷幻的货车站,以及这几个孩子,安东尼奥尼拍不到这里不等于这里不存在。它一定会存在。我们轻车熟路地穿过纵横交错的铁轨、道岔,划过弯曲的扇面打开的钢铁之光。在红色信号灯处我们低下头猫下腰,不像麻雀,麻雀做不到这点,避开扳道工,来到了货车丛中。这里是一个无人的世界,大多黑色车,也有个别好久不开的绿皮车。这里是我们的街道,我们的王国,我们的胡同,随便上到一辆尾车上,像以往一样,像一种固定的仪式,所有人的头习惯地凑到一起。

"海外来人了。"

"第三次世界大战就要打起来了。"

"联合国军已经登陆。"

《铁道卫士》印象深刻,已深入我们的骨髓,五一子扮演方化,手势我们太熟悉了,眼睛直直的。接下来的次序不固定,有点儿乱,大鼻净与大烟儿总是抢话:"可我那两百垧地?"大家一起喊:"给你弄个师长旅长干干不比你那两百垧地强!"笑得前仰后合。

小芹从不参与,看着我们,这时她的确是女孩。直到有一次五一子给了小芹一支烟,是的,五一子已开始卷大炮,偷他爹的。五一子给小芹卷了一支,小芹叼起来,大鼻净一副谄媚的样子给点上。别说,这时候小芹表情还真有几分女特务的样子,特别是小芹自行把硬辫子松开,头发弄得松松垮垮。我们都看傻了,有种非常陌生的东西,我们觉得好看,但谁也没说。

说不出来。我们的表情像镜子一样,小芹肯定看到自己。我们围着桌子。尾车空间不大,两边各一张铁凳子,中间是铁架做的桌子,两边的铁窗相对。靠里有个铁炉子,烟筒伸到车顶外。一般火车其实有两股烟,一是白烟,一是黑烟。浓浓的黑烟就从这里伸出车顶冒出,比白烟更长久,更让我们心驰神往。有时桌上还会有马灯、信号灯、信号旗,随便放着简单的行车记录,以及搪瓷缸子、饭盒、水壶、圆珠笔。椅子下面是工具箱,工具箱上面卷放着被子、大衣,都脏得要命,和煤堆在一起。我们拿着信号灯照来照去,不敢拿到外面。信号旗拿外面没问题,可以在尾车栏杆处乱晃,不会被发现。从一辆尾车到另一辆尾车,总是乱窜,我们不会停留在一辆尾车上,那天发现了一副扑克牌。扑克牌又脏又破,满是油污,但仍让我们兴奋不已,就像玩惯假枪见到了真枪。

我们一有清晰记忆就赶上了破"四旧",脑袋像归零一样,当插队的哥哥姐姐带回扑克牌,我们无比惊讶,世界竟有这种新鲜玩意儿,神奇极了。我们当然玩不上,一向被世界忽略。但并不妨碍我们创造自己的世界。我们撕了作业本,裁成五十四张同样大的纸，写上红桃黑桃方块梅花和数字，大猫写上大猫，小猫写上小猫，也是一副牌。我们玩大百、小百、升级、争上游、憋七，甚至带到火车上玩。我们坐在两边铁椅子上，像开会一样，非常神秘，一点儿也不觉得那些破纸可笑。发现真正的扑克牌！那堆烂纸立刻被我们扔到窗外，随风飘散。五一子和小芹一头，大烟儿和文庆一头玩起对家，小永和大鼻净围观，替补。五一子让我把门关上。这不用说，我负责警戒，从来如此。

汽笛声声——远处总有，尽管这次是我们的车发出的，但七十多节车厢太远了，因此任何汽笛声可忽略不计，我们都习惯了。就算屁股底下"哐当"一声火车动了，通常也不太慌张。稍不同的是那天我把门锁上了，这也不打紧，还有窗户，我去开门，大家纷纷跳窗而出，以前就算开着门也有人成心跳窗。小芹和五一子收牌，收了最后几张五一子翻身跳窗。铁门打开了，毫无疑问小芹会跟着我，这都不用说。车很慢，我下到铁台阶最后一节一跃跳下。当然摔在了地上，我太小了。果然小芹跟着我出来了，到了栏杆处，却没下台阶，迟迟没跳。我们追，喊快跳，快跳，几乎拉到了小芹的手，小芹却没动。小永摔倒了，大烟儿也摔倒了，在枕木和砾石上。

小芹扔下了扑克牌，我们每个人都捡到了，一边追一边捡，一边捡一边追。我这个罪魁祸首落在最后，远远追着，也捡到了一张。我不能说扑克牌是罪魁祸首，是一种命运，哪怕它经常用来算命，但我也恨死了扑克牌，我觉得我就是扑克牌。我们散散落落停下了，五一子从我们手中一一收走了牌。五十四张，一张不少。小芹没有一次扔下，一张一张扔下，不然我们也不会追那么远。火车消失了，我们又追了好一阵。

牌与小芹都重要，这是真的。的确，在迷茫中牌仍然是一种快乐，一种无法言状的东西。一年以后我们见到了小芹，无论牌和小芹都已被成长太快的我们忘记。当然，牌要早得多，很快那副本来就很烂的牌被我们彻底玩烂，变成了碎片。确切说我们见到小芹是一年零五个月之后，也就是在那个春天过去后又过了一个春天的秋天小芹来到我们院，在午后的阳光中打开尘封已久的门。院里老人的匣子正在批判《中国》，义正词严。居然抹黑中国，却又不明白那个叫安东尼奥尼的怎么来到中国的？谁请他来的？这部纪录片就是这样和我们有着扯不清的费解的关系。以往的批判都是鲜明的，极易理解，唯独这次像个天外来客。我们都已经上了中学，除我之外。五一子、文庆、大鼻净甚至都已开始上初二，所有人都长高了半头一头，除了我。

我们已不认识小芹，但一看就知道是小芹。小芹也不认识我们，从我们身边走过，旁若无人。我们正在防空盖上打乒乓球，星期二，下午没课，就如小芹消失那天。小芹也一样，长个儿了，不再是辫子而是短发，脖子显得有点长，对一切都不陌生，熟视无睹，好像从没消失过。她们家的门锁显然锈住，她开了半天也没开开。我想下去帮她，开个锁什么的我手到擒来，是我强项，可那时我正在房上玩扑克牌的碎片，是我自己的拼图。还是她自己开开了，一股灰尘飞出来，她毫无感觉迎着进了屋，掸都没掸一下。但进去后把弹簧顺手卸下，打开门放空气。她不是不敏感。她穿了一件稍短的瘦削红黑格子上衣，下身国防绿裤子，遮住脚面，背着军挎，自行车后座夹着一个棕色有拉锁的手提包。车是八成新永久二六,支在门口。说不上她从哪儿来,不像外地,也不像北京。

小芹失踪后她爸妈连着来了两次,一次为小芹,一次是前来奔丧,相隔不到三个月,从新疆来可不是容易的事。让我们惊讶的是两次小芹父母穿的是军装,领章帽徽,四个兜。彼时全民皆绿,但真国防绿很少,有也只是两个兜,下面空空如也。四个兜可不一样,馒头扣都比两个兜大一号,我们分得可清了。而且四个兜神秘在于连级到军级都一样,连毛主席都穿的一样。不过小芹父母来自偏远的新疆,我们的惊讶有点儿折扣,要是北京不得了。另外两人都戴着白眼镜,像兄妹,连神态都像,和解放军简直无关。所以关于小芹我们还是那句话:她没和我们在一起,那天我们去铁道没有她,不知她去哪儿了,和我们对小芹姥姥说的一样。谎言有个奇妙的作用,一旦说出,特别是集体说出就会连自己都相信,会变成石头,我们因此从没怀念过小芹,一分钟都没想到过报案或找铁路上的人报告,收走扑克牌之后五一子便提出小芹没和我们在一起,我们不知道小芹去哪儿的谎言。我们的恐惧,我们心里的石头一下落了地,一致赞同。小芹在这一刻真正消失了。我们统一了口径,攻守同盟,五一子使劲扔出一颗铁路上的砾石,挥舞着好像一下长大的拳头说谁要是说出去,他绝不放过,会整死他。

"对,"我们随声附和,"整死他!"好像说的不是我们自己,一路上大家越来越高兴,越来越振奋。小芹姥姥定时炸弹的巨响让我们第一次觉得可笑,全不当回事,也没有四散奔逃。小芹姥姥骨碌骨碌转皮包骨的眼睛,不相信我们所说,我们的异口同声事实上反而暴露了我们在撒谎,街坊四邻其实也都听出来了。

"好啊,你们说小芹是不是给火车撞死了?是不是?是不是?我告诉你们,小芹被撞死了你们谁也别想跑,都得给我偿命!"这当然是气话,恶狠狠的话,威胁的话,但并不老让人相信的话。这么说痛快,不过验证了自己过去所教训的。但是当小芹真的没出现,我们的谎言由于不断地重复完善,越来越像真的,越来越具体,越来越无情,小芹姥姥收起了嚣张。

"真没和你们在一块?"

"没有,真的没有,真没有,向毛主席保证没有。"

"我们出门时还看见她,她往另一边走了。"大烟儿说。

"她去菜市口照相馆了。"最可信的文庆说。

"是,是,是。"

成功,是我们最成功的一次,小芹的消失甚至成为我们高兴之源。直到小芹姥姥夜晚撕心裂肺的哭号才让我们的心一紧,但也很快就过去了。

"小芹,你个死嘎呗儿的,你上哪儿去了,你还不给我回来,你说你到底跟他们去没去,是不是撞死了,你去哪儿了呀,我怎么向你妈交代呀……我不活了……你快回来吧……回来吧……"

一夜哭号,寻死觅活,非常恐怖,但直到三个月后才死去。

不是残酷,不,这是事实。

三个月后小芹父亲再次问到小芹,找了我们每个人,并保证不把我们讲的说出去。他们本来就做保密工作的,让人特别可信,可我们也在保密呀。我不知道别人说出没有,反正我没说。

我相信大家都没说。如果说上一次小芹父母来我们还能看到他们白色眼镜片后面的那种怀疑，那种静默让我们的心还怦怦跳，那么三个月后我们在他们的眼睛里什么也没见到，特别干净，因为我们干净。

小芹插队的姐姐也来了，还有新疆黢黑的弟弟，全家人都带着外地人的颜色，边疆诚实的风霜。新疆的风霜和内蒙古还不同，新疆的脸更暗一些，连男孩都旧，反倒是靠东北的内蒙古的风霜十分鲜亮，好像秋梨与苹果。全家人一样的是：都没什么悲伤，我们觉得至少红苹果似的姐姐应当大哭一场，眼圈儿是红的，但是没有。他们处理了房间大部分东西，临走上了一把大锁。没必要那么大锁，好像科研成果，生锈了很难开的。

要不是小芹旁若无人的样子，我想我们一年半后见到小芹会很惊喜，但她的神态提醒了我们。我们惊讶，但无话可说。而且今非昔比，我们都不是孩子，都长大了甚至有点儿走样儿。大烟儿像刀螂，大鼻净湿乎乎的面积更大了，小永唇上起了一层茸毛。变化最大的是五一子，更像马了，说不清脸更像还是手臂更像，背部油黑油黑的，好像刷得很亮。总之所有人都有点儿牲口的特征，何况他们现在都是我哥哥的徒弟，每天晚上跟着我的流氓哥哥举重，劈哑铃，盘杠子，个个表情生涩。

小芹进进出出，收拾屋子，晾被子、毯子、枕头，到水管子处打水，从我们身边走过。我们对小芹慢慢收起好奇，像看陌生人一样。

"够牛逼的。"大鼻净湿乎乎地说。

"那裤子估计是她爸的。"文庆说。

"傻逼,她妈的。"大烟儿内行地说。

"操,你才傻逼,"文庆说,"我还不知道她妈也是解放军?可你瞧那裤子绝对是她爸的。"

"你们傻逼,国防绿不分男女,都是男式。"

声音就在小芹身后,尽管压低仍会让小芹听见。倒是五一子一直没说什么,像马一样的沉默,马一样的目光凝视着小芹,管接管送。至于我,我在房上,我的样子倒是和下面这些牲口有一种呼应。虽然当初主要因为我锁门才出的事,我的责任最大,但我又是无法怪罪的。我干了什么别人都不奇怪,因此我可以跟小芹打招呼,问这问那,毫无障碍,但我也没动。

倒是院里的爷爷、奶奶、大爷、大妈见了小芹格外惊讶、亲热,问这问那。小芹对他们倒也正常,露出我们熟悉的淡淡的笑容,回答了我们遗忘已久不可思议的问题。回答得十分轻松,小芹到了新疆见到了父母,并且早就见到了。这还不算,不久便又和父母一起回到北京。这些变故早就发生过了,只不过我们一点儿都不知道。

小芹不用成心,很自然就戳破了我们当初的谎言,我们院大人都知道了小芹原来是和我们在一起的,一起去的铁路,老人们眼珠不动了,困惑多皱的脸与其说是惊讶不如说是麻木,瞪着我们,也瞪着小芹,一动不动。小芹说她一直想去找父母,那天正好就去了。正好我倒没想过,可我一直认为她的确可以跳下来。只是再蠢不过的五一子他们竟然好像没听太明白小芹的话,我不知道五一子他们这会儿的聪明劲哪去了,逢到真正需要智力时五一子的脸与晒黑的手臂、膀子、大腿没什么区别。

小芹在西城月坛北街铁二中上学，搬到我们院后并没转到附近的四十三中，她骑着男式二六车每天早出晚归。她干吗搬回来住谁也不知道，肯定不是为了我们或街坊四邻。她有时回来得早，下午没课中午一吃过饭就回来了，晚上吃剩的。我们胡同好多人也认识小芹，但也像我们一样对她感到特陌生。除了凡人不理，肥大的国防绿裤子、二六车也特扎眼，彼时没中学生骑车上学的。还有军挎，刘胡兰式的短发，和所有人都不一样。肯定有人拍她（拍婆子），只是不知道什么人能拍她。反正我觉得我们这片人都没戏，也就朝她瞎吼一嗓子。

他们都觉得五一子有戏，毕竟过去关系不错，便鼓动五一子。但五一子一见小芹就脸红，真的像马一样出汗。和谎言无关，小芹事实上也并没特在乎，就是一种畏惧，正如小芹当初扒他裤子的畏惧。五一子都不敢，大鼻净、大烟儿、小永都不敢，干脆完全放弃，就像完全不认识小芹。

有一天我敲开了小芹的门，我早可以这么做。与别人无关。那天我和猫、鸽子相隔不远坐在房上，她推着二六车进院，不知怎么向上瞥了一眼，并没与我相视便过去了。通常谁进院也不向上看，谁都是低头看门道、脚下，或平视，反而我可以看任何人。她中午之后回我们院多在周日，有时周六。偶尔星期一，星期三，这两天全天都有课。而那天是星期三，所有人都上学去了，她的黑红格瘦削上衣划破阳光，瞥了我一眼后穿过防空洞盖、小厨房过道，屋门口支上车，没锁车，掏出钥匙开门。她的短发真的不是"圈子"式，很阳光的。

当然，她见了我还是很惊讶，如同我对她房间的惊讶：房间竟然如此简单。

"有事吗？"

"没事。"

我到她的腰部，她的惊讶有拒绝的内容，但是随着俯视地打量，慢慢缓解下来，一贯的表情消失了。我的惊讶稍长一点，四下看了一下，房间只一张桌子，一把椅子，几块铺板，一点儿生活用品。以前的八仙桌、太师椅、自鸣钟、大黑柜都没了。四壁空空，桌上有课本、笔、作业、书包，几本没皮的不知什么书。只有墙上的主席像、窗台的石膏像是过去的。

"你不上学了？"她先问了我个问题。

"我想知道，"我单刀直入，没回答她的问题，"你有三个月时间没找到你爸妈，到哪儿去了？怎么找到了新疆你爸妈？还有，你那天说正好，真是正好吗？"

停了会儿，我说："我不会对别人说的。"

憋了太长时间，尽管我的问题多，但我觉得她应该回答我，因为她应该相信我，凭我每天坐在房上。结果事实的确不简单，她看到铁门锁了，希望把大家都拉走，结果都跳了车，从窗子跳出的。

"你希望我不跳车吗？"我问。

"不希望。"很干脆。

她不想跳。爱拉哪儿拉哪儿，她当时就是这种感觉。她承认以前想过藏在尾车去新疆，但也就是想想。

"可你明明说那天就想去。"

"就那么一说。"

"真的不怪我?"我问。

她没说话。我讲了那天为什么锁门,关上门很好玩。你们玩真的牌,关上门好像开会学习。也真怕有人来,好不容易有一副真牌。我并没把门锁死,很快就打开了。

"你要打不开我就跳窗户了。"她认真地说。

"为什么?不愿我在?"

我们有一句没一句地聊着,都没有坐,靠在空荡荡的墙壁上。上面是《毛主席去安源》像,我离得远,她顶到了。对面是落满灰的石膏像。一个在外面封死的窗台上,里面可放东西。

"你一个人在车上不害怕?"

她没回答,将我赶走了。她这人很没准儿,不知哪句话就惹着她了。我们聊得还行,甚至有点儿像朋友,但她依然对我们的"友情"没任何顾忌。另一次同样的场景,还是靠在空墙上,她回答了我上次的问题。她说她一点儿都不怕。我觉得她没说实话。她说她觉得火车说不定会把她拉到新疆她爸妈那儿。这感觉不错,干吗要赶我走呢?

她睡着了。火车半夜停了,上来一个人。一个提着信号灯的人把她照醒了。这是个煤矿小站,押车员是个好人,答应帮她找车去新疆。她的运气可真不错,一上来就碰上了好人。我们这些常在铁路上玩的人对押车员并不陌生,大多脏兮兮的,叼着烟,歪戴着帽子。不过我还是愿意相信她的话,碰到了好人。外地和北京可能不一样。

小站叫阳泉,已是山西地界,我们对山西不陌生,院里好几个插队的哥哥姐姐都在山西,我们甚至还听说过阳泉。押车员是位大叔，小芹坐的是拉煤的车，拉煤的车一般都不去新疆，押车大叔说只有拉石油的车才会从新疆过来过去，得等拉油的车。再有就是坐客车。新疆可是远了，什么车到新疆都得一个星期。客车要很多钱，最好还是拉油车。大叔有办法，铁路上有很多朋友。

"那你怎么那么长时间才到新疆？"我忍无可忍。

油罐车不是天天有，她在大叔家等。

"你住他家了？"我吃惊地问。

"是呀，怎么了？"

居然没把我赶走，我有点儿庆幸。小芹的脸上写着一切费解的不可思议的东西，一些即使不真真假假也是费解的东西。阳泉站在一条大沟里，四周是黄土，押车大叔还不住在大沟里，住在另一条枝杈的沟里，人家不多，散散落落着一些窑洞。窑洞我觉得很正常，院里插队的人也有住窑洞的，听说冬暖夏凉，毛主席都住过窑洞。押车的个子不高，戴着一顶新的蓝帽子，那帽子蓝得就算在北京的大街上也难找。但我对那么蓝的帽子感觉并不好，有点儿不祥之感。小芹讲话就有不祥之感这个特点。小芹说大叔有口音，但是能听懂，有老婆孩子。

我一下放心了，什么都相信了。

我一高兴，小芹又把我赶出去。

押车人的老婆是个盲人，但他女儿眼睛明亮。女儿十一岁了，没上过学，是妈妈的眼睛，帮妈妈干家务活。女孩想上学，有本、铅笔，自己有时写写画画。小芹说她还教了女孩写字认字画画，画青蛙和小鸟。小芹在窑洞住了一个多月，没等到新疆的油罐车，每天帮盲女人和小妹编草编。这哪是小芹干的活，可小芹不仅干了还干得非常麻利，出活，荆条没了还到塬上去割荆条。盲女人和小妹妹和她一条心，三个人加劲干，小芹说着说着眼睛红了，把我赶走了。

　　编草编挣车票钱？即使不是胡说八道也差不多。说好的油罐车呢？两个月都没一趟？就算攒车票钱，一个运煤小站怎么可能有客车？如果一切都是子虚乌有，押车人是个大坏蛋，小芹怎么不跑呢？押车员来来去去，小芹完全可趁他不在家逃跑。但是好像没有，她竟然还叫他大叔。我在房上和众多麻雀在一起怎么也想不明白。真有盲人老婆？我用小石子投猫，猫连躲都不躲，毫无反应，躺在房脊上睡大觉。投向鸽子，鸽子飞走了，又飞回来。再投。我站起来大黄猫才懒洋洋伸了个懒腰，跳下屋脊，走了。

　　另外，就算一切都来真的，问题是再怎么说也三个月呢，她怎么过的？但我再怎么单刀直入也没用，被赶出来多少次也没用。她说了能说的，自相矛盾，她说押车大叔在另一个城市把她送上火车，这是对的，但另一个城市是什么概念？忽然想到她为什么总是穿肥大男式的国防绿裤子？几乎没见她换过，能感到腿在里边逛荡，一阵风刮过来时就像旗子裹住了旗杆。安全是安全但不也很扎眼吗？这一片的玩主都比较土鳖，不敢怎么样，铁二中那边就难说了，听说铁二中有许多响当当的玩主，我总是在房上不由地想象小芹在铁二中操场走过的样子：昂首挺胸，短发一动不动。

　　有一次我问小芹想她姥姥不，按理这事完全犯不着将我赶走,我不过是靠在墙上没话找话,结果她将我"请"了出去,就是揪住耳朵拉开房门一下将我甩了出去。我的耳朵几乎掉下来。这样的"请"当然不是第一次,而且主要很顺手,稍一俯身即可。但这次与往次不一样,往次通常都很慢,慢慢牵着我送出屋,这次很快。她太恨她那无法言说的姥姥了,过了那么久还是那么恨,完全是雷,不能碰这话题。我从没偷窥的毛病,但那次的哭声——呜呜的深长的大哭,让我踮起脚尖看到雨一样的她。

她想姥姥?

我从没见过那么混乱的脸。她有太多的谜。

我在房顶上看着太阳落山。越过海浪般的房顶,北京真的是可以看见山的,而不仅仅是随口一说。那时的北京西边只有工会大楼、民族饭店、民族宫几座高层建筑,站我们院房顶一马平川都看得见,像在海上看见个别轮船一样。金色哨音的鸽子不断掠过前方,整个房顶都是金色,哨音让我抬头,猫也在扬头,像我一样慢慢摆头,我的眼睛毫无内容,但猫不同,永远是警觉的,你能从它的眼睛里看到什么。

警察的出现最初在猫眼睛中,一动不动,跳了两下又不动了。我其实并不特别意外,真正意外的是小芹的"罪行"。

不是警察来找到的小芹,而是小芹带着警察来到我们院。一共三个蓝制服警察,长得都一样。一个就够了,不知干吗要三个?小芹垂着头,短发有些乱,挡住了部分眼睛。没戴手铐,两手仍交在前面。此前在哨音中我已听见摩托车声,当然不知上面坐着小芹。哨音由远及近,掠过屋脊,摩托车突然停下,还突突响了一会儿。我立刻随着猫越过房脊跨到临街一边,两个警察押着小芹已进院,还有一个警察锁车。车是跨斗摩托,俗称跨子,就是后来在"二战"影片里常见的那种黑色的。

三个完全相同的警察随小芹进了屋,很快出来了一个,外面警戒,也像"二战"电影。打火机"啪"的一声点烟,很帅,长长地朝我们院上空吐了口,看见我立刻警觉地摸什么,随后撇了下嘴角。我们院男女老少都出来了,没人敢靠前,吱一声,问声怎么回事,倒也都不是特别意外。没多一会儿小芹出来了,头更低了,并且惊人地戴上了手铐。

《曼娜回忆录》或者也叫《少女之心》被搜出来。这个让我非常意外,怎么也想不到,我觉得也不该,她做出什么我都理解,唯独这事不可思议,抄什么不行,怎么抄的是这个手抄本?自然没不知道这个手抄本的,即使我这个已放弃学业的整天在房上的灵长类都知道。我记得马脸的五一子还拿到过两页,来到房上和大鼻净、大烟儿、文庆、小永围着一起神神秘秘地看、念,忽高忽低,高时都向后动一下。五一子特别主动地招呼我过来,肯定是冒坏,我太了解他。当我听到大烟儿"表哥的××进入了我的××",确实,我的脸都绿了,我从没听到那样的术语,力量也就更大,更惊人。五一子看着我哈哈大笑,并低头看我的裆。那破破烂烂的两页纸不是作业本,是信纸,有红线格的那种。

小芹抄的是全本,家里竟然还有一本。

铁二中看来就是不一样,我们这片就是几张纸,大家瞎抄来抄去,要抓得有好多人抓起来,但好像一直没什么大事。抄整本就不同了。小芹留给我最后的印象就是她戴着手铐低头走的样子，永远停在了这一刻。而且这次还不像上次，小芹出事后她们家的房子易主，房管所调配来了新的住家，一对在琉璃厂荣宝斋工作的老夫妇，膝下一女，据说是抱的。我们以为老头与小芹家有点儿关系，结果一点儿关系没有。关于小芹传也是瞎传，有的说小芹判了三年，有的说五年，也有的说是强劳，反正差不多。我们之中有人骂五一子脓包，说小芹不定被人"铆"过多少次，五一子早该对小芹下手，如何如何。我觉得就算小芹像人们说的那样五一子也没戏。小芹和小芹家与我们院完全断了音信，这次我们倒没很快忘了小芹，好长时间都兴奋地谈论，分析得很细，都和性有关。但时间抹去了一切，时间层层叠叠，时间太长了，想不到四十年后我还活着，镜中的白发完全像雪山一样，或者我就是雪山。

这事没想到没完，小芹的父母现在竟然都是院士，照片都在百度百科上。小芹父母还都是白眼镜，加上白发，一看竟是那么亲切，感觉就是我们院的人，虽然院子早已不存在。费尽了周折。有一天，终于打通小芹父亲的电话。小芹的父亲不知道我是谁，我具体描述了当年的自己，然后我听到了小芹母亲的声音。小芹母亲接过了电话，给了我小芹的电话。

这天晚上，我拨通了小芹的电话。

作者简介：

宁肯，本名宁民庆，1959年生于北京。1983年毕业于北京师范学院二分院中文系。著名小说家，散文家，主要作品有长篇小说《天·藏》《蒙面之城》《三个三重奏》《沉默之门》《环形山》。著有散文集《说吧，西藏》《北京：城与年》《我的二十世纪》《思想的烟斗》。另有中短篇小说集《词与物》《维格拉姆》，非虚构作品《中关村笔记》。曾任《十月》杂志常务副主编，现为北京作家协会副主席，中国作协第十届全国委员会委员。获第七届鲁迅文学奖，两次摘得老舍文学奖长篇小说奖，获首届施耐庵文学奖，第四届《人民文学》长篇小说双年奖，北京市文学艺术奖等奖项。有作品翻译成英语、法语、意大利语、捷克语等。

北京断章

徐 虹

一

流光的水，已经把我记忆中的北京冲淡了。那些零星的碎片，只会在某一个夏天的某一个没情没绪的下午，在头脑的角角落落里，忽然浮现又忽然消失。

不错，现在正是21世纪的某一年，是某一个夏天的某一个没情没绪的下午，楼上的男孩每日在烈日午后，都听从母亲的命令，弹奏一首钢琴曲——因为还是练习曲的阶段，钢琴的调子断断续续的，手指像是生怕说错了话，小心翼翼地，完全破除了正常的节奏。有时候一个音，要等很久才跌落下来，听得人提心吊胆，心烦得紧。门口的外省保安，皱着眉，烦躁地在阳光下走来走去。我被散乱的音符牵扯，人整个落在尘土里。眼睛没有调整焦距，愣磕磕的，朝向地毯上的某一朵花——在夏天的烈日午后，人是要变成植物人的。

就在这个时候，在零散的钢琴声中，忽然有一股神秘的力量，在身体的角角落落里觉醒。最先是一些流散的浮云，一面变幻一面聚拢，最终集合成一个四体伏地的舞人，具有蝴蝶的羽翼和孔雀的色泽，潜伏于暗蓝色的追光下。她一只手臂升扬起来，尖长的手指慌乱颤动。她活灵活现，细节逼真，连脚趾的弯曲都充满力度。然后整个人如闻魔咒，火焰一般升腾蹿动，蔓延和逼近。

不是情欲，却比欲望更深藏不露，意味深长。

是记忆的风，把它们吹醒了。如同平静的湖水骤起涟漪；苍白的旧日起死回生；一个毫无姿色的女人忽然堕入爱情。

遥远的声响是金色的铃，在很远处零散地跌落。它们潜伏于我的记忆这么久，像柜子底那件绲了金边的暗紫旗袍，全盛时代已经过去，式样老旧，却溢彩流光。

她是我的。我的头发被编织进她的纹理里去，我的嘴唇在她怀抱里呢喃。漂浮的心倚靠着她，呼吸也随同她呼吸。

她是我的老旧而亲切的北京。

二

车子拐进北海一段弧度圆满的弯道，可以看见暗红的砖墙，连接一排排冷冷的白栏杆。对面的角楼兀自金碧辉煌——暗色的金配合了暗色的蓝，上面描画了繁复的花纹。角楼的飞檐上卧着惺忪的睡鸟。它们只在黄昏时分，一群一群，飞去飞来。老树的枯枝狰狞如爪牙，黑色枝条的背景是朱红墙面。处处是旧北京的印迹。1970年代末的北京，正在这里复活和苏醒。

鸽子飞旋，羽翼拍动。它们不停歇地，从过去飞到现在。羽翅下快速掠过的斑驳的北京，旧房子被推倒翻新；孩子长大成人；街道日渐格式化；暗灰的底子，代之以明艳与灯辉。人们在笑容里加了技术和艺术。以往悠然的生活，变作时髦的电视片头的快动作。机器和钢铁，把茫然的人群包围起来。

20多年，真快。总说时间是金钱，可如今时间也像金钱一样不经花，一不留神就流失一大把。如今，在横平竖直的样板都市里，野趣横生的散漫的村落，依照盆景的命运，被快速地规范化了。破坏，正以建立的名义进行。镂空雕花的窗棂和屋檐上的小兽坍塌下来，随垃圾一同消失。路边风情万种的高一朵低一朵的野花也不见了，她们被转移到了规矩的园囿里，而且整齐划一地，以一样的品种，呈现一样的姿势和一样的表情——像是1950年代的舞蹈：一排风姿绰约的姑娘穿同样的衣裙，脖颈向一侧扭动相同的角度，柔美得同出一辙，好似一个人的多个重影。街边的楼房，伴随新世纪的人们的欲望，热带雨林般疯长和膨胀。新建的街道，正是欲望之魔无限伸展的枝条。

三

一切都低沉下去，不可遏止。这是我和我的朋友风子的口头语。风子们像所有不太年轻也不太美貌的都市女子一样的爱时髦，面带满不在乎的表情，对生活保持无所谓的颓废态度——

这是1990年代中期的时尚，在90年代末期也并未过时，直至跨了世纪。风子们穿着件麻布大衫儿，长发胡乱披散，眼睛半张半合，嘴唇是一朵暗淡的紫，细瘦的裤腿上满是细细密密蔓藤一样的小碎花。她们自恋地站在故宫暗红的城墙边上，身体前倾，双肘向后抵住鼓鼓的大门钉，头扭向一侧眺望远方的天空。飞檐上的怪兽张牙舞爪，制造了时空颠倒的惊愕。而她们本身也是这个时代的综合体，冷静、现代、时髦，又蕴含着某种旧时日的风情。

很突然地，城市的街边传来一个外省人蛮强的口音。晚报！寂寞立时穿透空气。晚报！

一定有什么事情即将发生。这座城市危机四伏，神思不定。行人们影子倾斜，面无表情，举止慌张，形迹可疑。他们忽然朝一个方向奔跑，忽然又转向另一个方向。我随同人群在北京的街头四处游走，远处间断着传来集体沉闷的口号——抗压，他们说。搏斗，他们说。逃跑，他们说。性感，他们说。我的心像空气一样失重，我的呼吸伴奏城市吞吐的废气。一间空阔的房间承载住我的变形的心脏，它裸露透明，狂躁跳动。房间里杂乱异常。几面素色花布把书架和木桌子全部包裹，墙壁也被同色花布钉满，窗帘是大朵大朵细密的皱褶。那是一种暗蓝色的小碎花，细碎的花瓣儿像是漫天遍野刮了一场大风，把屋里的空气在都给刮蓝了，给这屋里平添一股妖气。屋里每一朵花都冒着蓝烟。从暗蓝的玻璃窗直望出去，街上的烟尘和人影一同漂浮，太阳怪异得和天空一样大小，它不是圆形是方形的，此时正像烧开的水一样咕咕冒着热气。沸腾和变异！他们说。屋里真热，每朵花都像要燃烧起来。外边工地上"咣当咣当"卸煤的声音越来越吵，楼上是咿咿呀呀的勾人魂魄的京戏。在我的家里我却成为一个无家可归的人。

四

正是那一年的那一天的那些时刻，我遇到了少年时代影子一样的朋友风子。遥远的旧时日已经远去，从别离风子到再次见面已时隔20年。我们重逢的背景是郊外一所艺人群居的巨大仓库。在宽大空阔的房间里、镜面一样反光的地板上，一些披散长发、留胡子的人身份不明，语焉不详。他们光着脚；或站或卧，思绪涣散，目光迷离，远远地朝我们看过来。我和风子以防卫的姿态彼此慢慢靠近，张大的眼睛里，互相映出对方小小的陌生的脸。

时间已把我们两人清洗、裁剪、压模、重组。我们已成为社会工厂的流水线上的合格产品。陌生使我们不敢正视。我凌乱地端详我少年时代的朋友——那个叫作风子的人。风子超越了我成长期间的每一年的每一种想象。她穿件蓝碎花的中式立领短袖衫，暗蓝裙子。头发中分，两边各别一个黑卡子，像哈德门香烟的广告画。她的那双鞋子，居然是绒布面、侧扣襻儿的那种——那可是我妈妈那个年代的时髦。这倒让我想起中戏的那帮故弄玄虚的学生，个个精怪，好像有多超凡脱俗似的。可按说风子这个年龄，顶多只能是个中戏的蹲班生哪。微笑在我心里一圈一圈荡漾起来。我忽然灵魂归位，以一个经多识广的平庸女人的惯用口吻,用了"哟"或"啊哈"的感叹词,拉起她的手。时间把我的声音变得沙哑和陌生。我说,你——变——了!他们立时笑得老人一般呵呵的、孩子一样嘎嘎的,开始掉转枪口诋毁我。你不也变了?他们说。时间把你们变老变丑了。

我们互相静默着对望了一眼,没有再说客套的话。然后她自顾自低了头咬手指甲尖。我知道她的眼睛没有调整焦距,或许她的思想已经回到了少年时代的某一个瞬间。我们再一次躲躲闪闪地互相端详对方的脸,在脸上找寻旧日遗迹。她和我所认识的她,我和她所记忆的我,严重错位,我们实际上变成了四个人。我所理解的成长,就是时间化整为零,把人由瘦变胖、城市由窄变宽、心事由少变多、事情由简单变为复杂、彼此由熟悉变为陌生的那个漫长而琐碎的过程。

毕竟,在时间的洪流里我们是两个溺水的人。

五

年少果然就是一瞬间的事。在城市巨大而密集的坐标系中,风子们的窗口正对着另一些密集的窗口,另一些密集的窗口也对着风子们的——她们是谁?她们在哪儿?她们曾经怎样?房间里放出沉郁的音乐,如一面巨鼓共鸣的回响。旋律 X 光一般穿透心肺,顺着血管畅流。木质地板上的光碟铺张一地。运动鞋很脏,歪斜着脱离了原先的位置。三五个喝空了的巨大矿泉水瓶子,散落。有烟,有酒,有音乐。所有的平面都被杂乱占据。我们的记忆也烦乱一片，布满灰尘，和房间一样需要收拾。加了音乐，我、风子、风子们，就成了黑白片里的画面了……

走在北京东华门街边的那个面无表情的蒙昧的孩子就是我——细瘦的，短头发的，头发油润乌亮的，手里永远摆弄着一串小小的红色的圆珠子——扁圆的珠子，以一根极细的玻璃丝穿起，一毛八一串。那是一个孩子在1976年北京东风市场一楼柜台里，能买到的最奢侈的商品。那时我的理想，是跳《红色娘子军》芭蕾群舞的后排左起第二个。或者做一个白雪公主，鬈曲的头发，红润的脸，首饰繁复，穿泡泡纱连衣裙。但是我脸上那股恨恨的神情，倒像是白雪公主的后母。

街上没有这么多车子，偶有浅蓝色的伏尔加，一晃而过。永久、飞鸽或者凤凰自行车一群一群地，迁徙的大雁一样掠过。路上还有马粪，拉石灰的马车会在东黄城根儿显露踪迹。碰巧遇上了，我、风子和二骚子，就悄悄跟在后头，瞧准尾部结实木板子，双手一撑，多少可以省几步路。可是只要嘻嘻一笑，手就没劲儿了。赶车的发现了，嘟囔几句，并不真骂。骑二八男车的那个人，前大梁上绑一个孩子的竹座椅，车把上挂一个连接了许多窟窿的网兜，里面的韭菜杂草丛生。他们生活的华彩，就是去东风市场买二毛钱的肉馅、五分钱的猫鱼，或者过年领油票粮票买瓜子花生，到民族文化宫等退票看一场张振富耿莲凤的歌舞什么的。

零零散散的日子一直都有胡琴的伴奏。没有伶人的粉白的脸，京腔的念白却拿腔作势的，从早上说到晚上，从街头直说到院落，从孩提说到老。

院子里的枣树张牙舞爪，狰狞地覆盖了整个院子。树上常常有毛毛虫，俗称毛刺子，有时候会掉在头发上。早上我在院子里梳头，风子帮我扎成四股小辫儿，忽见地上一条扭动的毛刺子，我登时吓得汗毛倒竖，狂奔回家。院子里弥漫着厕所的尿臊味儿。水池子上弯了一个铁架，歪歪斜斜，洗衣洗菜的时候好放东西。雨后的积水上，漂着一只黑色的胶皮雨鞋。水渗干了，蚯蚓钻出来。中午的太阳晒得人迷迷糊糊，知了的鼓噪没完没了。"磨剪子嘞，戗菜刀"的吆喝，断续传来。

"呵啊！"有人很响地打个哈欠。

春困秋乏夏打盹，睡不醒的冬仨月。院儿里风子的妈一边拣米一边大声说。

那合着一年四季都睡觉哇？我和风子蹲在她旁边，手指头纠缠着一根红毛线绳，它能变换出无尽花样，可以是"面条"，也可以是"钩针"。我们两个像两只猫一样小，一个低头，一个仰头，头抵住头——那合着一年四季都睡觉哇，我和风子问，那我们还上学干吗？问得她妈妈笑了起来。

那帮半大孩子成群结队，在院子门口奔过来又奔过去。他们吸着鼻涕，穿洗得发白的蓝褂子，破旧的臭球鞋，裤子上用细密的大麻针缝着补丁，干裂的手指甲盖全是黑的。

二骚子，你丫是吃卫生球长大的！他们狂躁地起哄。小皮鞋，嘎嘎响，资产阶级臭思想！他们笑得龇牙咧嘴，肆无忌惮。他们对着院儿里的水管子喝凉水，军绿的书包拖在屁股以下，兜里"哗啦哗啦"响着一堆钢镚儿。

院儿里还有一个乒乓球台子。有时候红姐姐她们用猪棒骨和一个乒乓球,玩一种叫作"拐"的游戏:先将猪棒骨一撒,乒乓球弹在空中的时候,迅速用手将猪骨翻转成一个角度——或放平,或立起——然后将乒乓球接住。没接住或者没来得及将猪骨放好,都算输。

傍晚,厨房里传出"刺啦"的炒菜声。风子,回家吃饭!风子的妈厉声说。

老柴头吃完了炸酱面,骂够了二骚子,光膀子坐在院子里,满院子就是他的叫板。老柴头唱得摇头晃脑,陶醉得很。手里的大蒲扇驱着蚊子,偶尔打一个很响的喷嚏。院子里就断断续续地响起《空城计》或者《四郎探母》,都是一句一句的,绝没有完整段落。忽然从一个朝代跳跃到另一个朝代,意识流一般,横穿起七国五代。

"红酥手,黄滕酒,满城春色宫墙柳……"晚上上灯的时候,我在纸上画着古装仕女的一只眼睛。一张白纸上,永远是一条眉毛,白描式的,细长的,向上挑上去。眼神木木的,没有表情。这是我跟红姐姐学的,用一张透明的纸拓着日历画下来。有时候是秋香,一只手托住腮,红嘴唇微微上翘,满脸的喜色。有时候是月亮下的貂蝉,愁眉苦脸的。

我哥哥躺在床上看《水浒》,直看得手舞足蹈忘乎所以。他对鲁智深敬慕已极,常常说书般自言自语大声道——"几个泼皮破落户,抱腰的抱腰,扳腿的扳腿,鲁提辖一腿一个……教那厮看洒家手脚!"以至于我背到了最后一句,却成了"红酥手、黄滕酒,鲁智深倒拔垂杨柳"。

六

早上树叶泛着青绿，落满灰尘，天空洁净。胡同口有一家早点铺，一般油条七分钱，甜豆浆五分钱。如果不加糖，是两分钱。我每天攥着一毛二分钱，到那里买早点。屋里开一方窗口，桌上的碗还没收。碗边豁口甚多，正是一颗颗牙齿的形状。大批的油条放在一个竹筐里，上面盖了一层油脂麻花的白布。服务员虎着脸，神龛一样站在柜台里。人往前拥，以胳膊肘互相制约。但他们对孩子很好。

"小孩前边来，别挤了。"一个很胖的大爷或者大妈说。以至于多年以后，我仍觉着肥胖就是善良的代名词，胖子多半都是好人。

最高兴的是星期日跟我妈妈去逛瑞福祥布店。那时候还要布票。柜台上方有一根电动传送带。如果买了布，售货员开一张票，连同布票、钱，一同夹在夹子上，投枪一样"嗖"地一投，夹子慢悠悠循着轨迹传到会计头顶，她只需轻巧地伸手一摘——这可真是一个省心省力的肥差！我总是仰着头随着这个夹子走，一不小心就撞到别人身上。有时候，好几个夹子同时在上面走——万一会计弄混了怎么办呢？我二年级以前一直为这件事百思不解。

现在的王府井步行街，那时候也不过是一条朴素的街道。它像一条鱼的脊骨。甘雨胡同、大元府胡同、大甜水井胡同、东单三条，都是些长长短短的鱼刺，旁逸斜出，曲里拐弯地向四处延伸。胡同的深处，串联了各种不规则形状的院子。胡同口停满自行车,戴红箍的老头儿清清嗓子嚷:"走哇您,两分钱——得嘞。"然后咳嗽一声,很远地吐一口痰……我并不喜欢他那种泛滥的、亲热的、自来熟的口气。但是我又喜欢享受他的特惠,比如偶尔给我买一支五分钱的果丹皮,或者挂满糖霜的柿饼,也可能是一小包江米条。

王府井小学的操场很大。它原是一所破败的教堂,暗灰、尖顶,高大而结实,表层装饰不多,只在局部十分细腻地浮雕着一些花。院墙上有对称的"伟大的毛泽东思想万岁""无产阶级文化大革命万岁"的宋体字。暗红颜色并不新鲜,惊叹号却震撼有力。这所小学想是教堂在"文革"时候闲置了改建的。如今在新世纪到来的时候,它又复原为灯火辉煌的王府井大教堂了。

学校的院子里有"好好学习,天天向上"几个大字。院子中间有一个篮球场,对称竖立着两座很高的篮板,像是两个无聊的高个子,相对无言。后院还有一个防空洞,有一排秋千架。秋千架下是一簇紫色的花,也许是淡粉色的花吧。我和风子课间就坐在台阶上,看它们随风摇曳。

下课的时候,孩子们尖叫着疯跑。从教室到操场,从院子到厕所,气急败坏的。"一年级的小豆包,一打一蹦高。"高年级的男孩子扯着嗓子喊。

高个子、长睫毛的风子过于美丽,遭到男生们的围攻——他们是以正义战士的形象出现的,而她永远是花枝招展的女特务。肩上披一片带穗的蓝围巾,上面起了些毛毛小球。她呵呵笑着晃过两个男生,躲躲闪闪地往女厕所跑。几个男生直冲到女厕所门口,戛然止步。不知谁在门口拿着一个灌了水的橡皮管子,一边滋水一边换了国军的口气："给老子出来，弟兄们冲啊！"

女生干部一干人多半是烧饼脸，头发如枯草，说话刻薄，平常不大有人理，只能自己宠着自己，靠墙根儿扎堆嗑瓜子。她们远远地看着风子，冷冷道："风子可真够疯的！"男生们处于战斗状态，执着地在女厕所门口专等风子出来。几个男孩扯着衣服捉住她，拖回教室里去。其实拖回去也必然没有下文。然而还是要跑出来，捉回去，情节反反复复，每次都从头再来。

我在台阶上看风子和他们热闹好玩，心里快乐得简直想在地上左右打滚儿。

七

平常我们就在教堂里上课。我可是记得教堂顶端的花窗玻璃——暗红和艳蓝，明黄和墨绿，色块交错。光线羞涩地照进来。它过滤的阳光色泽微红，像是一个女孩子害了羞的脸，低垂了目光。我们就是在教堂里学习"波坡摸佛"。

波，波浪的波；坡，土坡的坡……

班主任冯老师身似铁塔，手执竹节教鞭，另一手折了似的，以手背叉腰，身体曲折起伏。她重心放在一条腿上，另一条腿打着晃。我们的齐声朗读，既没有什么音调，也没有什么意义。如果你去过庙堂殿宇，就知道儿童的诵经像是召唤一群叫作寂寞的魔。

波，波浪的波；坡，土坡的坡……

昏暗的光线，阴郁的基调，无聊的诵经一样的课文，催眠了我——那个孩子就是我，迷迷瞪瞪，恍恍惚惚，只有眼睛黑白分明。我仰头，看屋顶上的花玻璃：暗红和艳蓝交错的地方，生出一种奇异的紫。色块拼接，无止境地叠加，变化到无限。而它们奇妙的图案，又似一圈花斑蝴蝶，首尾相接。

认真听讲！有些同学精力不集中——我就不点名了。冯老师严厉地说。我收回眼光小心翼翼地看她，以前面的风子的头发挡着，只露出半张脸，冯老师也只露出半张脸。她正目光炯炯、威力十足地看我。仿佛她的眼睛里射出一排子弹，我需要一个护障。我把头慢慢地、慢慢地，全部转移到风子的头发后面，冯老师于是月蚀一样消失。

认真听讲。手背后坐好。不许追跑打闹。争当三好学生。为共产主义事业贡献力量。这是1970年代校园里的关键词。而我满脑子想的是一毛八一串的扁圆的珠子，吴清华的芭蕾舞鞋和她摔倒的姿势——吴清华，身上满是纵横的鞭痕，匍匐在地，双臂交叠。纵身跳跃时划过一道彩虹的弧度。而她的芭蕾舞鞋，竖立得如此圆满。她永远皱着眉头，透露仇恨的表情。

一个孩子的意志，必须屈从于一些不相干的大人，这就是成长的代价。我无奈地想。而好孩子和坏孩子的区别呢，就是一个是肯于听话的，一个是不肯听话的。

八

毛主席逝世以后，我们放了几天假。那一阵课间坐在操场的台阶上的，就成了我和风子两个人。她的睫毛长极了，我们都穿着侧扣襻儿的方口布鞋，裤子是条绒的。她还有一件奢侈的金丝绒背心——这是当时最时髦的装束了。

操场还没有漆上板油，地是黄土地。远处墙上的大红标语，已经退败了。教堂的尖顶旁边，浮动着一些灰色的云。学校规定不许在校园里拍三角和弹球，男生们在操场上撞拐。他们笑得上气不接下气的，偶尔神情诡秘地看过来，朝我们很重地砍一个土坷垃。

有一天风子悄悄地拉着我，穿过这些淡紫的花朵，坐在篮球架下的石阶上。表情凝重，脸都涨红了，口气很热地呵在我耳朵上。你知道吗你知道吗，风子放低声音说，江青是个坏人。

我不知道江青是坏人跟我有什么关系。我反问那你说冯老师是好人还是坏人？风子怔怔地看着我，不再说话。

过了两天，学校忽然放了假。广播、喇叭里传出一个女声高亢的声音："华主席带领全国人民一举粉碎'四人帮'！""这是无产阶级革命的伟大胜利。"我回家问我爸爸什么叫"四人帮"，他板着面孔严肃地制止了我。

晚上大人们神秘地外出，我和风子牛皮糖一样贴上去。王府井街上发了大水。激昂翻滚的潮水卷起路边的零散行人涌向天安门广场。从北京饭店往西一路密密麻麻全是人。所有的松柏树木上，都别满诗歌、漫画、条幅标语。其中还有纸折的一串王八。

风子一指,我们忍不住笑起来,还顺便认了好多生字。

"王张江××,狗头军××""江青要当女××""打××一切反动××"。夜灯灿烂。那一路汹涌的人潮裹挟着我们向前走。我是潮水里最小的一滴。大人们四处张望,神色紧张又新奇。四处是和他们一样的亢奋的大人,我没有见过如此的集体惶恐的眼神。我的眼睛探照灯般扫来扫去,正巧看见一幅巨大的漫画,将江青画成了一个"女皇"。皇冠上的一排珠子垂落下来,倒很像东风市场一楼的一毛八一串的珠子。我兴奋得很。江青的嘴唇被画得非常的大而厚,眼镜框占据半个脸,穿着曳地的长裙。长裙和水袖,可是我最迷恋的时装梦。

回到学校里的第一堂课,我们要画一些漫画,批判"王张江姚"。我立刻想到那幅江青当"女皇"的漫画。我找来一个画本,用铅笔描绘轮廓,再用水彩上色。我把江青的嘴画得非常大,眼珠夸张地凸现出来。至于曳地长裙,我一直梦想一个长裙的款型,就按照设想,在领口和裙摆处,加了一些皱褶,再画上泡泡袖。然后将裙子上了猩红色,和嘴唇一样扎眼,皮鞋采用了肮脏的蓝。这是我最早的服装设计图纸了。

九

冬天说来就来。我哥哥他们上初中以后就去学工学农了,后来又去拉练。那年北京特别冷。二骚子的手都冻裂了,鼻涕常常凝结在脸上。我穿了我哥哥的旧棉猴儿,两个棉手套用一根带子穿起来挂在脖子上。棉袄棉裤收缩成枣核形状,远处看起来像一头熊,就地一倒就能顺坡滚动。

风子依然美丽,她妈妈常常唠叨她"若要俏,冻得小狗汪汪叫"。她妈妈和我妈妈倒是有无尽话题,我妈妈很会织脖套。她们见了面永远谈脖套和袖套,而且总感慨"衣服又小了,又小了"。

下雪的时候,储存的大白菜得用棉被盖上。这些事情都得我们孩子帮着干。蜂窝煤老早就预备好了。生火是一件非常麻烦的事。废报纸一燃就着了,晚上还得学着封上火。

雪倒不是鹅毛大雪,而是盐末一样,纷纷扬扬,沾到脸上就化掉。我把几块白薯放在炉子上。皮焦了,翻一个个儿,再烤。对面风子家的房顶,随着瓦片的凸凹起伏,一棱棱净是灰色的雪,像是一排灰白的平行线。虎子是一个典型的享乐主义者,它专门睡在离火炉最近的暖和地方。睡得惬意的时候,四肢伸展,打着呼噜。把它弄醒了,它漫不经心地瞥你一眼,翻个身,换个姿势再睡。

我透过窗上的冰花看见一张兴奋的花脸。"下午去东单公园吧。"风子嚷。我们已经四年级了,可以去东单公园了。就像到了二年级,可以用钢笔,三年级可以换一个吸铁石铅笔盒,满了十四岁,才可以戴胸罩一样。

北京的东单公园是坏孩子去的一个地方,是北京的流氓窝。那两年有一部电影叫《苦恋》,女主角冷眉果然是一个冷艳女子,穿了流行的高领毛衣。很多人都说,冷眉是东单公园出来的。到了1978年,已有许多旷课的半大孩子聚集在那里。那时候市面上已经有人穿喇叭裤了。这里大部分孩子穿白边懒汉布鞋，裤腿特别肥，盖了脚面，书包带也长过了屁股。"交个朋友吧。"他们喜欢这样对陌生女孩说。即使走在街上，我也只需一眼，就能把他们辨别出来。他们就是"总去东单公园的那帮孩子"。

风子走在我和冬云几个孩子中间。她个子高，头发鬈曲——不是自来卷，是用毛巾把头发弄湿了，经卡子卷曲别上去，干了再放下来——刘海儿有意无意地挡住一只眼睛。风子新近采用了一种侧头斜眼看人的方式。走路时以两手的拇指勾着裤兜，一晃一晃的。这一般是上了初中以后的女孩子的做派。

男孩子能准确地嗅出她的不同来。刚进门，门口就有两个小子吹了口哨。风子含笑不语，他们慢慢凑上来。他们中那个高个儿的挡在我们前方，另一个在不远处游荡。那孩子，干吗呢？高个儿笑着说。他说的"那"是"内"的音。我们那时候互相都叫"那孩子"。

管着——吗？风子的眼睛溢彩流光。不知道什么时候，她已经自动脱离了我们，一个人游荡到离我们几步远的地方。高个儿跟过去。他也穿着特别肥的拖地的蓝色的确良裤子，书包带长过了屁股。交个朋友吧？他对她说。

明知道他会这么说，我们还是在旁边笑得打跌。风子一面咯咯地笑，一面骂他讨厌。雪在风子的头发上润湿了，顺着的发丝结成了冰。她的眼睛漆亮，笑意娇媚动人。下午刚下雪，还没有什么人踩过，地上保存完好的薄薄的一层。远处的一群孩子已经打起雪仗来了。

北京断章

　　我们插空偷偷上了山坡。走在土地上，雪一踩"咯吱"一响。山上全是树，一棵一棵的小松树，彼此枝蔓相接，密集繁茂。我们挤在一个低矮的树木的空隙处，蹲下。风子的大红拉毛围巾在树枝间一搭，边缘垂下，构造成一间房子。那两个男孩在远处找我们。"那孩子嘿，跑哪儿去了？"远远的声浪像两匹流浪的狼。没有他们作为背景，我们的秘密就不成其为秘密，偷笑与兴奋也就淡而无味无从谈起。时隔多年我已学会许多宏伟的辞藻和流行话语，但它们都太华丽了，无以形容那天的简单的快乐。我头脑里只会不断出现"多好啊""真好啊"的感叹。我的想象力已经失灵，语言丝毫没有长进。那天我们嚷着，尖叫，大笑，彼此以肩膀你拱我、我拱你，拥作一团。后来我没再有风子一样的朋友。后来我和风子很好。但是再好，也保持着礼貌的距离。

　　忽然有两个大人偎偎着走过。我们蹲在隐秘处，只能看见他们的腿，是很肥的棉裤。男的穿翻毛棕色大头鞋，棉猴儿盖住膝盖。女的手套倒是有几分俏，花毛线织的。他们的腿踱过来又踱过去，站定了，好像谁说谁讨厌，又咪咪轻笑，抢夺什么，又推了一下谁，然后安静下来。他们完全没发觉潜伏在暗处的我们。风子探头朝上一望，触电一样缩回头来。其实也没有什么可笑，然而我们几个彼此对视一下，忍不住偷笑起来，又用手拼命捂住嘴，我简直要笑得肚子痛了。

　　一会儿风子悄声说，我姥姥说，女孩子到了十一二岁就是这样的。我们都问是怎么样的？她俯耳热气呼在我耳朵上说就是要流血。我们都听明白了。冬云轻声问，那男的都知道这些吗？风子说,不知道吧——女的都不说,他们就不会知道。那怀孕是怎么回事?我和冬云期待地看着风子。风子说你们连这都不懂,男的女的亲了一下嘴,就怀孕了。我很诧异,对照着看过的小说或者电影,果然是"他亲了她",过了些天女的就大了肚子。但是……我说,那如果不亲嘴,唾沫沾到呢?结果一下子倒把风子给问住了。

十

1979年的王府井大街上卖五分钱的奶油冰棍和三分钱的红果冰棍,后来又有了一毛二一根的雪糕。我和风子还有冬云常常吮着冰棍满街乱逛。总有男孩子骑辆破自行车,擦着我们身边掠过,回头看一眼,留下丁零当啷一阵滥响。

那些天人们很奇怪地反复说起"排队"和"出口"两个词,像现在人们将"文本""话语"和"后现代"常挂在嘴头一样。可见词语与时尚天生一对,双双弄潮。"排队"的意思无非就是前一天夜里或者凌晨出去,第二天把拉毛围巾、黑白电视和砖头录音机搬回家。"出口"是高级的代名词,它的意思就是公园或者商店的出门处。我这样理解被我哥哥笑为傻瓜。他说,公园里的"出口",不是出口的,是出口转内销的。这样就把事情搞得更加复杂。

一天下午,二骚子挤在我们家门口却不肯进来。风子和冬云可不管不顾,面对着新买的那个砖头录音机,小心地掀掉上面暗红的平绒。我一反飞扬跋扈的常态央求道,哥,爸爸妈妈没在家,就让我们听听吧。我哥哥撇嘴道,那你得先把垃圾倒了,平常太懒了你。我们仨一溜烟儿把垃圾倒了。我哥哥又说,作业你还没做完呢。我急了,说早就做完啦,不信你问她们。她们点头如鸡啄米。我哥哥又趁机骗取了我几张最得意的邮票。然后说,傻瓜,对着它,你们仨说一句话。我们互相看看,忍不住嘻嘻咯咯地笑起来,相互推让你说你说。最后风子对着它嚷,呕!我和冬云也嚷,呕呕!我哥哥噼里啪啦按了一阵按钮。它沙沙转动。忽然我们嘻嘻咯咯笑起来,相互推让你说你说。风子说,呕。我和冬云说,呕呕。简直一模一样!震惊激发我们再次狂笑起来,互相推推搡搡。然后我们的狂笑又被重新播放。我们再一次爆笑。

那些天风子每天都兴奋地到我们家来,当然是大人不在家的时候。她常常拿一根火柴,神秘地点燃,神秘地吹灭,迷离的眼神对着镜子,用烧焦的黑头描眉毛。看得旁边的我,触目惊心。她说香港人就是这样的,把眼眶烫成蓝眼圈。还有一次她跑来管我借火钳子。我们家冬天生炉子有一个小型的火钳,和弄蜂窝煤的夹子、钩子、捅煤的铁丝一同挂在墙上。她摘了它,把它放在炉子上烧红了,把头发拿毛巾弄湿。对着镜子,颤颤巍巍地将它们夹住,旋转,扭曲。我几乎在闻到焦煳味的同时听到一声惨叫,火钳应声落地,"当啷"一声。风子额前一缕头发焦脆,额头已着了一道黑印子,像注解疯狂举动的一个倾斜的惊叹号。

当时时髦的人穿喇叭裤,普通人穿传统瘦腿裤,追赶时髦却不敢大张旗鼓的人,都穿直筒裤。我和风子偷偷剪坏了几条裤子,始终制作不出喇叭裤的效果,那时我们的共同理想,就是穿上一条正宗的喇叭裤。

王府井、东华门、南池子、北长街这几条街离得都不算远。到了春寒料峭的时候,那里可以看见北京最早的嫩绿的新芽。然后才轮到三月份长安街上的报春花和白玉兰陆续开放。正义路上的树得到了仲夏才会有浓荫,平常的枝干疏疏落落。还有北海的白栏杆旁边,穿呢子大衣戴眼镜的干部多起来了,他们在团城下留影,合影留念永远是一个阵形。北海的冰还没全化,胆大的孩子在冰面上一个拉着一个滑行,可见边缘冰水荡漾。滑冰的那些男孩子带着一身凉汗坐在路边,看来往的女孩子。团城的角楼上,一群一群的蝙蝠飞进飞出。晚霞斜照,这时候路过什么样的女孩子,都在夕阳晚风中变得顺眼了。

十一

……梦境与呓语一同分裂,院落依然完整,树比我们长得快。仿佛一觉醒来,周围的声音已经远去,枣树的颜色也暗淡下去,人瞬间变作黑白照片。我、风子以及风子们——那些知名和不知名的人和他们的过去,海市蜃楼般原地消失。变异、发展、成长,使我和我所熟悉的城市之间加了哈哈镜,彼此变得恍惚与陌生。

新一代的年轻的鲜艳的女孩子,身体挺拔地"嗒嗒嗒"地一步步走过,给我看妖娆的、高傲的和风情的背影,走过的瞬间,青春已经在我身后了。

　　一些声音又响动起来。他们活跃在 21 世纪的舞台上。舞台的追光把他们打得很亮。QQ，他们说。个性，他们说。小剧场，他们说。造爱，他们说。他们一手执红酒，一手端咖啡，口涂唇彩，身披避孕套，裤子上钉满布条和口袋。他们的台词新派，道具稳定。革命！他们做了一个身体前倾、前臂折回、后腿绷直的姿势说。他们的双手还紧攥着拳头。

　　这年头动哪儿都可以，哪能动心哪！风子们常常说。

　　分手又聚首，然后再分手，恋爱的节目反复上演，转场的频率越来越快。皱纹背后隐藏着伤心故事。男人为生计变老，女人为男人变老，青春为恋爱变老。青春是树上的苹果，时间是风，老去是飘向地心的重力，不可遏止——牛顿发明了关于时间与衰老的定律，所以生命可以用横向与纵向两维来定义。定律作用于新世纪的风子们，她们一岁一岁地长，心却一点一点灰下去。仿佛每一次成长，都会不经意地把自己的心烧煳一小片。

　　车子在狂躁的夜风中一路狂奔疾驶而来。我们不知道从哪儿来和到哪儿去。我歪在后座上，看不知名的街道迅速滑过，沿途是一些陌生的街灯树影和不断变幻的黑白颜色。副座上的风子，触目惊心地，在车前架起一只瘦骨嶙峋的脚。

　　我们不是垮掉的一代，但是在生活的滑梯上，我们正慢慢"出溜"下去。

十二

　　我泊好了车。2002年的冬天，我在这条街道上漫无目的地走。空气中处处流动着塑料、钢筋、复合地板的化学味道。环保是新世纪的口号，人文关怀还停留在标语牌上。落幕以前的太阳透露惊人的橘红色，把来来往往的路人的侧影也给染红了，他们的某一只眼睛里，也是赤色的恍惚。我手遮住夕阳。走路的速度，恍惚了远处路边的街景：旧屋舍的旁边是瓷砖明亮的湘菜馆、重庆水煮鱼，东北菜馆的门口闪现着穿旗袍的外省小姐。远处闪亮着洗浴中心的霓虹、狂放网吧门前的金柱子。汽车的喇叭毫无顾忌地鸣响，像一个孩子人来疯，句句惹人心烦。退休分子戴着红箍有力地吹哨，拦截犯规的自行车。红绿灯路口，几个满脸油汗的男子，把花花绿绿的售楼广告迅捷塞进减速的车里。

　　在充满灰色的都市的间隙，我顺着长长短短、高高低低的房屋的檐角望过去——可以看见时光悠悠的流水，从很久以前流过来，穿过那些灰暗破败的老房子，映着檐角鼓鼓的小兽和窗棂上繁复的花纹，再流淌到不知道什么时候以后。

　　我试图走进胡同也走回过去。迎面走过的女人倒不胖，套一条肥大的紫色碎花裤子，不经意地剔着牙。无后跟的拖鞋"踢拖""踢拖"的，闪亮着红指甲，干裂的脚趾都显出一股凶相。那女人以胡同里特有的表情瞥了我一眼，判定我不属于这里，然后厉声道："这儿没厕所！"

　　想用坛子装回云朵装点花园吗？它们已经烟消云散了。

　　冬日四五点钟的街头就像晚上。下班的车流还没上来，去酒店饭馆吃饭的人还没出去。这钟点没着没落的。西单电报大楼的钟声忽然奏起"东方红",一个音符一个音符地停顿,悠长的尾音,没情没绪的。

我在旧日的边缘踱步。我忘了我逛了哪儿,遇见了谁,说了些什么。在我进入喧闹的酒楼寻找那一伙风子们的时候,已经是夜晚了。我来得太晚,酒楼的大厅正是狂欢的退潮。远远地看过去,风子们的手正在新世纪的空气中做着一个简练的手势。

"买单。"他们说。

徐虹简介:

徐虹,本名徐红。1969年生,1991年毕业于北京联合大学文理学院中文系。曾任中国青年报社文艺部主任,高级编辑职称。中国作家协会会员,北京作家协会第十届签约作家,中国散文家学会、中国报告文学学会理事。1996年开始发表作品。著有长篇小说《青春晚期》《青春晚期·徐虹中篇小说选》、散文随笔集《废墟之欢》《北京之恋》《上世纪的十七岁》《夏日姐妹》、中篇小说《暗金色》《我和病人的秋日下午》《温的血》《暮色》《起风了》等。作品入选中国作家协会小说年选、《小说选刊》十年精选等多种书刊。《逃亡者》获2012年《小说选刊》中篇小说奖,《北京断章》获第二届老舍散文奖、冰心散文奖、北京市庆祝新中国成立50周年征文优秀奖。2018年因病去世。

读书札记三篇

张颐雯

刘震云《一句顶一万句》

在刘震云的众多小说里,《一句顶一万句》是他最直接地说出自己想法的一部。虽然这部小说看起来百转千回,欲言又止。那种中国式的生活里琐碎和不着边际的东西,对生活散漫而充满喜感的描述令它具有了传统中国的气息,而且,其对中国世俗生活的描绘异常精微、准确,简直是一幅关于中国的风俗画。同时,它说出自己的意图时又是如此坚决执着。那些看起来不大相关的一个又一个的人,那些难以继续的一个接一个的故事,那些人和事之间的恩恩怨怨,以及两次真真假假的寻找,都在从中国最切近的地方寻找答案,寻找语言、信仰这些生命终极意义的答案。

《一句顶一万句》是刘震云对语言的迷恋,也是刘震云对语言的怀疑。刘震云灌注于小说中的幽默、舒缓和敏锐使他的语言具有迷人的力量。小说从杨百顺做豆腐的爹开始,说到他的"朋友"赶大车的老马,接着是铁匠老李,之后是不再做豆腐的儿子杨百顺,杀猪的杨百顺,成了吴摩西的杨百顺。一个人接着一个人,一件事接着一件事,这些家长里短的恩恩怨怨中,甚至找不到一个完整的故事,它们总是被打断,被误解,从任何一个地方都可以开始的一段新的故事,又被下一件事下一句话莫明其妙地改变了。在杨百顺成长改变的过程中,刘震云设置了无数语言的诡计,无数难以辨清的小事,东拉西扯,不紧不慢,他最终让我们发现,人们自己的行动是如何被自己的语言所篡改,而人们的语言又是如何将世界完全改变,最终,杨百顺变成了另一个人,从杨百顺变成了吴摩西,还有最终的"罗长礼",消失在了某个他无法预知的地方。

有意思的是,刘震云在描写每一个人和每一件事时都兴趣盎然,他有对细节的充分的专注,这让他在写每个段落,每一句话时都如此认真以至较真,由不得你不往下读,不和他认这个真。但同时,刘震云却并没有相信这中间的任何一件事会随着那些必然的东西去发展,他的语言的洪流会在任何一个地方突然分岔,一件事成了另一件事,或者这件事被另一件事所打断,所改变。他内心深处的怀疑最终被证明,他热爱的语言并不牢靠,也不能够使他安心。他要找到的那一句话仍然并且最终悬而未决。

前一部分《出延津记》里,杨百顺的变化是标志性的,也是最有趣的,给我们留下深刻印象的部分。在乡下游走着的杨百顺最喜爱的竟是罗长礼"喊丧",但这只是喜爱,与他的现实无关。他的现实是做豆腐、杀猪、挑水、卖馒头,这么多的事没有一样他能够干长。在经过了一件件说不清、道不明,阴差阳错的事件之后杨百顺变成杨摩西,成为吴摩西,在《出延津记》的结尾,他叫自己罗长礼。这些不中不洋的名字,更换了姓氏的名字,还有"喊丧"老罗的名字都喻示着这个人的一次又一次改变。刘震云用他可以主宰的语言,用他的姓名学帮助了主人公杨百顺,杨百顺在他的名字里轻快地脱离了之前的一切——乡村的家庭关系,社会关系,中原大地上的道德规范,压抑他的那些亲朋故旧,还有那段极其现实的婚姻。这种种束缚似乎被一次次用他的另一个名字轻易逃脱了。我们不能判断这个吴摩西与曾经的杨百顺到底有多大的不同,但他的名字却一次次地变了,改变得这么合理又坚决,这一点上,他简直不像一个来自河南延津的农民。

每一次,杨百顺和他的这些乡亲都会从找饭吃,找事做,从纯粹谋生的生活中脱离出来,变成了找朋友,找话说,找形而上的一切。那些看起来平板木讷的,为世俗生活而奔忙的中原农民,最终竟都是些渴望超越平庸肉体的勇士,是从"杨百顺"到"吴摩西"的过程。他们与孤独对抗的勇气,不逊于任何其他人,甚至他们的屡败屡战的样子也真是千姿百态,甚是迷人。

这不是传统意义上中国人的模式,但这是刘震云对中国人心灵世界的真切理解。精神上的孤立无援不只出现在书本中,也不只某些人才可以感受得到,我们这些芸芸众生也如小说中的人物那样或者用"喷空",或者用出走,或者用沉默,或者用喧哗来覆盖它,抓住它。刘震云竟然用了一部长篇小说来表达他的想法和化解他的焦虑。刘震云在谈自己的这部小说时曾经说:"中国人更孤独,因为西方人有什么话可以和神说,但中国人不信宗教，有什么话只能和人说，但人又是靠不住的，所以，中国人最孤独。"

我不知道刘震云是否真正理解了西方人的信仰，但刘震云相信的是，那个传教士老詹在中国传了一辈子的教，只发展出八个信徒，老詹忠于他自己的信仰，但他和他的《圣经》与这个中原大地无关，与我们自己无关。小说里那种中国式的孤独才是一切言语，一切故事，是一切美好的外在都无法消化的那个生命的核心。刘震云相信，他那些卖豆腐的兄弟，杀猪的、劈竹子的朋友所面临的问题也是我们所有人的问题，这个故事本是我们所有人的命运。我们的快乐和悲伤尽在于此。因此，刘震云没有让杨百顺去走老詹指引的道路，而是凭着他对中国人内心世界的深刻的洞察和独特的视角，用他强烈的个人风格，绵密，幽默，深沉的表达，将这河南腹地的寻常故事演绎成自己的故乡之梦。刘震云是优秀的小说家而非哲学家，他没有做哲学家们做的事，却表达了中国人的切肤之痛，表达了我们自己满是创伤的肉体和心灵。

其实，一部小说真正震撼人心的，往往并不是因为它的哲学含义有多么深，也不是因为它能够轻易被理论家们所阐释。各种哲学观念已经被今天的人们阐述得足够多了。刘震云的小说中有着他自己丰富的哲学思考，但最能够打动人心的并非观念，而是其书中所独有的那些有趣的、难以描画出的人生情景，那些只有我们，我们这些中国人才可以意会却难以言传的精神、政治和习俗，才真正表达了我们外在的和内在的痛苦，表达了我们的虚弱和坚强。正是刘震云所描画的这些具体而微的人生情景才是知心的，才能成为我们的"朋友"，而且是那种能够"一句顶一万句"的朋友。

这部小说就像是一个朋友和我们讲述他的生活,他的骄傲与脆弱,我们听到的是一些卖豆腐、劈竹子的朋友的真切诉说,由此我们也会想起一些自己要对朋友说的话。

这才是作为一部小说最具光彩的东西,也才是小说存在的真正意义之一。

《回延津记》的第一段"牛爱国三十五岁时知道,自己遇到为难的事,世上有三个人指得上。一个是冯文修,一个是杜青海,一个是陈奎一。指得上不是说缺钱的时候可以找他们借钱,有事的时候可以找他们办事,而是遇到想不开或者想不明白的事,或一个事拿不定主意时,可以找他们商量;或者没有具体的事要说,心里忧愁,可以找他们坐一会儿。坐的时候,把忧愁说出来,心里的包袱就卸下许多。赶上忧愁并不具体,漫无边际,想说也无从下嘴,干脆什么都不说,只是坐一会儿,或说些别的,心里也松快许多。"

小说说到牛爱国和他的知己相遇的情景:牛爱国和陈奎一在澡堂的偶遇。牛爱国和章楚红的相遇和相应。虽然每一次相遇的结局都是从有话可说到找不到话,或者从此找不到可以说话的那个人了。但他们毕竟曾经有话可说,曾经有过可以一句顶一万句的时刻,这是用人与人之间稍纵即逝的相交化解永远的孤独的时刻,虽然是知其不可为而为之的,却也是无比动人的。因此,这是些既绝望又美好的段落。也因此,小说并不令人感到失望和消极,反而充满对未来的希望,小说结尾处,那个牛爱国最终还是要去找章楚红的。

这些东奔西走、狼狈不堪的人，这些坚定执着的寻找也许就是刘震云自己内心世界的最真实反映。也可能，刘震云这么多年都在寻找这样一句话，能够顶得上一万句的那一句话。在《故乡、面和花朵》的四百五十万字中，在《手机》和《我叫刘跃进》里，刘震云一直不停地寻找那些他要说的话和他要倾诉的人。这些小说都展示着刘震云对语言的真诚热爱，同时也表达着他对语言的深刻怀疑。正是他的这种对语言的迷恋和信任令他的小说在不断地探索新的方向，使他在文学的世界里，在纯粹的和技术的道路上越走越远。

　　然而，在这条道路上，他终究没有找到他那一句重要的话，他也不断地寻找，诉诸大众，拍电影，做编剧，客串演员，他在电影里演过不少自说自话的小角色，他一定是希望用另一种方式找到可以说得着的人与事，他同样发现了孤独的存在，于是他只有用一本长篇小说来表达他寻找那一个人那一句话的决心。

　　在多少年之前，"一句顶一万句"曾经是我们无比熟悉的一句话，它是响亮的豪言壮语，也是我们至今无法忘记的历史的一部分。时过境迁，刘震云在几十年之后对这句话的重新解释竟成为我们内心面临困境的一个隐喻，成为中国人的心灵写照。

王朔《现在开始回忆》

　　王朔写了一部对他来说影响并不算大的小说《看上去很美》，小说的序言叫作《现在就开始回忆》。那时他也就四十岁，四十岁就开始回忆?这里"回忆"应该是王朔的另一个开始吧。

　　这个开始算不得成功。之后,他开始沉默。2008年,王朔出版了新的长篇小说《和我们的女儿谈话》。事情发生在2034年,那时候今天最活跃的一帮人都衰老了,七十多岁的"老王"也退出了历史舞台。那个生活在2034年的"老王"和朋友方言的女儿"咪咪方"进行着一场王朔式的奔放的对话。没有改变的是,老王依然是一个难以找到信仰的人,也依然张扬,依然才华奔涌妙语如珠,然而,他所固有的伤感和愤怒已很少针对现世,而是用自己的方式指向永恒或者绝对。我们在二十年前看到的那个顽主,那个叛逆的"时代英雄"和现实主义作家已经彻底消失。

　　王朔2034年的回忆就是现在开始的回忆。

　　从今天文化圈的喧嚣,从"老王"2034年喋喋不休的言说里,我们当然知道"老王"在年轻的时候也曾狠狠地生活过。不过,2034年,他终于到了该清理自己一生的年纪。王朔把人物分裂开,让一个在今天死去,让另一个在2034年说话;他将时间变异,三十年后他依然活在今天,沉醉在今天。

　　老王有无数的关于生和死的说法,有时不惜直接用书中人物方言的小说的方式来谈生死。将他的意志在玄想与俗世,意义与虚空,时间与空间中穿插徘徊,今天是众声嘈杂,未来则是白茫茫大地真干净。老王将他所有的感悟,所有的想象和所有的俏皮话都针对现在——距离2034年这场谈话三十年前的今天,指向方言和老王,这两个人或一个人的两面。指向咪咪方和王扣子,那是他们各自的女儿或同一个女儿。他们同时存在于2034年,或生或死,他们又都没有在2034年真正存在过,那一年,不论是死去的方言还是活着的老王,不论在真实里还是在王朔的想象里,他们都没有真正抵达过。

这不是一本幻想小说,我们看到过那么多关于未来的小说,都在对我们所不知道的将来进行着或美好或恐怖的幻想和猜测。几十年的时间一切都来得及改变,也都该改变了,那是作者想象力的源头,是小说的意义所在。这样的小说即使是在总结历史,也是为了对未来说话,这是我们读它的目的和意义,那个与今天截然不同的遥远的世界值得我们去了解和向往。在这样的幻想的小说中,时间被奇迹般地延伸了,而时间的延伸也是我们读这样小说所渴望的结果。

可是王朔表述时间的方式不同于所有描述未来的小说,今天与2034年之间隔着几十年的光阴,也隔着无数的生活。在王朔这里,几十年的时间却成了彻底的空白。王朔并没有对未来做任何的想象,他在2034年所有的想法都基于今天,也只是为了表达今天。时间被压缩到了现在,压缩到了今天。那个幻想中的2034年就只是一个象征的意义。

就像王朔所说的,是他的努力"透露了隐秘的内心情感",他要将时间克服掉,"努力打通生死之间的墙"。所以,在这里我无法不说,他也和我们一样,依然在恐惧死亡,追求永恒,寻找信仰和意义。

这才是他的"真实"回忆,是最狠毒、最较真、最矛盾也最小人的回忆,又是最温柔、最宽广和最忘我的回忆,是对他自己的过往生活进行彻底的清理,也是他对未来岁月无法抑制的凝望。

王朔多次写到他写作的困境，其实是他的生活遇到了困惑，他要寻找意义；但他也是最为矛盾和不彻底的，俗世的一切，饮食男女都无法不让他眷恋。正是这样的矛盾构成这本书，也正是这样的矛盾才是他的动人之处，因为生活就是矛盾的、不彻底的。如果有一天，他真的找到了他的意义和信仰，他还会是那个轰动的、畅销的和令众人喜爱的王朔吗？

王安忆《王安忆自选集》

王安忆是一个我们早已熟知的作家，最近我看到了她六卷本的《王安忆自选集》。厚重的书本昭示着她的成就，封面上是她美丽的特写照片，照片的背后却是浓重的暮色，她一尘不染的面孔几乎一半沉入暮色中，照片异常炫目。

"自选集"是经过作家自己挑选编成的集子。作为一个颇具才华与成就，写作成为自己毕生事业的作家，"自选"便是对自己过往的生命进行选择，它会刻意漏掉一些东西，有些被无意间忽略掉了，有的弥足珍贵，被自己放大，一些不舍得丢弃的东西也保留了下来。王安忆的六本《自选集》恰恰是一个有趣的例证。它把某些成名作和我们记忆中留下美好印象的作品——《本次列车终点》《新来的教练》和《雨，沙沙沙》——忽略了，一个过去的王安忆淡淡隐去，今天的王安忆凸显了她的形象，实际上，王安忆不想回忆的却并不是我们不曾记忆的，王安忆想要显示的在我们看来也并非她生命的全部，于是我们见到了两个王安忆。

我的少年时代,那个天真、单纯的王安忆是如此清晰。她是那个叫雯雯的少女在雨中邂逅了一个陌生、善良的骑车人;她是那么怀着无限迷恋看着那个风度翩翩、饱经风霜的新来的教练;是从遥远的地方回到上海的知识青年,最终回到那个广袤的天地。那时王安忆展示的是一个天真善良的世界。她那些细腻笔触所描述的美好世界至今仍留存在我的脑海里,挥之不去,成了我记忆的一部分。那时的王安忆年轻、乐观、渴望成功,充满信念,那时的邂逅是机遇和好运,每一个努力都会得到回报,每一个承诺都会兑现,相信世界,相信自己也能够得到世界。虽然那时的小说稚嫩而不成熟,但那是一个明亮、清晰、我怀念和喜欢的王安忆。

然而,这个乐观、稚嫩的王安忆在这套《自选集》中找不到了,被王安忆本人抹去了,或许是不愿他人再想起她曾经有过的不成熟的时期,但旧的王安忆不会被他人抹去,会留在今天的记忆里。

从《王安忆自选集》中,我渐渐了解了今天的王安忆,这已是一个成熟而理智、不为环境所动的王安忆了。她把纷繁的世界、庞杂的人群摆在我们面前,任何的事件,无论发生在旧上海战乱纷纭的时代还是"文革"那个风云变幻的年头,它们都只是个虚淡的背景,我们看到的是由作品中凸显出来的人,有《冷土》中农村进入城市,渴望在城市真正占有一席之地的刘以萍;《叔叔的故事》中充满精神困境的作家叔叔;《香港的情与爱》中的逢佳和老魏,《长恨歌》中风情万种、命运多舛的王琦瑶。不同的布景、道具和时间，人物却是那么熟悉的一群——平庸、雷同、快乐，自作聪明，而旁人早已把你看透。同样的爱人与被爱，同样怜悯他人也被他人怜悯，同样的是迫害者与被迫害者，王安忆用笔穿透人世百态，用犀利的思想对人性中一切隐秘平静地进行了无情剖析和审视。清冷无力的茫然从平实之中突显出来，恒久不变的沧桑之感从纷杂中突显出来。在《香港的情与爱》的开篇，她说道："香港是一个大邂逅，一个奇迹性的大相遇。"我喜欢"邂逅"这个词，据《现代汉语词典》解释是"偶然遇见（久别的亲友）"。每个人的生活中都有这种意外的惊喜，这个词中有种明亮但是深沉的感慨，如果不做苛求，这是王安忆全部小说的主题。王安忆的"邂逅"含义十分复杂，这是她的一个隐喻，在她的思想里，生命就是一个大邂逅。但此时的邂逅已非早年的雯雯在雨中邂逅了陌生的骑车人，而是逢佳遇到老魏，这时早没有了那份纯真，只是沧桑后的一段转瞬即逝的相互温暖；或是王琦瑶遇见李主任，只如笼中的金丝雀享受了片刻安宁的时光。邂逅在这里有了双重的意义：在邂逅机遇邂逅好运的同时，邂逅的也是不可知的未来。邂逅的悲哀在于我们无法选择，它是一个宿命，她的小说在不断向我们证明有宿命这回事。我们在向自己的未来行进的同时，不停的邂逅使我们偏离了目标，她一再告诉我们：这是一个悲凉的现实。虽然有着刻骨的悲凉，却又不得不承认的现实。王安忆看懂了生命的因由，那个年轻、朝气、相信生命的人便一去不回了。

然而，王安忆在深知生命过程不由我们左右的前提下，仍然用通达的思想观察世界，用积极的方式对待生命。在对生命的怀疑之后是对生命的理解和尊重。在王安忆庞杂的小说创作中,都可以看到人性的光芒穿行而过,王安忆仍在不停地寻找和倾诉。在《香港的情与爱》中她写到香港的圣诞:"老魏爱香港的圣诞,爱它既是一个人的,又是大家的;既是形单影只的,又是普天同庆的。它是将许多种寂寞积起来的大热闹,将许多个孤独集合起来的大团圆。"这里,王安忆把寂寞和热闹,孤独和团圆交织在一起,告诉我们还有另一些私人的世界,一样的孤独和不快乐,让我们去建立心灵的同盟。王安忆告诉我们,当人类站在我们身后,每个孤独的人都能够感觉到温暖。既然生命的意义已经了然,生命过程与细节中的温暖便足以抵抗孤独,虽然温暖很难帮上生命的忙,但温暖的存在总是令人欣喜。

《王安忆自选集》中的小说是那些被王安忆抹去的作品的续篇,是王安忆长大了的篇章,是由乐观而至悲观的篇章,是由相信生命到尊重生命的篇章;相信生命是相信生命的目标可以达到,是真挚和完全的,尊重是对生命的洞悉与透视,是知其不可为而为之的;相信是倾情投入,尊重是保持距离。我喜欢以前的那个王安忆,但却相信今天的王安忆。

作者简介:

张颐雯,1994年北京联合大学文理学院文物博物专业毕业。现任职于北京文学杂志社,编审,评论家。长期从事文学编辑工作,多次获各类编辑奖项。在《小说选刊》《文艺报》《文艺评论》《山花》等报刊发表理论、评论及散文,出版评论随笔集《现在开始回忆》。

纺织厂的女儿

侯 磊

楔子

仿佛一觉醒来,海燕又出现在她成长、工作过的纺织厂对面时,那沸腾如群山一般的工厂消失了。大自然集中所有的力量发了场洪水、刮了场龙卷风,或像地震那年一样,把整个厂子在视线里和地图上一并抹去。宛如海燕刚刚还睡过宿舍楼下的地震棚,余波还在敲击着她的心。

和当年比起来,海燕已经发胖,眼泡微微有点儿浮肿,脸颊发硬且有雀斑,她面无表情却似心事重重,在一个阿姨的年纪活成了北京大妈的样子。她看到纺织厂一带的几番变迁,这个她不愿离开的地方,想工作一辈子的、如伟大领袖一样万寿无疆的厂子,预估在自己死后还会万万年永不停工的车间,已先于她离开了。当年风华绝代的纺织女工们,除了她这样病退的以外,那些来自郊区农村的,一直盼着转正留厂的、转成城镇户口的同事,她们都哪儿去了?自己班里那几个小姐妹已经失联许久,她才想到,自己在车间里当过管着七个人的班长,领着全班评过优秀。

而现在,楼盘压住了厂子的根基。

她仿佛看到车间里的所有被席卷一空,只剩下黢黑的水泥梁架如一具骷髅;水泥的地面已成为崎岖不平的土地,堆满了弃物长满了野草;车间顶上的玻璃全部破碎,混着木料、砖头和阳光四处撒落。在那车间的横梁上垂下一条粗绳坠着个满脸浮肿的人,那人的面孔近了,是父亲。

这是她做过的梦。梦醒来时车间轰然倒塌,瞬间腾起的烟雾中有一个年轻纺织女工的身影,那是年轻时的自己。身影原地不动,就在那里站着。

她还记得童年时的自己,穿着白衬衫背带裙,踩着小红皮鞋,抹着红嘴唇红脸蛋,左右梳着两根麻花瓣子。男女同学一起举着花束,到天安门广场上欢迎周总理出访归来。车一过长安街上,海燕和同学们都一起举起手中的花,车路过天安门广场前,海燕和同学们跳起来欢呼着。总理打开黑色红旗车的车窗,探出头来和孩子们招手。她和伙伴们的欢呼声飘荡在天安门广场上,也在人民英雄纪念碑前。那是她童年时期最为激动的一天。

回到家后,她忍不住地骄傲。她问父亲:"爸,你见过毛主席吗?"

"没有。"

"见过周总理吗?"

"见过,没说过话。一起开大会,我离得远。总理很严肃,很少笑。"

父亲操着一口浓重的乐亭话,她想李大钊说话也就父亲这个味儿。而乐亭话和唐山话很近似,却比唐山话更乡土、方言更浓重一些。

她想起那天的情景兴奋得睡不着觉,那天北京的天空比往日要高了许多,而男同学们个个画着红脸蛋,离远了看像一片可爱的小银娃娃,而近了看,则像年画上的哪吒。

一

北京的东郊区改了名,叫朝阳区。那片广袤的荒村与田地永远朝向太阳,有顶着天然气包的公共汽车在麦田中奔驰,一路向东的地方有运河,孩子们在运河边游玩,一片河湖稻香。转眼之间,厂房像搭积木般搭起来,宿舍楼像树林长出来,配套的医院、学校、商店、游乐场像蘑菇冒出来,来自上海、武汉、青岛、石家庄等纺织重镇的人在此结成夫妇养育后雏,如众鸟投林在每株大树上做了窝。她便生长在纺织厂的宿舍楼群中。路边都种满了哨兵一样的杨树,守卫着厂房和宿舍区。人们相信,孩子、工厂和那成排的杨树,不几年便都能排列成行。

厂区里的人在增长,各种机器、原料沿着铁路公路运来。整个工厂便是一架纺织机器,它自己在运转,自己活了。

海燕童年时有个洋气的名字叫菲菲,后来的革命如风暴般到了,她不要做资产阶级的想入非非,而要做高尔基笔下迎着风浪的海燕。

海燕的父母都是一九四九年前老革命,都是严肃而老派的人，从读大学时便参与了地下革命，新中国成立后直接参加了工作，他们的命运与国家的命运绑在一起。在似熔炉之火的年代，他们抛弃了原先的家庭，到最艰苦、最荒漠的地方去，把北京只有农田和荒村的郊区，建设成一片林立的烟囱与厂房，让毛主席在天安门城楼上一眼就能看到。他们像给新生儿喂奶一样，让祖国这个宝贝快快长大，快快站起来走，奔跑到世界的前方。

于是，海燕的父母走出了市区的机关，到郊区来从事纺织行业。为了研究纺织，母亲去了青岛进修，后来回厂子里搞技术，再后来去了工会。而父亲则在朝阳区的各个工厂，调来调去做党委书记，最后也落在纺织厂里。海燕只有一个比她小很多的弟弟，两位革命干部挣钱养两个孩子，在那时是少有的宽裕。小时候，同学们都穿布鞋，海燕有双小红皮鞋，也有好几个布娃娃、赛璐珞的洋娃娃，各种彩色积木，还有铁皮做的小火车、小型的玩具钢琴、小手风琴……她能无师自通地捣鼓出"一闪一闪亮晶晶"的音阶来。填表写出身时，全校只有她和很少的几个人，会认真地填上："革干"——革命干部。

海燕的家就位于纺织厂马路对面的宿舍区里，在那个碉堡一样的礼堂旁边。礼堂作为电影院和食堂，如同一口座钟，坐落在纺织厂宿舍区里，兼任着从物质到精神的双重抚慰。每逢下班，纺织女工们从工厂的大门口过马路走向宿舍区，有人头发上还粘着棉花。海燕便是看着纺织厂门口上下班的女工，想着工厂里的炒饼、香肠、猪头肉和凉拌心里美萝卜的香味长大的。

厂子一进门是个苏联样式的办公大楼，楼前楼后都有花园。尽管父母都在纺织厂里当干部，但她没怎么去厂里玩过，上中学后学会了骑车,她也没到纺织厂去过几次。不是怕看门的老大爷轰她,而是怕厂子大门内的世界的神秘。她时常站在宿舍区门口,隔着马路看对面的纺织厂大门。每逢节庆日,大门上便会一边出现一个白底红色的大字,连起来是"春节",或者"元旦""国庆""五一"。她以厂子门上的两个大字作为日历,那两个字是什么,她便要准备什么。

纺织厂里有条龙一样弯曲的铁路。她的家边上有个铁路桥,她总是到桥上去看神出鬼没的火车。火车晚上五点或七点才来一趟,附近纺织厂的宿舍楼里传来案板剁菜声,或飘来炖肉的香味儿。她想也许有一天,没准儿会去厂子里上班。想到此时,一辆不多见的汽车从东向西呼啸而过,那马路上的空气仿佛被车刷新了一遍,她再看那工厂的大门,变得更加清晰。课本上大胡子的马克思在指引她,胸前像章上的毛主席在指引她。

有时,她觉得眼前到处都是景色;有时,她觉得眼前的景色从来不变。

海燕从小就过着校门、家门、厕所门式三点一线的生活,规律得如任何时代的乖乖女一样。她上的附属幼儿园,也要系着白围裙,她们是缩小的纺织女工。接下来便是子弟的小学,初中。她的功课很好,便去考了较远处的高中。那些没考上高中的初中同学,直接进了厂里半工半读的四年制技校,在第三年实习期拿每月十八块的学徒工资,毕业能进厂里工作。很多功课好的女生都去念技校,以便接他们父辈的班。海燕身边最好的几个女伴都去了技校,或护校、师专;给家里省了学费,在校住宿还为家里腾出地方,将来的工作也有了保障。如此一举三得,恨不得能马上结婚、早生孩子。

她像每一个女生一样爱美。家里有保姆,她并不用干许多的活儿,后来社会气氛骤紧似一下子扎紧的布袋,厂里开会批评她的父母,说雇保姆是剥削劳动人民,吓得连孩子再多的人家也不敢雇了。为了学校统一,她不再穿那双小红皮鞋,偶尔在庆祝节日的时候,她才会穿出来。临近小学毕业她赶上了史无前例的日子,学校停课了。过了两年,直至"复课闹革命"她才上了初中,像同学们一样穿黑色的布鞋。功课已不重要,更重要的是各项学军、学农。有一次,她用白色的粉笔试着在布鞋两边画上两条白道,当作可怜的装饰。全班不论男女,只有她的布鞋和别人不同。而淘气的男生一拥而上,看见了都上去踩,要把那"不一样"立刻踩掉。她哭了,去报告老师,而老师则说,她小资产阶级观念作祟,思想不健康。既然不健康,那么就不打算健康了。她神游了一遍又一遍《钢铁是怎样炼成的》,幻想着遇到穿军装的保尔,而自己是穿布拉吉的冬妮娅。

她高中毕业时,有着一米六五的身高,在女生中鹤立鸡群,她的腿并不长,但很粗壮,她想自己如果胖了,那一定是个圆柱体。她留着两根粗大的麻花辫子,薄薄的嘴唇,嘴角左下方有个并不明显的痦子。女同学之间说,有这样痦子的人就贪吃,她笑了笑,想想自己是爱吃好吃的,但什么都不贪。她和母亲一样强势得像个男人。母亲留着齐耳短发,如果那发型再往后梳一下,并在后脑发根用发卡别上,那便近似于"红军头",那是长征时女战士的发型。她想高中毕业,大学能考到哪里算哪里,毕业了便听从国家分配,分到哪儿是哪儿,哪怕是天边的工厂,那是祖国最需要的地方。可现在工厂不招人,大学不招生。海燕只好去郊区插队,但她犹豫了许久。

在那阴霾般的日子里,父亲有一天去厂里开会学习,从此再也没有回来。她只记得小时候父亲在主席台上穿着白衬衫、戴着大手表做报告时的英姿,以及告诉她和周总理一起开过会的事。父亲临走前留给她的是,一张有些浮肿的脸,灰黄的面色和挺直的腰杆,以及头戴鸭舌帽和一身蓝大衣的背影。那天的工厂大门口仿佛翻滚着浓雾,父亲就消失在那喷涌而出的浓雾中。她一次次向厂子里的人询问,没有人告诉她;她去厂子里找,在厂子门口哭,没有人让她进去。

母亲在下放劳动时已经不大正常,重新回厂已是年过半百、处于半退休的老奶奶,从精神到身体都受了刺激,没人敢去接近她。每逢冬天的时候,母亲一身蓝色干部服,银丝悄悄地爬上了短发,因为体弱而显得走路有点儿不稳,且大幅度地发胖,像自己小时候赛璐珞的不倒翁。如果父亲能回来,父母在一起,像一对被霜打过的甘蔗。

粉碎"四人帮"之后,抄家的物资在退赔,抄走时箱子是满的,退回来时却是空的。运动来临之前人是健壮的,而运动之后人却娄了。很快,母亲查出了癌症,不时要去医院化疗,便在单位请了病假。弟弟一直在上学,还想着以后考大学试试。母亲在临回家休养之时,海燕的命运似乎已经被安排好了:进厂子接班。两年后,海燕的插队刚一回来时,在家先休息了几天才去厂里报到,那一周她不敢走近厂子,甚至不敢向厂子的方向看一眼。厂子像一口井,吞没了父亲,弄伤了母亲,现在又来吞没她。她没有父母在一九四九年以前取得的大学学历，回厂不是当干部，而是做工人。甘心被纺织机吞没的原因，是父母能因此欣慰，如果不是接班，她根本无法从插队的农村回来，说不定跟贫下中农相"结合"，就像她身边的同学一样。

能回到厂里已是她脚下最像条路的路，哪怕是去当学徒。

二

1980年代的厂子再度辉煌，又扩招了一批工人，都是应届的初高中生和纺织学校的毕业生，高中生多是没考上大学，或是厂内子弟来接班的。

厂子里三班倒永不停工，还有个词叫"四班三运转"，分为早、中、夜班和正常班四种。正常班上九个小时（多一小时是午休），早、中、夜班不计午休，但早班六点半就上班、中班晚上十点半才下班、夜班白天补觉，都有不便之处。上下班都会打铃，特别是在临上班前一刻钟打一遍铃，这样人不论在厂子哪个地方，哪怕是在厂子门口，都能轻车熟路赶到自己的车间或办公室，绝不会迟到。海燕不论什么班都提早半个小时到，以便在换工作服时更加从容。换完后，她脸上戴着口罩，头戴工作帽，胳膊上戴着套袖，身系白围裙，上面有四五个兜子，胸口绣着厂名。

纺织车间的女工叫挡车工，每人负责多少台机器，要管下料、换纱、接线等，在纺织机之间能走上八公里。纺织机是巨大的蜘蛛不断喷吐着线，车间里的她们一刻不停。不论是纺纱机还是织布机都需要手工接线，线断了机器就停，海燕就赶紧去用手打个扣儿接上，同时手里还攥着小刀，接完一把就把线头划掉了。车间里最不能偷懒，每项劳动能拆解成若干标准动作，都有比赛和记录，接十根线头只需要四十三秒。如果检查织布的质量，一人负责二十四台织布机，一上班就在机器之间穿梭，看车、验布。一天下来，能走上若干公里的路。机器仿佛是翕动的怪兽铁牙，女人被视为心灵手巧，那么在那个年代，在铁牙前接一辈子线头便是天经地义。

刚上班的时候，海燕一天走下来就累得回家趴在床上，恨不得把自己的四肢都换一遍。上班比插队时种地割麦子还累，干农活儿可以休息，而当工人满打满算，上厕所都要飞奔，别人也有自己的机器要看，不能老帮你看着机器。到了夏天，厂房里有空调，但海燕热得一身是汗，汗水顺着脸滴滴答答落在地上，难受又难为情，上一会儿班就总想着换衣服洗澡。但很快她习惯了，更能走路，也更厌烦走路了。

厂子里给她分配了学徒三个月的师傅，师傅也是女的，是厂里少有的白净漂亮的人；上了几岁年纪，但年轻时必是美人。师傅教她给线头打结，非常有耐心，但师傅不爱说话，在厂子里似乎有些边缘。

海燕工作永远拔尖儿，跟长辈说话永远小心翼翼，每一次考核评比都如临大敌。工作就是一项考核接着一项考核、一个评比接着一个评比，她的任务就是完成一项再等着下一项。她自己设想的合格，比实际评为优秀的标准还要高，她十成地付出能力与心血来对待每一次成品审核,得到好评才如释重负,她在继续自己学生时代一次次的考试和评三好学生,也像在战争年月里突破敌人一个个的哨卡。相应的犒劳是去礼堂看场电影,或去食堂打个贵点的菜,那些作为奖品的笔记本是战利品,而一纸薄薄的奖状就是军功章。厂里人高看她,领导人接见她,但海燕是女工也是女人,比男人要流更多的血。

她改进的一个零件,为厂里节省了不少资金,被厂里评为先进,当月多发了一百元的奖金。厂里看她表现不错,很快就让她当了班长,管着七个小姐妹,并负责检查她们的工作。

她记得小时候厂里宣传过"铁姑娘",此时厂里不再用这个词,但她还要和母亲一样,做个铁姑娘。

铁姑娘也是要被介绍对象的。

厂里凡是正式工的未婚女工,很快被所纺出的线划分出一群:大龄女青年。各种领导、车间主任、师傅、财务、总务、工程师、机械师……只要是个年长的人,都会张罗着为"大龄们"介绍对象,首选是兄弟厂里的男工。当初建厂时来自哪儿的人都有,厂区的人经过南北混血,远比周边乡村的人要精神许多,一眼就能看出来。每次多是由工会出面来组织舞会和联谊。

仿佛每个螺母都要配个螺栓,每个女工也要配个男工做丈夫。

海燕个子高,漂亮,脸盘开阔,大气干练,烫成大波浪状的长发集中了纺织女工的朴素与时髦。给海燕介绍对象的人到处都是,厂里的长者和干部都知道她的父母,对象也得介绍个干部。

海燕不愿相亲,80年代的新青年,一提相亲便成了未过门的小媳妇。但一个不见似乎也不大合适,她决定挑一个去见见看。

见面在一个普通的冷饮店。她穿上用第一个月工资给自己买的紫红色皮鞋,穿上米色的女士西装去见对象。裤线熨得坚挺笔直,左手上戴了一块精工舍手表,是亲戚探亲回国时送她的,家里还放着一块西铁城。货真价实的干部子弟来了,她目测对象,"四舍五入"向前推进一下身高将将一米七,比自己还单薄些,一脸南方人的气质。几句话谈过,便知道彼此父母入党的时间、级别都差不多。

文文弱弱的对象没什么不好,海燕开始与他试试相处。他们下班后偶尔去走走,在街上看人、看车,去电影院看电影。每次都是海燕没话找话说,如此几个月,已到了夏天。街上的热浪如同单位的厂房,不一会儿烘得人汗流浃背,这一天他们正走在一大片空场上,四处没有阴凉也没有一丝风。海燕能走路但怕热,浅色的衣领被汗水浸透,见不远处有卖冰棍的老太太,正掀开盖在冰棍车上的被子,在车里翻腾。她便问身边这个男人:"你想吃冰棍吗?"

那男人说:"啊,不用,不用。"

"现在挺热了啊。"

"啊,我不热,我不怕热。"他也用手背擦了擦汗。

"我热,你买根冰棍儿给我。"海燕起了急,卖冰棍的老太太走远了,谁也不愿再走那段暴晒的回头路。此时海燕才想起来,几个月来不论干什么,大多是自己掏的钱。他们继续走着,谈来谈去,无意间聊到家里的条件。

"我父母补发了一笔工资,能有两万块,都给我结婚用。"那男人说,他知道人不应该露富,但他掩饰不住自豪。

海燕想起自己的父亲前些年去了厂里就没再回来,母亲还时常要去医院。或许是刚才晒得有点儿中暑,她一阵阵的没精神。她又看了看眼前这个男人,男人感到刚才没买成冰棍有失体面,很快又拉她坐进一家冷饮店里喝橘子汁。

海燕说:"咱俩掰腕子吧。"

"好啊,那我让着你。"男人说。

海燕从小喜欢游泳和打乒乓球,放学就去参加田径队的训练。她厌恶自己每月有几天不能游泳,也不能运动,还不能吃小豆冰棍儿。若像男生一样,没有那几天该多好。老师总想让男生当班长,就让她当语文课代表。她细心地收发作业,每天把作业内容写在小黑板上。她力气很大,掰腕子一般男生掰不过她。除非是班长,她觉得一米八的班长挺帅,赢了他不大合适,便让着他。

父亲消失后,她逃向农村,去郊区插队,住在农民家里,两三个女生一间土房。刚去的那段日子,她整天不说话,只是喂猪、起猪圈、扬粪(施肥)、挑粪、挑秧苗儿、挖河泥……春天,她到河边挖出一锹锹的河泥,用独轮车推走沤肥;冬天,猪圈里的粪和泥混冻成坚硬的冻土层,她把冻土用镐敲碎,用担子挑走、晒干,作为肥料撒入麦田。担子磨得她肩膀生疼,她的手上长了老茧,她想用身体的劳动与疼痛来麻痹自己,累了就不再梦见父亲,乏了就能睡着觉了。为此,她每天什么都不想,一心把自己变成农妇。

她有着使不完的力气，一个人能干两个女生的活儿，每天挣六个工分，这是女性的最高值，更高的只有当地人才行。她第一次弯腰割麦子，一镰刀就把鞋带如切豆腐般割断了。她害怕了很久。有人不小心一镰刀把腿划开，露出白森森的迎面骨，跑到大队里找赤脚医生。要是把肚子划开了，还不得割断肠子。郊区插队的地方，离家不过一百二十里，但她两三个月才回一次家。回来后拿出家里带的一大罐酱豆腐和一大罐炖肉外加十个油饼，每个油饼二两粮票六分钱，油晃晃的一大张。这便是全屋人最幸福的时刻。海燕的幸福是收工时坐在拖拉机的麦垛上看风景，呼吸着田地中的麦香。

两年的插队生涯让她有了更健壮的身子，但每逢劳累之时天空似乎有点儿恍惚。那大有作为的广阔天地，她不知道自己的作为是什么。力气是有的，她不是不使劲，只是觉得南辕北辙。就像她觉得《暴风骤雨》写得好，但不如《青春之歌》能感动她，后者写的是她的父母。每当这时，她一边自责扎根农村不够坚定，一边又想到童年的纺织厂，那才是她成长的地方。而她坚持来到农村插队，是因为在厂里，要面对自己内心的阴霾和亲人的血。

两个人刚一搭手海燕就知道，男人从小没干过活儿，连自己班里的女工们都比不上，而自己是班里的第一，即便不舒服，赢他也有富裕。他根本不会把半边身子的力气用在胳膊上，再用于手腕子上，他的力气都撒在谈笑里了。

男人暗中使劲，他仿佛握住了一截铁棍，或要掰弯一个扳子。

海燕稍微用了用力,她心里有数,让男人掰了过来。

"啊,你力气好大啊,一定很能干活。"男人生硬地笑了笑,他调皮地抖了抖酸疼的手。海燕赔着他笑,她觉得这是一生中第一次赔别人笑,她从长辈到领导都不赔着笑,就像一只燕子,没必要陪着鹦鹉说话。

他们放下没喝完的饮料往外走,海燕稍稍退后,看着那男人的背影走在前面,她想:男人可以矮也可以瘦,但不能又矮又瘦。

这是她的第一个对象,一位老同志介绍的,老同志说对象的父母参加过解放战争,差一点儿没把他生在辛保安的战场上。她想这帮干部家的小崽子,从小都上房上树,扒火车打群架什么都敢干,怎么长大了都跟柴火似的,攥巴攥巴就没了。

对象又约了她几次,赶上那两天她带着全班参加厂里的劳动竞赛,一阵忙乱,又真的不大舒服,就拒绝了。一连几次,那男人也不再找她了。

三

纺织厂经常接受各级领导的视察,总有领导来车间参观。看挡车工们表演接线头,和厂里的女劳模握手,到附属幼儿园里抱孩子,是历来领导视察的三大事项。每一次接待领导访问都是一件大事。厂里先全员开个准备动员大会,分派接待任务,组织提前排练,并由系统内资深的老干部、老前辈前来指点,哪里不合格，哪里容易挑毛病。领导年高德劭，哪些是要照顾的，哪些是领导喜欢亲力亲为，不能照顾太过而有失颜面的。每次参与接待的工人，必然是要根红苗正，出身好、形象好且劳动技术好。为了筛选，厂里总是搞一些"大比武"来组织各个岗位的工人们比技术，连食堂都搞过切萝卜切洋葱比赛，并炒了菜请领导来评味道。海燕想，都80年代了，又不是在部队里，还用这么老的词儿。

老工人们则对此很是不屑，当年毛主席、周总理和非洲总统都来过，这次不过是个部里的领导，哪至于呢？

视察的日子到了，领导在人群的簇拥下进了厂子，厂里立刻安保严格，剑拔弩张，闲杂人等一概回避，劳动模范准备演练，宣传科室准备照相，积极分子准备"台词"。一切都按照事先安排的步骤在走，领导终于来到了车间，车间里瞬时气氛凝结，仿佛连机器和空调声都整齐划一了，水泥梁架上白底红字的标语格外显眼："迎接新征程，人人把好质量关。"

进了车间的领导由厂领导陪同，车间主任引领，并有年轻姑娘，穿着刚时兴的黑色套裙和高跟鞋担任讲解员，比小学生背书还认真。领导沿着车床一台一台地看，下意识地点着头。众人一起来到海燕看守的纺织机前，讲解员介绍说海燕是厂里的劳动优秀分子兼班长，她曾带病坚持技术比赛，领导全班获得了全车间里的第一。海燕细致地演示着，她并没有去看领导。领导听得很有趣味，他多停了一会儿，盯着戴口罩的海燕多看了几眼，神情没有任何起伏。海燕下意识抬了一下头，与领导目光相遇，但仍旧安心操作她的机器。

演示结束，领导们参观完毕整体往外走，去办公楼里开会座谈。车间里一切重归就位，很快打铃到了午休时间。海燕出了车间摘下口罩，去位于办公楼一楼的医务室拿点儿小药。领导们开完会从办公楼里下来。办公楼的一楼有厕所，海燕去厕所时，正好与领导在厕所门口相遇。这时的海燕才盯了一眼他：一身灰色的四兜中山装，脖领子上的扣子紧紧地扣好，袖口垂下将将盖住腕子上的手表，年纪并不算大但梳成了背头，仿佛将来是离休的待遇。

"海燕，你怎么都不理我了？我是你——"领导没说出口，他是海燕父亲的秘书，海燕从小就被他哄着玩，从父亲消失以后再也没见过，一晃也有数年了。"你在厂里上小学时，我还接你放学。"

海燕眼睛一翻："你还认识我呀？"

领导一时没话可说，他原本想关心几句，甚至想海燕来求他帮忙他都会帮。同时，他不想让别人看到。

"我先走了，问你爸妈好。"领导掏出手绢擦擦手，转身走进楼门口接待他的人群中。

我爸爸死了快十年了，我妈妈肺癌化疗掉光了头发。你说好不好呢？

海燕心里在质问他，她觉得没必要再说什么，扭身去吃饭，并准备下午的工作去了。

当天夜里，海燕做了噩梦。她梦见车间里被席卷一空，只剩下黢黑的水泥梁架如一具骷髅；水泥的地面已成为崎岖不平的土地，扔满了弃物长满了野草；车间顶上的玻璃全部破碎，混着木料、砖头和阳光四处撒落。车间的横梁上垂下一条粗绳坠着个满脸浮肿的人，那人的面孔近了，是父亲。

海燕不知道，目前巨大的经营困难笼罩在厂子上空，厂领导为了出路找到这位大领导，而这位大领导从此再也不敢来这座纺织厂了。

四

她再也不想找个干部子弟的对象了，经一位工人师傅介绍，海燕认识了援朝，一个当过知青的公交司机。

跟干部子弟相比，援朝仿佛是群众光荣的化身。他有一米八的个子，一百二三十斤的体重，长方脸留着平头，朴实得令自己无所适从。一件的确良衬衫洗得干净，虽然有时他会戴一块二百多块的天克诺，但仍不改他工人本色。他的脸膛黑中透红，笑的时候龇着一点儿门牙，嘴略微有点儿鼓。海燕觉得，他如果嘴巴再鼓一点儿，就像还没进化好的原始人。

援朝见海燕时有点儿不知所措，对方是人人羡慕追求的纺织女工，而自己是个公共汽车司机，每天饱受烈日的鞭挞和冬天寒风的飕骨，那时公共汽车没有空调，玻璃上没有遮阳的镀膜，车里只有个小电扇。每天仿佛驾驶着一个大铁箱子，任凭人在车厢内挤成沙丁鱼罐头。

他知道海燕住的是楼房，而自己家在北京北城的胡同。海燕父母是上过大学的革命干部，自己家是北京土著，老实，本分，普普通通。母亲是认不了几个字的家庭妇女，父亲生前是个小职员，连自己今年多大了都不清楚。

他和海燕吃过一次"老莫"（莫斯科餐厅），点了满桌子的俄式冷酸鱼、红烩牛肉、法式炸猪排、首都红菜汤。他盯着那三块四一道的大虾沙拉，在俄式装潢的餐厅心里念着佛祖保佑，幸好海燕放过了它。那顿一共五块多的饭吃掉了他一周的伙食标准，他只是和十几个返城的知青战友，每人出了三块钱在这里聚过餐。但两个人点菜要贵上许多，他每花一分钱都希望物有所值。他看海燕点菜时不看菜单的样子，就知道她家的条件差不了。

"你工资用交给家里吗？"

"我要交，但家里不要。我妈有时还要塞给我钱，怕我不够花。我就给家里买点儿菜，有时带他们出来吃，可每次还是我妈结账。"海燕吃得很开心，她无意间露出左手腕上那块精工舍，闪闪地眨着两只不大不小的眼睛，好像是在问，你呢？

"我主要都攒着，给家里换大件的东西。"援朝主动说了，他非常实在。

"你住的胡同，是什么样子？我姥姥、姥爷家在西单辟才胡同，有个大院子，好几进，我小时候总去。我跟我表哥表姐他们一起玩骑马打仗，一个男的背着一个女的，在院子里把别人往下拽。"她用勺轻呷了一口奶油鸡片蘑菇汤，随手用餐巾沾了沾嘴，不发出一点儿声音。援朝这才想到，自己家仅仅是一进小院里的两间南屋加一间西屋。冬不暖，夏不凉，房顶上有时候跑耗子，家里睡觉有时还要现搭板子。他抬头望望装修如冬宫的餐厅，盯着头顶上吊灯上灿灿金光的玻璃珠子，扭头看到旁边餐桌有人把餐巾系在脖子上，他心中纳闷，这么大的人了，吃饭还戴个围嘴儿？

"哪天我去你家看看吧。"

他没想到海燕能这么直接。

那天海燕是坐无轨电车来的，援朝想要正式一点儿，要提前忙一下家务。海燕说自己按照门牌号能找到，援朝信了，就没有去公交车站等她。80年代的胡同里还没有什么私家车，不少老头老太太戴着"首都治安守卫者"的红箍在胡同里坐着闲聊，海燕挦着门牌号挨家地找，走着走着发现门牌号跳跃了，怎么二十几号接上八十几号？哦，原来中间有个路口要拐弯，她就沿路拐弯、拐弯再拐弯，拐进死胡同又原路退回来，才发现门牌号在死胡同里甩了一大截又接上了。这里挺有趣，每一步都有个不同的景象，如同每户门前窗下的花池子里，都栽满了层层叠叠的花。

援朝家的院子很小，本该一户人家住的院子，现在住着好几家街坊，但各家窗台上都是指甲草，地面是鸡冠花，而院子中间用砖头码起矮墙，上面大盆的月季开得正艳。

海燕穿过漆黑的门洞，一进院子，就见援朝坐在一个小马扎上，地上扔着半条土黄色的灯塔牌肥皂，人在一个巨大的白铝盆前，用一个古老得似门板的搓板，吭哧吭哧地洗衣服。海燕看了一眼窗户，窗户上没有玻璃，糊的白纸，有的都破了窟窿。

"哎，你来啦！"援朝站起来，满手并没有多少肥皂泡，搓板上往下直流黑泥汤子。

不一会儿，援朝洗好衣服，把屋子略微收拾一下，撑起一个油腻的折叠桌，招待海燕吃饭。援朝的父亲已经过世，母亲是个有点儿驼背的小老太太，一脸的严肃与慈祥，一直不停地擦桌子。屋子里窄小又阴暗，家具新老混杂，什么样子都有，似乎各种舍不得扔的破烂和杂物都能找到，但就看不到一本书。

援朝的母亲招待着吃饭，端上桌来的是肉皮冻儿、熘肝尖儿、韭菜炒血豆腐、炒蒜苗，还有整盆的熬白菜汆丸子，热气腾腾的看上去很香，但吃起来既寡淡又烫嘴。海燕吃了两口就放下了，她受不了从冬天捂到春天的臭白菜帮子味儿。她理解的，白菜帮儿应该剁了做馅儿，白菜心儿凉拌，白菜叶才熬着吃或醋熘儿。这时，她才发现自己从小吃到大的纺织厂食堂，伙食普遍比城里的平民百姓要好得多，起码永远有肉菜和熟食可卖。

援朝却吃得很开心，比起去纺织厂找海燕时的拘谨与"老莫"里的局促，他习惯平房的自在，那一大盆白菜粉丝汆丸子，他加上酱油泡到米饭里，呼噜呼噜地吃着。因为烫，他每次嘴唇和舌头一起吸溜吸溜着上下翻飞，吧唧嘴的同时一阵风卷残云。铁勺与铁锅、木筷与瓷碗、瓷碗与桌面都一起奏打击乐，如同一头饥饿的瘦猪一猛子扎进了食槽。

吃完饭出房门时，援朝的母亲悄悄在海燕身边说："哎，他就是这么狼乎，你别在意。"

海燕没说什么，她心里想："没事，习惯了，又不是没见过。"

出门后，援朝推来一辆二八锰钢自行车，几乎是家里最值钱的物件，他一骗腿儿就上了车，请海燕坐上来，他把她送到公交车站。海燕想都没想就跳了上去，侧着坐在后座上，双腿朝向车的左面，右手扶着援朝的衣服。她不好意思扶得太紧，但她相信援朝带她足够稳当。

援朝也喜欢运动，特别迷恋于滑冰和游泳，他痴迷于运动的速度感。每当他在什刹海或颐和园里下了水，双手一划像一艘大船。这点很让海燕喜欢，如果说自己游泳像一条鱼，那么援朝就像一艘不熟练的艄公驾驶的大船，游得很猛，但一看就是什刹海里狗刨出身。两个人难得有点儿共同爱好，一起出去游玩的时候就多了。

援朝比她大六岁，待她处处照顾，完全服从于她，要怎样就怎样，冰棍儿要奶油的就不给小豆的，饮料要健力宝就不给北冰洋。海燕在他面前，永远是个穿布拉吉与小红皮鞋、还梳着两根麻花辫的公主。援朝自知明明伺候不起公主，但他爱面子，咱是爷们儿，该伺候时绝不含糊。海燕在家里是老大，父母工作很忙，从小便脖子上挂着钥匙，要给唯一的弟弟做饭，或到食堂去打饭。有一次弟弟在床上乱蹦把床蹦塌，她说是自己蹦的，免得弟弟被骂，而自己对着墙角跪了一小时的搓板。现在，终于能有人让着自己了。

有一天他们一起骑车去逛西单，在等一个红绿灯时，车多人多，他们被车流分开，援朝骑过了十字路口，在海燕这里变了红灯，等红灯变绿，她过去就找不到人了。她不好意思大喊，想自己连个大活人还找不到吗？就反反复复在这趟街里找，盯着每个男人的脸看，把街边每个小店都翻了一遍。她找不到人，又羞又气，只好哭着回家了。风吹着树在摇曳，仿佛树们商量好了一起嘲笑她。回家后过几天，援朝来找她，道歉说自己骑得太快，一扭头人不见了,气得海燕当天没跟他出去,一连好几天都不理他。

两个人出身迥异,但海燕觉得这个男人从修理桌椅板凳、自行车,到换灯泡,装水龙头,买菜做饭……什么都会,甚至能接电线、自行车拿龙、修话匣子,就差能组装电视机了。这要进了厂子里,不论是车、钳、铆、电、焊肯定都是好手,没几年就能干到四级工了。

很快,他们举行了简单却郑重的婚礼,在援朝家从屋里到院里摆了几桌,各路七大姑八大姨都冒出来了,街坊邻居们都来道贺。他们还沿着北京、天津、南京、上海、苏州、无锡、杭州、黄山、九江……旅游了一番,援朝在上海花了相当于两个月工资的八十块钱,到最好的影楼拍了一组西服婚纱的结婚照。好几年以后,他们还没有孩子。

五

当了班长的海燕更加严肃认真,她凡事都小心,工作以外的事什么都不想,每天忙完自己的还要检查班里的,这使得她比别人更集中精力,也使她下班后身心疲惫。日久天长,海燕发现大家似乎不那么爱上班。中国这朵曾经萎缩的花又重新开放。街头卖各种新鲜东西的多了,衣服、手表、太阳镜、口红,眉笔、粉扑都在吸引人。越来越多的女孩子把嘴唇画成猪血的颜色。一面是纺织厂的劳累和死工资,另一面是社会上各种翻着花的消费和娱乐，实现"四化"与万元户，出国热与霹雳舞，都是女人最好的年纪，难免不让人多想几分。

只要进了厂子，唯一能轻松的，是她打饭、吃饭的时候，唯一能伤神的，是她在班里所带领的几个小姐妹。

为群是班里的骨干，与海燕年龄相仿，一来二去就熟了。两人一起吃饭，每人打两个菜，两个人就可以吃四样菜了。但日久天长，她发现为群的日子不好过，她结了婚并有了孩子，公婆总支使她干这干那，丈夫喝酒还打过她，她想和丈夫分开，但她想不到离婚这个念头。她为为群愤愤不平，想着厂里怎么也得帮为群一把。

小三是郊区的农村户口，她是合同工，签约五年，五年后怎样，到时再说。她干活表面上很卖力气，领导在的时候更卖力气。但细算来，她总在请病假，私下里，她总是叫苦叫累，每逢临下班时便会早早收拾好东西，只要一打下班的铃声便立刻冲向更衣室。她把自己打扮得漂漂亮亮，和社会上的男人单独逛街、看电影，或去舞厅跳舞。如果你等在厂门口，在第一拨下班的女工中，肯定会有她，晚一会儿就别想找到她。

在工作面前，她总是嘴上一切说好好好，背后蔫儿有主意，她不会考虑说话你爱不爱听，也不会考虑活儿交出后别人怎么接，当你批评她时，她会瞪着一双无辜的大眼睛，好像万事随风过，一问三不知。而在男人们面前，她总是那么娇小、柔弱，盼着男人们好歹能帮她做点事情或出点钱。不论远近，她会让男人骑车来接她，帮她找紧俏的商品，她想，做女人，要给男人展现能力的机会。这让海燕很是惊奇，自己在郊区插队时，村里的女孩子都土得掉渣，而小三这样的姑娘，她还从没见过。她想，也许小三的家境特殊，起码比城里的小娟要好。

小娟是个闷头不响的女工，单纯得惊人。论文化她比海燕差得远，但一心努力学习，只要社会上有个什么打字员、缝纫班、服装设计班一类的，她都不顾一切去报名，包里装满了各种听课笔记，哪怕是上厕所，她也要揣着红色塑料皮的小笔记进去温习，别人还以为她在看纺织技术。平常的晚上或者周日，她不是在上补习班，就是在赶去补习班的路上，不给自己留一点儿空闲，只有这样她才能安心入睡，不至于百爪挠心地在床上"翻饼烙饼"。

小娟的家离得远，家里挤得住不下人，她不方便和长大的弟弟同住一间房，搬进了厂里的集体宿舍。宿舍里都是木质的上下铺，爬上爬下吱吱嘎嘎地响。屋子大得像兵营，二十几个女工，都是像她这么大的女孩子，床头的衣裳架上挂满了女士内衣、内裤和袜子，公用的桌子上放满了大搪瓷缸子和铝质的饭盒，墙角的垃圾桶永远满满当当。即便住在角落里，也能听到每天房间里接连起伏的歌声、呼噜声、收拾东西声，混在一起。一个人只要问一声："哎，那个《庐山恋》女的亲完男的，接下来该什么剧情了？"随后便响起一片抄了蛤蟆坑般的回答声，每个回答都不一样，房间又像鲜鱼放进了油锅里蹦起了油点，吱吱啦啦响声后泛起某种腥臊。空气里弥漫着年轻女性潮湿的气息，仿佛只有回到宿舍，女工们才会变成女孩子，充满了不到二十岁的骚动。

那两年社会上正在"严打"，到处都是法制故事，女工们议论纷纷，她们急于找个男人嫁了，又怕被男人骗了身子后踹了，更怕的是怀上孩子。她们还不知去哪里领计生用品。小娟生性老实、保守,她对同宿舍女工之间的私房话听了脸红,觉得她们不该这么说,但她们偏要在自己面前这么说,不带停的。

"哎,你们能不能……"

"小娟还没处过对象呢吧?改天给你介绍一个。"

有个女工过来用手一捅她屁股:"长肉了啊?"

"哈哈哈,"女工们先是一阵嘲笑,"哎,这是什么?"

小娟在下铺,她的墙上有个布帘子,上面有各种兜子放生活用品,其中一个里面放着卫生巾。她的上铺伸手就拿了出来,"这是什么?你没长吗?许长不许说?"

"你给我。"

"哈哈哈。"上铺把卫生巾扔到另一个女生身边,几个女生围成圈,像球场上遛猴儿一样,把她的卫生巾扔来扔去。小娟不会断球,卫生巾几下就扔向门口,她气得哭了。

一觉过后,大家早把事情忘到脑后,照样嘻嘻哈哈,小娟却好几天谁也不理。

海燕知道后,她先批评了自己班里的人。下班时送小娟回了宿舍,特意找了捉弄小娟的几个女工,女工们都笑了。

"多大点儿事啊?"有个女工说。

"不许你欺负人。"海燕急了,但女工并没有急,她们一向如此,知道自己不对也不愿让人说,特别是海燕这个干部子弟。

"就你妈是干部啊?"女工们悄悄议论着,且故意让她听见。

海燕气急了,眼睛瞪起多大,眉毛立得老高,宿舍里仿佛要展开一场混战，但被看势不对的人把海燕劝走了。海燕心里也难受了很久。母亲已是肺癌，她还不到六十岁，尚在工会主席的任上，正住在厂里的医院化疗。头发都已经掉光了，只是在头上戴个毛线帽子。不时有从前的老同事、老领导来探望她。女工们常年被钢铁磨砺得粗糙，但她容不得说自己的母亲。

六

就援朝而言，生活就不那么轻松了。

海燕刚刚嫁到胡同里的时候，她什么都新鲜，觉得住平房也挺好，头顶苍天脚踩大地。一推门就出来，一抬头就望见天，头上和脚下都没人家。而婚后新鲜劲儿过去了，她才发现生活的种种不适。

夫家给她腾出了房子，援朝找自己的小哥儿几个帮忙，一起打了新的家具和大床，他还亲自用绒布、鬃和弹簧做了一只沙发，原本想做一对儿，但家里实在没地方。结婚那天，海燕的母亲硬撑着病体参加了婚礼，到下午就和海燕的弟弟一起回家了。到了晚上收拾已毕，海燕才发现自己成了别人家里的人。一个女人进到一大家子里，一滴香油滴在一碗浑浊的汤上。

新婚之夜，海燕就听房屋顶棚上一阵咚咚咚地响，又一阵咯吱吱的叫声，好像先是有只狗在挠门，然后有黄鼠狼把鸡咬死了的声。

"援朝，这是……？"

"啊，房顶上有耗子。"

"它……不会掉下来吧？"

"不会不会，掉下来有我呢，到时候我拾掇拾掇顶棚。"

婚姻带来了亲密，也带来了窒息。

平房的一切都很小，很嘈杂，冬天很冷，夏天闷热，各种破旧的家什杂物像阴天一样压下来，远不如厂房里，透过屋顶玻璃窗的阳光。

厨房和新房是套间，援朝的妈妈起得早，慢慢用手扶着墙，一点点从他们的新房穿到厨房里做早饭，让他们早起有饭吃。驼背的婆婆在身边走，儿子和儿媳还在被窝里睡。海燕觉得自己在婆婆面前都被扒光了似的，每次她醒了也在装睡，甚至恨不得把头埋进被窝里，忍着援朝温热的脚臭屁臭。最让海燕难受的，是上厕所。五十年代以后，胡同里逐渐没有了时传祥们来院子里掏粪，原有的厕所都改成了下水道，或用作洗漱的水房，只能上大街上的公厕。晚间便用塑料或搪瓷的尿盆。第二天早上，各家的女人们穿着秋裤，迷迷糊糊地到离家最近的公厕里倒尿盆，成为胡同里的一景儿。

海燕从没想过住平房要在屋子里用尿盆，她刚开始在屋里根本尿不出来，比在公园小树林里都难堪。早几天半夜她都不惜跑到胡同里上公共厕所。黑夜的胡同里寂静无人，她好像一匹脱缰的小马在路上嗒嗒地跑着。有时路灯坏了，四周黢黑一片，她在家门口也觉得害怕。但她更受不了倒尿盆这事，她几乎不去，偶尔去一次还难为情。她想起学农时一个人挑一担子粪，或一个人推一车河泥，都从来不嫌脏。而现在，一想起跟那些掐着腰骂街的小老妈儿为伍,恨不得赶紧回厂里去。

她每天很早起床上班,周日用来补觉,把倒尿盆尽可能地躲过去。

嫁到胡同里以后,上班的距离远了很多,海燕赶上这阵子上六点半的早班,也加入晨起赶公共汽车的队伍中。她要倒两趟车,第二趟一路向东,直达总站。每向纺织厂近一站,车里的女工便多了一分,最后几站便有熟悉的女工叽叽喳喳地聊天,欢声笑语的仿佛去郊游。她在车上忍不住冲盹儿,遇到熟人也没精神打招呼。一进了厂子,听到上班的铃声,她便如上了弦的机器。车间的大门敞开着,她自身的电门也打通了。下班后,她来不及去厂子对面的娘家,早早坐车回家,在路上找地方买菜,因为援朝下班要做饭。有一阵赶上她上中班,晚上十点半才下班,赶最后一班车回家。这趟车开得飞快,她打开车窗让风沿路吹来,看着一盏盏金黄的路灯亮成一个个小太阳,一时全天的机器轰鸣声全都吹散了,随之吹来的是困意与疲劳。

到了冬天,胡同里要干的活儿更多了。搪炉子、劈柴、拢火、换煤气、搬蜂窝煤。这些粗活儿由援朝来干。但每天添加煤、倒炉灰、封火这样的杂务,海燕还是躲不开。她看着新鲜,尽管弄得满脸土灰也耐心地学着干,但日久心烦。她不是不愿做家务,是没想到平房这么多活儿,这么浪费时间。一旦她干得慢了,援朝的老妈就会猫着腰、驼着背、手扶着墙,一点一点地干。先拿出一个白布帽子戴上,再含一口水"噗——"地一下,喷在炉灰上,扫地时也先喷上一口,均匀如喷壶。老太太已经毫无怨言地干了一辈子,她认为女人天生便应该如此。

海燕看着这"噗——"的神功,暗想自己实在干不出来。她想起住西单辟才胡同姥爷家的三进大四合院,觉得住平房家里人口多的话,怎么也得雇个老妈子,最好还能雇个厨子。现在家里就她和婆婆两个女人,谁来当老妈子呢?

时间一长,她便觉得厂子比家好,下了班也不想回家。厂里的活儿再累也没那么琐碎,有多少事都是固定的;跟人打交道也简单,东西不用轻拿轻放,女工之间说话都不必多想,扯着嗓子喊就行。她像一个搭积木的孩子一样心里有谱。而胡同里的日子,指不定出什么幺蛾子。援朝有时候调侃她:"你现在可算下凡了。"

她没好气地回上一句:"厂子又没盖在天上。"

一旦劳累和忙碌起来,上班就觉得乏味了。并不是力气不够用,而是时间不够用;工作很卖力气,但不愿被家务和通勤瓜分。

海燕这般乏味地过了几年,便觉得生活不过如此,世界上能干的都干过了,不能干的下辈子也轮不到你。她默默习惯着这种上班的奔波,车间里的噪声和污染把文静的她变成了急性子和大嗓门。她经常耳鸣且睡眠不好,也总担心自己老了会耳背。

就在这不知不觉中,她怀了孩子。

海燕刚上班那两年没太考虑攒钱,只攒了一大抽屉张蔷、程琳和邓丽君的歌曲磁带。她不会像别人那样算细账,遇到好看的衣服和鞋就买两件。她最爱干的三件事是:看电影、下饭馆和逛公园。老北京的那些名馆子很多都歇业了,她爱吃"老莫"、维兰和大地餐厅。可现在,她不得不把钱攒起来,留着给孩子买奶粉和尿布，母亲也不时给她钱，让她千万别委屈了自己。此时她才发现，人生最快乐的时候，便是刚工作没结婚的时候。

怀孕七个月，海燕被暂时调入单位食堂去蒸馒头、蒸花卷、蒸糖三角，都是机器和面，并不累，算是照顾孕妇。海燕这时才知道，从小吃到大的糖三角，红糖馅儿里要和上白面，要不然包不住。

孩子在三九天出生，她掐指算算：带工资的产假只有五十六天，再延长就要扣工资了。纺织女工大多无法一边上班一边给孩子喂母乳，一忙一累就没奶了。只有极少人能把孩子放在厂里的托儿所，中午跑来跑去，当移动的奶瓶。出了产假已是隆冬，黑更半夜地顶着西北风追公共汽车，她有点儿跑不动。最好的方式是住在娘家，住楼房条件好，离厂子也近。婆家的条件摆在那里，只能给她熬大骨头汤，骨头缝儿里都没什么肉，她也顾不得样子拿起骨头就啃，差点把牙锛了。她看到援朝和婆婆都在吃熬白菜，便也不说什么了。

只是，生于清朝末年的婆婆并不乐意看儿媳总回娘家。但婆婆朴实厚道，恪守一切旧京的老礼儿，凡事看在眼里，沉着脸色，并不说。援朝想说，可夹在中间，哪边都惹不起。每月的死工资令他捉襟见肘，四处拆兑。婆婆当儿媳妇时，在大家庭里忍辱负重，对生活的艰辛见怪不怪，唯一渴望的就是能自己带孙子，连请保姆都不愿意、不放心，外加舍不得花钱。婆婆坚信，只有自己带的孙子才是自己的。让亲家带，那儿子不成上门女婿了？

海燕在心里给自己列了张表：

一、家离单位去时一个半小时（堵车），返程半个多小时，往返接近两小时。带孩子上班没地方寄存，没可能。

二、把孩子放在娘家，不仅给母亲添麻烦，而且婆婆不乐意；让婆婆带，不放心。婆婆是好心，可在现实面前成了麻烦。

三、厂子里有宿舍和幼儿园，可以问问能不能让孩子上厂里幼儿园，自己住厂里宿舍，一边上班一边自己带孩子。听说，有种宿舍可以妈妈带着孩子住，就叫"妈妈宿舍"。能洗澡做饭，运气好的话能申请到一个小单间。平常没事可以带着孩子回到娘家，炖条肥大的胖头鱼给孩子补脑子，免得长成二傻。还能和母亲、弟弟说话，看看比婆家多几个频道的电视节目。周末带孩子回婆家，自己再陪陪援朝，援朝要是不忙也可以来宿舍，忙就不用来了。

又过了几天，奶水不是很足，她看别人家同龄的孩子小脸都是圆鼓鼓的，而自己的孩子噘着腮，像个出生没几天的小猴子。她回家去看望母亲，把孩子留在家里，由婆婆给喂奶粉和米汤。母亲带着病痛的身子，给她炖鱼炖鸡，奶油沙拉子的一顿补。那是她从小就爱吃的沙拉子，用奶油、蛋黄来调配沙拉酱。她想起小时候，母亲带她和弟弟，在家里做罗宋汤、炸鱼排。她想在婆家做一次，但婆家人从不接受新鲜事物，抗拒一切不习惯的饮食乃至生活方式。

傍晚时分，她不想走，但还是坚持出家门，到宿舍区里找同事打听，去看看那种能带孩子的"妈妈宿舍"。

向同事打听到了楼号,她直接进了楼。楼道像办公楼的样子,两边的房间正对着,都是漆黑的老式木头门。楼道里灯泡高挑,灯光昏暗,堆满了烂纸箱子、木头衣架和锅碗瓢盆,还有缝纫机和一些破柜子、梳妆台……仿佛到了旧货市场,或到了破烂市儿。她看着揪心,要是闹了火灾,跑都没地儿跑。

"咔"的一声,海燕一脚踩碎了一个玻璃罐头瓶,瓶子里还有水,她的鞋被浸湿了。

"谁呀?"面前的门一推就开。一个正在洗头的女工顶着一头黑白相间的肥皂泡从里面出来,一脸睁不开眼还气呼呼的样子,"谁把我家东西踢坏了?你哪儿来的?"

海燕看她头发滴滴答答的样子有点儿硌硬,仿佛是刚擦完厕所地面的脏水,马上能挥发到自己鼻孔里来。她本想说我也是厂里的,但她下意识地说:"谁看得见?"

"你……你这么晚上来人家门口,你干什么的?"

女人嗓门很大,周围几家的灯都亮了起来,有人渐渐从自家门里出来。两边的墙更阴暗了,仿佛要把海燕围堵起来。

"哎,海燕。"出来一个人,把女工们分开。

"一车间的,算啦算啦,罐子我赔你。"来人边说边拉海燕,海燕一看,竟是为群。她还想说什么,已被为群拉进了房间。房间被一个帘子隔成了两间。为群一挑帘子,"你进来,那边是别人家的,幸好今天她带孩子回娘家了。她才难惹,你别过去。"

海燕坐在方凳上,为群坐在床边说:"那是小六,二车间的。她脾气不好,糙人一个,连车间主任都敢杠,别在意。"

"哦,我给你添麻烦了。"海燕没想到对一起吃饭的为群还这么客气。她第一次进为群的宿舍,也很久没关注她的个人近况了。海燕还未定神就问:"你怎么住这里?"

为群很干脆地做个压言的手势:"嘘——孩子睡了。前一阵离婚了,带孩子在这里。"

海燕环视一下宿舍:房间很小且不通风,窗户也被隔成几个一尺见方的玻璃块,旁边是枣红色的窗框子。屋里被帘子一隔,就像是进了一间裁缝店,或一家极小的照相馆。更像一间烂纸糊成的窝棚。窝棚里拉着绳索,晾满了万国旗般用大人衣服拆改的孩子衣服和尿褓子,东西很乱,湿气冲冲。床是上下铺,上铺堆满了纸箱子,为群的孩子不过两三岁的样子,躺在下铺睡了。两个人用几乎耳语的声音在说话。海燕想,再艰苦的大学宿舍也比这个强一些。

"哎,什么'妈妈宿舍',几乎都是我们这样离婚的。孩子归我,房子归他。我又回不去娘家,只好住这里。我就像让他们家取了件东西,又被赶出来一样。"

海燕说:"有孩子就好。"

为群说:"是女儿,他们家才不要。我在产房里刚生完时,他妈在产房外一听是女孩,一眼没看,转身就走。"

海燕说:"那你不再找一个?"

为群叹了口气:"哪有那工夫?上班时先把孩子送到幼儿园,下班时再接回来。接回来我就不出门了。现在年龄不上不下,正学走路。我不能总抱着她,更不敢把她一人放家里。"她凝视了一会儿说,"过两年,孩子大几岁再说吧,兴许还好找点儿,省了人家嫌弃。"

"妈妈宿舍"里的为群头上竟隐隐地有了几根白发，与上班时判若两人。海燕掀开了帘子一角，看到了女人背后的心酸。她想不出用什么话来安慰，也没表明自己想住"妈妈宿舍"的意愿，便匆匆走了。

　　第二天，班上的为群又恢复了往日的样子，昨晚"妈妈宿舍"里是不是这个人，海燕都有点儿恍惚了。没人知道每个人下班后是什么样。

　　她打消了住宿舍的念头，孩子还是没法带。时间在计时沙漏里哗哗流淌，产假的时空即将关闭，回车间里的日子又近了。可家与工厂两边的奔波，面前隐忍的婆婆，都逼得她难受。她知道，婆婆每月都取自己原本很少的退休金来贴补家用。她两边都折腾不起，无轨电车只能一站一站地停靠，纺织女工们蜂拥地上上下下，而纺织机永远在转。

　　海燕一狠心，在第四十天上一下子给孩子断了母乳，决定在五十六天的产假后照常上班，孩子只能丢给婆婆喂米汤了。

七

　　孩子一断母乳，援朝不乐意了。当初找她就是因为身体底子好，想着将来孩子能健壮，怎么现在连奶都没有？援朝的老妈有时对援朝念叨："上头还有几个哥哥姐姐，可你那会儿吃奶吃到三岁，我连口热水都喝不着，单喝凉水都有奶。生你头几分钟，我还在擦地，一使劲，哎哟，羊水破了，不行了，赶紧让人上骑河楼请老娘儿（产婆），就跟家里生，跟地上直接生的，哪有现在的人这么金贵？"

援朝刚想说两句时代不同了一类的话，老妈又说："哎，援朝，你打听打听，谁家媳妇奶水足绷，给匀两天。"

援朝憋不住笑了："瞧您说的，人家自己还不够吃。也没奶妈这么一说。您说这奶妈得多残酷啊，自己的孩子不能喂，喂别人家的，现在谁干啊？您放心，过两天我去他们单位一趟。纺织厂都是女的，我打听打听别人家生了都怎么办，横是不能全纺织厂都不给孩子喂奶？也看看怎么跟领导说，晚上几天班。您别跟海燕说，要不她不乐意。"

这是话赶话说了，平常援朝不愿跟老妈说海燕单位的事，特别是海燕想去单位住宿舍更不能说。一想到只是一点儿事却要在老妈和爱人之间两头瞒，援朝不由得一阵苦笑。

援朝请了假，自己坐公交车来到海燕的单位，走到厂子里，他听到巨大的噪声，连心情都跟着烦躁起来，仿佛一支鼓槌在胸口咚咚地砸，要把心脏从嘴里砸出来。他不由得咂了下嘴巴，海燕的工作真不易。

厂子规模不小，一切井井有条，但人的脸上有暗藏的阴云，仿佛是要下雨而大家都没带伞的样子，只要背过身去就会唉声叹气。援朝在巨大的车间门口停下了，他也在工厂里干过，知道不能贸然进去，说不定找不到人，还叫"破坏生产"。

他在想找谁，以怎样的方式聊聊天。忽然间，他看到一位年长的女工过来问他："您好，您找谁？"

年长的女工很是客气，甚至有点儿细皮嫩肉，年轻时必然很漂亮，现在也不难看。援朝知道纺织女工是五十五岁退休，这位估计离退休没几年了。

"哦，您好，王海燕，您刚才看到了吗？"

"没有，您找她什么事？"

"您是跟她一个车间的吗？"援朝抢先问一句，看看这位跟海燕熟不熟。

"哦，我当过她三个月的师傅。今天还没看见她。"年长的女工很直接，援朝一下就明白了，他听海燕讲过她的师傅。

纺织女工是熟练工种，学徒期是三个月，不需要像技术工种那样学好几年，师徒之间也没有那么亲密。海燕的师傅在厂里是个另类，人很好，长得漂亮但一辈子没结婚，从五几年进了厂时就有传说，说她是从八大胡同里解放出来的。那时候有这样的事，但都不公开。有人风言风语地说过师傅，海燕还跟别人急过。

援朝仿佛见到了亲人，便将海燕早断奶早上班，甚至想着带孩子住厂里宿舍的事都说了。

师傅拉开了话匣子："哎，我是听说，海燕她们车间又要评比，她太争强好胜了，一搞什么技能比赛来就不要命，有时候还叫'比武'。有一回她发烧还要去比，真跟'比武'似的，为了退烧喝了四支庆大霉素，直接喝比打针见效快。"

"啊？"援朝有点儿着急，这事他不知道。"庆大霉素早不让用了，有副作用。""她哪顾得？人太正。她父亲就是这脾气，老革命了，不会拐弯。她喝完第二天退烧了，还跟我说过，她做了一夜的噩梦，梦见她爸吊死在车间里，车间里什么都没有，都……荒废了。"

"她爸在十来年前就死了,听说也是厂里的干部?"

"新中国成立前的老革命了,十三级高干。'文革'中在厂里挨斗,戴着高帽跟台上撅着,不服,在台上喊口号,喊不是反革命。让人连掐脖子带堵嘴,活活跟台上给掐死了。"师傅往远处一示意:"有说是上吊的,有说是服安眠药的,但就跟厂里那边的大礼堂里,我在台下亲眼瞧着的。"

援朝不禁一惊,叹了口气:"她什么都不说。"

师傅接着说:"细节上她可能不知道,就知道她爸给斗死了。她什么都是骨干,写了好多次入党申请书,可她父亲平反得稍微晚了几年,就没发展她。后来想提拔她当干部,她又结婚生孩子去了,再往后就顾不上她了,年轻的还顾不过来。这不,心里有怨气啊。"

"那孩子也不能不生啊,不提拔就不提拔,不就上个班儿嘛。"援朝刚说完,又觉得不能当着师傅说徒弟,赶紧找补,"我这是站在家庭角度说……"

师傅满脸没好气:"你这样的,就不懂她。"接着,师傅又语重心长地说:"我快退休了,海燕还年轻,你想办法让她换换地方吧,厂子快不行了。哎,就怕她不乐意。"

从那以后,援朝开始努力挣钱,他想办法把自己在汽车公司里的工作,从司机调到了安全科,身穿便衣到公共汽车上负责暗查司机和售票员的违规现象,看司机开车有无违规操作,停车是否按规矩进站,售票员服务是否热情,有没有上班跟乘客聊大天。他自己上班就没多累了。周日,他替人临时开中型轿子车,从东直门跑到平谷,一个人车票三毛到顺义,七毛到平谷,每次车上都挤满了人,跑一个来回能挣三十块,但这又没了周日的休息。那紧巴巴的第七天,挣钱便不能顾家,不挣钱生活又不够,不顾家家里乱如猪窝。待手里有点儿钱了,他便开始软磨硬泡,左敲右击地让海燕换个单位。但海燕每次都回他个冷脸,他不敢把事挑明了说。

海燕顾厂不顾家,援朝和老妈都不乐意。

八

援朝并不是个文化很高或很聪明的人,但他手脚很灵且很务实,因为他从小受过穷、挨过饿。

援朝从小捋过地坛南门榆树上的榆钱儿,喝过柿子粥,过过一个月三两肉四两油的日子。他给海燕讲,从小一家人吃饭,回家晚了没饭了,就找块凉窝头、喝点儿凉水,要么就干脆饿着。他能拿半斤肥膘炼成半斤猪油。他懂得什么是大油,什么是网子油,什么是血脖儿上的,每种都怎么炼、怎么做最香。他二十多岁时一米八的个子,肋巴扇儿上都一根一根地突出。因此,他对钱十分敏感,要把每一分都用在刀刃上,也把每一次可以避免的消费都视为罪恶。不论是单位发的一点儿米面,还是别人送的礼物,他都第一时间搬回家,如眼珠般看护好,并算好米面使用的分期,掂量转送礼物的人情。家中淘米洗菜的水用来擦地,擦地的水用来浇花,有时把还不太脏的水在塑料桶里存着,等待第二次使用。有时地面擦过还是黏黏的，但他感觉不出来。要是出门在外喝了饮料，瓶子他都会带回家留着，每个五分钱卖给收废品的，而临卖的废报纸，恨不得洒上点儿水添点儿分量。海燕厂子走了下坡路，他时刻放在心上，有意无意地旁敲侧击，盼着海燕不那么死心眼。

对海燕而言，买东西排队她是习惯了，但饥饿是她从没想到的，厂子渐渐不行了的事，她也没想过。

援朝讲的故事，海燕听着像《三毛流浪记》。她那时还小，没有什么节约粮食的记忆，更不知有什么自然灾害，至于饿死人，她更没想过。城里热火朝天的政治运动，与童年的她无关。在她印象里，只要不超过晚上七点半，食堂永远有饭在卖，每个周三都卖不用粮票的熟肉，她每周都能吃到香肠和带鱼，想换样儿了就去饭馆。窝头，家里从来不做；挖野菜，若不是插队，连荠菜都不认识。她恍惚想起来，上幼儿园那几年，每天多发一个窝头，以防止小朋友们饿着，但大家都不爱吃。幼儿园有一间铺有木地板的教室，许久不用了，她悄悄地把窝头掰碎，找到地板的缝隙塞进去。后来那教室总是闹耗子。

她看到报纸的厨艺专栏，上面讲怎么做烩窝头这道北京特色菜，她没听说过，就问援朝。

"嘻！"援朝满脸沮丧，很不情愿地回忆，仿佛要揭开一块伤疤。"什么他妈北京特色？把剩下的凉窝头当折箩，切成块拿剩菜汤一烩，穷得没辙了。"

援朝看到今天海燕的兴致不错，两人都忙，也很久没这么说说笑笑了，他想再试着劝劝海燕换工作。援朝说："我都想换个工作，去开小公共或者出租车。你也想着换一个吧，去学点打字、维修电梯或者学个会计？你就跟车间里当一辈子挡车工，接一辈子线头吗？国外早就都换新机器了，等以后设备一更新换代，都是数控机床之类的。现在南方一个小厂子，就把你们单位的活儿全干了。"

海燕说："用你管？"她觉得自己被窥探到了隐私，在工厂怎么上班是她的小天地，生活中能做主的事本来就不多。

援朝性起，他又一次义正词严："你一定得换个工作，你又不笨又不傻的，跟着你们厂子走下去，那是死路一条。就你们厂子那大五幅布，卖到北京各个针织厂做的衬衫，又土气又不舒服，我都不穿。"

"少说我们厂，我们厂的事，碍得着你吗？去去去，你别管。"海燕也想不到，自己态度能有这么不好。

"你们厂子我不管，可家我得管。你下岗了我得养活。"

海燕生气了，这才几年？旅游结婚的钱，是自己母亲给的；嫁到胡同来的家务活，是自己每次摘了手表干的。她本不是爱计较的人，但受了累还受埋怨，她没经历过。

这是两个人结婚以来少有的一次争吵。海燕没想过自己会变得这么激烈，这么没样子。

九

第二天海燕上早班去了。援朝中午正在汽车公司的安全科，接到幼儿园的电话。

原来,孩子上的是幼儿园的全托,每周回家一次。前一天孩子尿了裤子,没跟老师说,就那么沤着睡了一夜,直到次日中午才被老师发现。电话先是打到纺织厂,孩子的亲妈忙得没空接,就只好来找孩子的亲爹。亲爹早就对幼儿园的老师不满意了。每月工资里扣八块钱,可那几个老娘们儿哪配当老师?是连车上卖票都不要的主,说话都跟卖菜吆喝似的。

援朝请假到了幼儿园。他用湿毛巾和干毛巾给孩子擦了几遍,换上新裤子,带孩子回了家。

援朝一想起孩子就觉得委屈。个子还没桌子高,胳膊还没擀面棍粗,小小的身子大大的脑袋,长得细皮嫩肉圆圆的脸,一脸怯生生的样子,总想躲在大人身后。这天他接孩子回家,推着自己那辆二八大杠,让孩子坐在横梁上。孩子瘦小,精神也很一般,一直静静的一声不响,似乎老实得过度了,不像别人家孩子有个机灵样儿,粘上毛比猴儿都精。他自己这个岁数,都在胡同口乱跑,恨不得上树上房了。他听人说过,小时候越淘气,长大了越聪明。也听同事恭维过:"你家这孩子,心事重,有内心世界,说不定能成个作家、艺术家。"

他表面上笑笑,心想:"别介!可千万别介!"

他想到未来,这孩子肯定不让人省心,心里便如一阵阵刀扎。他不敢在车后座上弄个架座位,怕孩子掉下去或把脚卷到车条里,更怕自己骑上车一骗腿儿把孩子踹下去。援朝沿着马路的便道慢慢推车回家,孩子睁着大眼睛东看看西看看,看树叶落地,也看卖熟食的摊位,甚至低头看泛着恶心气味的臭下水沟。

援朝也难得这么放松一下赏赏街景，远处的天空白纸般明亮，连云彩都泛着银光，夕阳将人、树、自行车的影子拉长，将车轱辘拉成椭圆，车条还在转动着。人们逐渐下班了，卖熟食的人推着板儿车出来了，路边跑着红色或黄色的夏利，偶尔有能当出租车的桑塔纳。他想开辆车试试，但从没想过打车是什么样子。骑自行车回家的人很多，一辆辆自行车从父子二人身边闪过。

今天，他真不愿意来这趟幼儿园，这是女人的事。他忍不住想摸摸孩子的头，这么大的男孩像只温顺的小瘦猫，但又觉得：孩子像他妈那么傻，海燕像孩子一样傻，都傻一块去了。

援朝到了家，原本以为海燕会做好饭在家等他，但直至和母亲、孩子吃完饭才见海燕回来，心里便有点儿怨气。他问海燕怎么回来这么晚，才知道海燕到小娟家做思想工作去了。

海燕生了孩子以后，小娟也结婚有了家，她终于不再住人声嘈杂的宿舍。一开始，夫妻之间还恩爱，但很快有了孩子，要干很多家务。她好容易通过单位，找到了上夜校读大专的机会——能拿大专文凭，非常难得。但丈夫和公婆都不同意，说这样没法带孩子了。小娟没有听家人的安排，偷着在下班后去上夜校。没想到丈夫动了粗，他把小娟锁在屋子里，只在三餐时端碗饭去，要小娟保证不再去读书了。直至厂里发现小娟两天没来上班，赶紧派人来家里找，才发现职工被职工家属拘禁了。

作为班长，海燕陪着车间主任到了小娟家，与小娟的丈夫展开谈判。这个丈夫一定要妻子保证带孩子、顾家和照顾公婆为重，气得海燕心想，自己就是没枪，要是有枪先把这男人崩了。

她几次忍不住站起来争执,要不是车间主任从中调和,她会与小娟丈夫拼命。海燕想不明白,社会越来越开放,人们越来越文明,人人都知道读书光荣,都明白妇女解放,可为什么落到现实中,就走到了反方向。

最终的谈判结果,是小娟做了双重保证:一是向丈夫保证绝不耽误家务劳动,二是向车间主任保证绝不耽误本职工作,这才被放出来,第二天照常上班。海燕觉得真是荒谬,有些事单位不该来管,因为它本身不该发生。

海燕回家后还没吃饭,先到屋中看孩子,并把去小娟家的事告诉援朝。正说着话时,她想给自己倒杯水喝,杯子一时没找到,厨房的桌上有个空罐头瓶,上面贴着花哨的"糖水梨"字样,她看这瓶子不错,就刷出来倒满了热水,等着一会儿放凉了再喝。

援朝又谈起海燕换单位的事来。援朝说:"你看,读夜校和上班太累了,少学点儿少干点儿。我就说,纺织厂这活儿不能干。"

海燕的脸色非常难看,她正要说话,忽然间就听嘭的一声,孩子并不嘹亮的哭声响起,两个人连忙往厨房里跑去,看到罐头瓶子已经落地摔成片,孩子胸前的衣服都湿了,正哇哇地哭。他赶紧过去把孩子上衣扒下来,见孩子肚皮上有一大块红斑,像是刚用开水烫过的西红柿,用手一搓,皮就下来了。他吓得叫不出声来,一股巨大的蛮力涌在他身上,他回手一抡,啪地甩了海燕一巴掌。

他原本只是发泄力气,没有瞄准就随手抡去,仿佛是手带着他抡过去的,是空气把他的手带过去的。

援朝一米八的个子,在知青时做过端铁水的铸造工。他没想到,那一巴掌抡得很准很瓷实。

海燕的脸肿了起来,孩子还在哇哇地哭着。

海燕什么话都没说,径直去拿自己的包,又翻出一个大点儿的包,随手把衣架上的几件换洗衣服都塞进去,看一下自己的钥匙钱包证件之类,一把抱起孩子,奔着大街门走去。援朝缓过神来,在院子里一把拉住她:"哪儿去?"

"你别管。松开!"

声音斩钉截铁,隐隐地透着寒冷,院子里不多的花草,在那一刻停止了摇曳。

援朝还是抓住她不放,两个人在不大的院子里拉拉扯扯,几乎要动手推搡起来。海燕急于把援朝挣脱开,却不料如此僵持,孩子还在哇哇地哭着。援朝的老妈出来了,她刚才在街坊家屋里聊天,街坊邻居也都从屋子里钻出来,立刻好说歹说地劝。

有几位大嫂大妈看得明白个大概齐,纷纷骂起援朝来,边骂还边恨不得照着援朝掐上两把:"这么好的媳妇你还要上房揭瓦啊?我叫你对人家不好,大老爷们儿丢不丢人?"她们连着使眼色,也把两个人往屋里拥。海燕一阵子委屈,她猛地抬头问援朝:"咱俩几号结的婚?"

"啊?"

她说得快,援朝一时没反应过来,旁边的人也没听见。

"几号结的婚?"

她见援朝不语,又用力抱着孩子往外走,孩子哭得更凶了。

援朝的母亲来了，她颤巍巍地扶着墙走到门洞里跪了下来："海燕，别把孩子抱走……"

"哎，哎，这怎么说的……"院子里又是一阵大乱，街坊们前去搀援朝的老妈，那位七十岁猫腰没牙的老太太。海燕放下孩子扭身回头，进屋从里面插上插销，把门锁了。

援朝一时不知道，此时应该先去搀母亲、治疗孩子，还是哄海燕，仿佛一时间，有十个人同时抓着他去做十件事，他要给出一百个答复来，每个人都认为自己的事最要紧。他头一回觉得过日子如此复杂，凭他再巧妙的双手也无法抚平生活的褶皱。他呆呆地站在原地发愣，那些胡同里的嘈杂如风过耳，与他无关。

"啤酒白酒啊，换酱油换醋啦啊——"胡同里推着板儿车吆喝的人路过家门口，那是个大嗓门的女人，每天这时她都会来。今天她一路吆喝，一路没人出来买。

吆喝声远远而去。

十

援朝从街坊那里要了点儿獾油给孩子涂上，顺便从街坊家借了张折叠钢丝床。原先家里两间房，自己三口住一间，老妈住一间；现在海燕锁了一间，他只能和孩子、老妈挤一间。

钢丝床像一个灰色的不锈钢大梯子，往母亲屋子里一放，怎么也摆放不开，他又给还了回去。当天老妈和孩子睡一张床，援朝就在母亲屋中，拿三个方凳拼在一起，垫上条褥子凑合了一夜。他担心自己翻身摔下来，后来想摔了就摔了，只要孩子别乱爬就行。

他等母亲和孩子先睡着了，一个人去敲海燕的房门。

"海燕，海燕。"屋里没声。"开开门。"梆梆敲门，屋里还没声。

屋里挂着门帘窗帘，他从缝隙去看，什么都看不清。海燕许是蒙头睡了，还是躲进大衣柜了，他都看不清。

他想，等海燕先休息一会儿，没准就好了。他心里盘算着，每一个小时，不，半个小时到四十分钟敲一次试试。他掐着表算时间，等快到时间的那几分钟，他徘徊在房间门口，想敲门进去，又怕间隔不够，再把海燕敲烦了。好容易熬到时候了，他敲门，没人应。他拍门的声音很是急促，但房间里没声音回答。他手足无措，一时起急，有心把门踹开。这木头门被踹开，上一次是三十多年前，老妈在屋里打他不念书的哥哥，插上门拿木板子打，而自己和哥哥的亲大爷，比父亲还疼大侄子，在屋外跳着脚连嚷带砸门。外面声越大，屋里打得声也就越大，哥哥的哭声也就越大。那时哥哥的作业总是得五分，考试总得一百，所以非常的不爱学习，一不学母亲就打。大爷真急了，咔嚓一脚踹碎了屋门上下半部的门板，门开始打不开，大爷弯腰从门下钻过来。也许是大爷有点儿微胖且上了点儿年纪，也许是衣服穿得多，一下子卡住进不来了……

今天他太想把门踹开了，只踹碎下半部门板也能钻进来，但他忍住了。

再敲了三四次门以后，四下里人都睡下。夜深了。援朝搬了把中间断了根皮带子的马扎坐在院子当中,他拿出一支"红梅",用打火机点燃,用力吸了一口再慢慢吐出,把全身的气息都吐出去。不一会儿烟抽没了,他拿出老妈深绿色包装的"大前门",接着抽。

第二天一早,援朝憋着劲儿想早起、早起、一定要早起,可当他起来以后,房间已经空无一人,家什有点儿乱,茶几下还放着尿盆,他过去一端,几乎快满了。料想海燕把自己反锁在屋里一夜没出去,她可算在屋里上厕所了。

援朝出门亲自倒了尿盆,同时问街坊看见海燕没。街坊说没看见,但有点儿神经兮兮地问:"你们家那口子,是不是夜里尖叫来着?我都醒了,就听见嗷——嗷——的,是不是吓着了?"

援朝被问愣了,他不知道也没听母亲和孩子提起,还是先找人要紧。他出门去问胡同里戴着"首都治安守卫者"红箍的老太太,老太太猫腰没牙,耳朵也听不见了,也不知谁保卫谁。她老半天才明白是打听海燕,便向胡同口指了指,那意思估计是去坐公共汽车上班去了,早没影儿了。路上遇到不知情的街坊二哥,还拿他打趣:"哟,今儿劳您大驾,亲自来啦?"援朝没理他,他想说声"滚蛋"。——他不怕打起来,在小时候每片儿的人都打遍了。他就怕忍不住拿尿盆泼过去,破了对方"金钟罩铁布衫"。

援朝暗想真糟糕,想早起堵人还没堵上,接下来该干什么?昨晚的顶牛让他没法进行今天的安排,但每一刻的安排都跟火车时刻表似的可钉可沿儿,错位了就天下大乱。他先去胡同中的早点铺给孩子买了两碗豆浆三个炸油饼,白豆浆两毛,糖豆浆两毛五,孩子吃糖的自己吃白的。母亲不喝豆浆只喝茶。早点铺都用缺了沿儿的大海碗,他没法拿回来,干脆端了个铝锅,糖的白的混一起端走了。

他匆匆把锅端回家,又跑到胡同里一处公用电话等开门。早晨七点,公用电话开了,他抢在头一个,先打给车队请求倒休,但车队也安排不开,让他找人替班。他又打给同事求帮忙,同事家住的是老婆的单位宿舍,还得让传达室的大爷喊一声。等了许久同事答应帮忙了,又打电话给领导好说歹说一番,无非是为了不算事假,好别扣钱。

他要面子,但仍硬生生厚着脸皮求领导,干忍着听领导说了很多酸溜溜的话,各种夸张的、无中生有的、有一成说成十的训斥,估计身后排队的人听了都觉得太伤人。但援朝回头一看,排队的早就不耐烦了,催他快挂。

援朝挂上电话交了钱,他再次回家,推着自行车把孩子送到幼儿园,又跟幼儿园老师说了些道歉和请帮忙看管的话,隐含着说出:"孩子每天只能去捡次的玩具玩,别人家的孩子总抢了他的玩具,还说你的玩具不如我的好。"

幼儿园老师不吃这一套,一个个泼辣得很,援朝又被这几个他死也看不上的老娘们儿抢白:"孩子都受家里影响大,我们这儿就是看着,他自己会长。"

老师接着说:"有一天,你家孩子想撒尿不去厕所,跑到个没人的屋子里,也不知从哪儿翻腾出一尿盆来给尿了。那尿盆是搪瓷的,漏了,多少年都没人用。"说完便皮笑肉不笑地笑,援朝也想附和着笑一下好结束谈话,但他没"呵呵"出声。

从幼儿园出门,已经上午九点半快十点了,他赶紧坐车去海燕单位找人,怕海燕下班后直接回娘家,再请回来就麻烦了,甚至由此分居……孩子由谁管呢?他不会往离婚方面想,两口子吵架动了手,哪至于?家门口这片胡同里的人家,时而有打架动菜刀、动擀面杖的,摔个炒菜锅、飞起把铁剪子砸了玻璃……不新鲜,没听说谁家真离了。

十一

赶到单位以后,援朝自报家门是海燕的丈夫,厂里的人给他指路,在车间门口等海燕。时间临近中午,他想海燕要是给面子,就一起在食堂吃午饭了。

他来过厂子,这一次心里有底,就直接去车间。可到了车间,听说海燕不在,她作为优秀员工代表,到纺织厂配套的纺织机械配件厂参观去了。

纺织厂是一大片厂区,海燕在一厂,还有二厂、三厂、配件厂、印染厂等,都属北京东边的棉纺织集团。配件厂就在纺织厂后面,援朝赶过去,刚进了大门,就见一群工人抬着一个人走向办公楼里,好像是去医务室的样子。人围得如同平地上长满了灌木,他想挤进去,但被拦住,又挤进去,看到那个脸色苍白的人正是海燕。他的头脑仿佛被撞钟一样猛敲了一下,耳边听到嗡嗡的回声:"快打120,叫救护车。"

昏迷的海燕被送到医院，援朝事后更责备自己没拦住她，早知如此就干脆把海燕锁屋里，就学他们厂那个把妻子锁屋里不让上夜校的丈夫。

这一天原定是单位组织去配件厂参观，海燕一夜没睡好，总是隐隐地做着噩梦，她梦见车间的横梁上垂下一条粗绳坠着个满脸浮肿的人，那人的面孔近了，是父亲。这一次，她在梦中尖叫。早早醒来后，她还是晕着头、肿着双眼上班去了。

配件厂跟纺织厂不一样，里面都是金属车间、精加工车间等等，比纺织厂的车间要小，工人九成都是男的，不像纺织厂是纯粹的娘子军连。每个车间按照车工、铣工、铸工等不同工种来划分，都要学徒三年。海燕跟着众人进了精加工车间，这里的工人一身长衣长裤，用松紧带扎紧袖口，不系围裙。她好容易见到一位守着一个CA620型号精密小车床的女工，她看这场景是如此熟悉，甚至那女车工都很面熟，才反应过来，这跟人民币上"车工贰圆"的图案一样。

海燕听讲解员讲，回味着工人之间的俗谚："紧车工，慢钳工，溜溜达达是电工。"车工是用车床加工金属零件，是个技术活。车刀要停得及时、到位，停慢了零件就废了，还得快干，否则不出活儿。讲究如何下料、卡位、调试机器，用手和千分尺来量。车工有危险，容易出事故，配件厂里有位女工眼皮上有个红斑，是操作时烧红的铁屑溅上留下的，好多年都不褪去。

众人一起去看车工的演示，海燕的困意上了额头，仿佛有一块铁在脑袋里，坠得自己的头四处摇晃，要大头朝下一猛子栽倒。

一阵恍惚间的错觉,海燕刚刚眨了眨眼睛,猛觉得头顶上空乌云迷雾,是哪位大罗金仙掷来的法宝,还是飞来一只翼龙或巨大的蝙蝠。"呼"的一下,海燕被人狠命地一把推开,一个跟头摔了出去。

　　"哐当!"

　　一块长方体铁块砸破了水泥地面,落在摔倒的海燕身边,铁块距海燕的头不过二尺。那是一块准备车的铁料,它没有被卡紧,从刚刚开动的车床上甩了出来。刚才,它正在海燕头上鹰隼般盘旋。

　　而海燕这一摔,一时没有醒来。

尾声

　　海燕昏迷了三天才醒来,这次是她摔成了脑震荡,摔得瓷瓷实实。但同样她真得感谢推她的同事,算是捡了一条命。自她醒来以后,有时一阵明白一阵糊涂,有时昏睡不醒,有时彻夜不眠。她一遍遍地想自己从进厂以来发生的事,却几乎想不起什么。关于厂子,她首先想起来的是,车间里的所有已被席卷一空,只剩下黢黑的水泥梁架如一具骷髅;水泥的地面已成为崎岖不平的土地,扔满了弃物长满了野草;车间顶上的玻璃全部破碎,混着木料、砖头和阳光四处撒落。在那车间的横梁上垂下一条粗绳坠着个满脸浮肿的人,那人的面孔近了,是父亲。

　　从此以后,海燕因为有一阵部分失忆,援朝帮她办了手续——请病假吃劳保。海燕的母亲因癌症去世,弟弟卖掉了他继承的纺织厂宿舍,拿了钱并入赘到外省市当寓公去了。那是一个海燕不知道的小地方,弟弟不再正经干什么,照样活得优哉游哉。

过后,厂子真不行了。

年轻的都下岗,合同工不再续签,有能力的调走,科室只保留几处,在宿舍区找个角落负责给职工报销。在歇了几年病假,援朝跑厂子报销了几年医药费以后,劳资科把海燕叫过去办理病退手续,她三两下就办完了,从此每月有几百块的退休金(后渐渐涨到两三千块),与厂子再无瓜葛,时年四十一岁。

海燕打听了一些同事的下落:师傅退休了,为群调走了,小三被她多次试验后遇到的唯一真爱给甩了,哭着回了农村;而小娟终于补了个夜校文凭,调到仅存的几个科室里去坐班,再也不用进车间了。她觉得这样挺好,每个人都有个出路,自己这个班长没白当。

她好像只是度了个周末,在家睡了一大觉、周一早上继续上班一样,但这个世界开始将她遗忘。当她回到厂区的时候,才发现这片挥洒了她和父母青春与生命的地方已经荡然无存。仿佛是一列火车拉着笛儿从站台前呼啸而过,而把原本下车透透风的自己留在了站台上。

火红的年代过去了。她站在马路对面,觉得厂子就像浮出海面喷水的巨鲸群,现在鲸群寿命已到,它们下沉到海底成为鲸落,它们该离去了。

作者简介：

侯磊，北京人。北京联合大学师范学院汉语言文学专业2003级本科毕业生。青年作家，诗人，昆曲曲友。热衷于研究北京史地民俗、碑铭掌故。著有长篇小说《还阳》，小说集《冰下的人》《觉岸》，诗集《白鹅的羽毛》，北京非虚构文学三部曲《声色野记》《北京烟树》《燕都怪谈》，社科图书《唐诗中的大唐》《宋词中的大宋》等，部分作品改编成影视或译为外文。现就职于北京文学月刊社从事文学编辑工作。

船在海上

于一爽

在甲板上，一直有人和郭一并排附在栏杆上，也许是中国人，或者说中国人是大概率事件，因为如今最喜欢去世界各地搞旅游的都是中国人。而有点儿让郭一十分惊讶，从侧面看他，好像鼻子掉了一块。郭一不确定，也许只是角度问题，这个人很高，一直没有转过身来，雕塑一般。甲板上还有躺椅和钢丝床，落了一些鸟粪枯叶灰尘没有人坐上去，而且显然已经很久没有人坐上去了。郭一抬头看见只翼展三四米的信天翁，翅膀又窄又长。除此之外，更多的是一些追逐船只的小海鸟，也许这些海鸟并不小，但因为飞得很高，看上去都是微缩版本，在一起发出刺耳的声音，因为船只还行驶在海峡中，并未靠近半岛和大陆，速度很快，海鸟追着船只的速度也很快。唯一的信天翁很快就飞走了，郭一知道，这类海鸟大多会死于捕鱼钩。每年有数十万只。真是一群傻鸟。她替它们可怜。偶尔会射来一股刺眼的阳光，抬头看这些海鸟的时候就像在皱眉头。

郭一在一艘开往极地的船上。

人并不多，大概150人，有三分之一工作人员，这是她估算的。此前她还在介绍上看见了这艘船的更多信息，载客量：174人，长度：107.6米，宽度：17.6米，吃水：5.3米，冰级：A-SUPER，航速：15节，载重：5590吨。船像一张纸片一样浸透在冰凉的海洋中。还有船长的照片。留着胡子，看上去正像一个船长应该有的胡子。他驾驶这艘船在极地往返了25年，看样貌很不喜欢和人说话。事实上也毫无必要。两片很薄的嘴唇闭合在一起，就像希望嘴唇消失一样。

　　这是一艘苏联时期建造的船。解体之后作为过赌博船。因为是冷战时期的间谍船，安装了许多大功率电源输送的粗电缆和颀长的无线电天线，以及核心设备——用于探测核潜艇的放射性探测器，船身包裹着一层厚厚的铝板，以防止敏感的通信系统被岸上敌方窃听。官方文件中宣称，其曾被派遣至北大西洋为国际电信联盟工作。但是，人们更愿意相信，此举是以窃听英美之间通信为主要目的……

　　这仅仅是一些数字故事，和郭一毫无关系。她更好奇旁边的高个子，高个子的鼻子，她已经在船上待了两天，还没有穿越德雷克海峡，只有穿越这片海峡，还可能抵达极地半岛，作为游客，她没法深入极地大陆，仅是搞一些观光，发一些朋友圈。

　　这是她能到达的边界。海峡风大浪大，她在船上吐了两天，此时此刻平静一些，她来到甲板上，胃里已经没有东西可以吐了，鼻孔里灼热的气息瞬间冻成冰粒，风从她的身体呼啸而来呼啸而去，但依然感觉神清气爽。郭一拼命呼吸空气。她的目光向远处望去，远处和近处一样，全是水，船开过的地方是一层雪白的浪,也许不应该用雪白形容,因为真的比雪还白。她想起一位朋友写的诗:天上的白云真白啊真的,很白很白非常白非常非常十分白极其白贼白简直白死了啊。这首诗写的好极了,因为只是说天上的白云真白啊真的,但是并没有说怎么白,她想,不能理解这首诗的人就是因为真的不能理解这首诗。比如何多,就不能理解这首诗,甚至因为郭一理解了这首诗,而觉得两个人终归不能一起生活,在地球的另外一边,此时此刻,她想起两个人曾经关于这首诗的争论,最后以何多的一句话收场。何多用手指肚敲击着桌面说:看我们两个人谁能笑到最后!

郭一希望笑到最后的人是他而不是自己。是不是笑到最后都会死。笑到最后的人也不会笑着死。人都怕死。

如果从地图上看,会觉得海峡的形状非常奇怪,很难让人相信仅是洋流冲刷的结果,更像是一颗行星生生把两个大陆撞开。因此被人类形容为魔鬼才走的海峡,海峡长300千米,如果没有特殊情况,明天的这个时候她将到达半岛。天上的云絮像塑料泡沫似的。她知道还有更强烈的寒冷等待着她。

大概在2亿年前,虽然同样位于高纬度地区,但当时的极地远没有今天这般寒冷,蕨类、苏铁等植物生长茂盛,森林绵延、郁葱、各种古兽繁衍其间。物种昌盛、万象更新。代表性动物水龙兽及其生存环境复原,它身长从0.6米到2.5米不等,上下颌前端可能有喙状嘴,用来切碎植物,两颗长牙是其显著标志。1亿多年前关键性的转折出现了,大陆开始分裂,只有极地陆块孤零零地留在极地,3400万年前,南美洲与极地陆块的最后连接,也被板块运动无情切断,海水喷涌而入,形成了宽达900千米的德雷克海峡，大陆四周没有其他陆地、山岳的阻隔，海面上无遮无拦，风率先降临，它自西向东环绕极地，风力时常高达7级以上，人称咆哮西风带，强风吹动海面，形成海浪，海浪又带动深层海水形成更强大的洋流，洋流环绕极地，同样无遮无拦，流速越来越快，规模也越来越大，最终形成了一个宽600千米~2000千米，深达2千米~4千米的超级洋流，极地绕极流，这是世界上最大的洋流系统，流量超过全球所有河流总径流量的100倍，更重要的是，形成了两大屏障，将整个极地包裹起来，来自北方的暖流难以进入，内部的寒流亦难外散，内外热量交换受阻，极地大陆几乎被"封印"其中，至冷之中，冰雪纷纷飘落，高山上发育出巨大的冰川，将极地的山峰切割得尖削凌厉，当冰雪堆积超过千万年，极地98%的陆地，都被巨大的冰川所笼罩，称为冰盖，原本高耸的山峰，只能露出尖尖的山顶，有如白色海洋上的小岛，名为冰原岛峰。大体上，我们如今看到的极地面貌就是这么形成的。

最冷的地方，地表温度在冬夜可降至−92℃。但是作为游客，这些都见不到，比如在极地大陆东部有一条无人涉及的1000公里的冰脊，因为所处的高纬度地理，一年中都是漫长的极夜，阳光射入的角度很大，单位面积所吸收的太阳热能就非常少了。白色冰雪对阳光的反射率达到80%，可以说大部分热量在接触极地大陆之后又被反射回了太空。

甲板上有人往海里扔面包，但看不见鱼，一定有鱼，海里怎么会没有鱼呢？面包撕得很碎很小，看上去撕面包的人有很多心事或者仅仅是因为无聊，郭一喝着手里的蜂蜜姜茶，也是为了缓解呕吐，姜的味道很浓，她只放了一丁点儿蜂蜜，蜂蜜没有完全融化在茶里，沉在了底部，她没有汤匙也懒得搅拌。杯底的琥珀色让她觉得赏心悦目。天上在落着雨，极地的雨很冷，落在手背上，像小型电击，她想，应该争取这分分秒秒的时间，再看看这片海峡。如果不能看出这一片景色和那一片景色有什么区别，那简直可以说这趟旅行会无聊至极。海峡最深的地方是5248米。

就在这个时候，高个子转过身，郭一看清了，他的鼻子缺了一块，缺了很大的一块，可以说整个鼻子都只剩下一个凹陷的轮廓，他的个子白长那么高了。郭一想，并且她无论如何想不到，会在极地看见一个没有鼻子的人。男的和郭一点头微笑，然后离开，郭一从未见过没有鼻子的人。吃惊，她感觉非常恐怖。她不由自主地摸了一下自己的鼻子。

还有不少人附在栏杆上等待鲸鱼。也许会来也许不会来。她想起自己在海洋馆见过海豚，洁白的海豚，眼睛看上去总是弯成一条线，微笑天使，但是她更想看见鲸鱼，巨大的物体，都让她感觉神圣，仿佛他们正是从数亿年前存活到今天，因为巨大，笨拙而显得十分确定和永恒。

也有几个阿姨支着桌子在甲板上打麻将。她瞥见一个胖阿姨吃了一个瘦阿姨"五萬"，和了一把"捉五魁"，外加一个"幺鸡暗杠"。瘦阿姨说："我带出来的钱都要被你吞掉哟。我还不如撒进海里。"

郭一把身体大幅度探向栏杆外面，一小部分海水拍打在甲板上，湿滑，她不知道自己会不会掉到5000米的地方，那样估计也要掉一会儿。她也想过人是不是可以不出生，那样的话往子宫也要缩一阵。但也仅限于一种联想。郭一使劲攥住自己的小书包,她害怕手机一类的东西被刮跑,虽然她已经两天没有信号了,但她知道,之所以没有信号是因为自己决定让它没有信号,而手机无论如何是不能丢的。5000米是什么概念呢,大概就是一座衡山和两座华山统统扔进去看不见山头。两大洋在此交汇,因此形成了著名的风暴。全年的风力都在八级以上。郭一想,八级?没概念。她不知道台风几级,她没有见过台风,她生活在北方一座干旱的城市,有一年谣传台风会来,她趴在阳台上等了一天,后来又说不来了。她也曾经计划在最恐怖的季节去沿海等台风来,事到如今,她都没有看到过台风。

已经两天了。

在船上的生活很规律,每天7点钟船舱的喇叭开始广播,因为喇叭是最万无一失的,如果遇到紧急情况,所有人都可以快速听到信息逃生。郭一船舱所在位置的最近逃生路线在前甲板,她已经在上船的时候做过三次演习了。8点到9点是早餐时间,因为此次船员多是印度人,所以印度餐居多,午餐是12点,晚餐是6点,分别一个小时,如果赶不上就没有了,郭一自己没有带任何食品。她讨厌把方便面火腿肠带到世界各地。因为她不怕饿,如果饿了她就睡觉。船上没有信号,如果需要信号,就要自己买,一分钟10美元,她不想花这10美元,10美元在她生活的城市可以买很多东西,比如吃一顿肯德基或者麦当劳。当然,她想,在这艘船上的多数人都不会在乎10美元,就算10万美元他们都不在乎,郭一因为提前订票,所以住到了优惠的船舱。她的随身行李很少,有一身军绿色的棉衣棉裤,是在网上买的,网上的图片是一个穿着军绿色棉衣棉裤的人在看冰柜,可以说是冰柜管理员的职业装。价钱并不贵,很像小时候穿的那种棉衣棉裤,如今在城市中已经没有人这么穿了。郭一买了最小号,穿上之后,裤子一直往下掉,但她决定拿到极地来,如果不拿过来就更没机会穿了,裤子一直往下掉可以当被子盖在身上,这一身军绿色在郭一身上很像一个要被流放到遥远地方的政治犯。

又在甲板上站了一会儿,她听见喇叭,是午餐时间,早餐都吐了,肚子很空,她第一个往餐厅走,她不想等大家都来的时候排队,她不喜欢为吃饭排队,这会让她恨上食物。餐厅是自助餐,郭一装好了自己的盘子之后坐到了窗边,窗边可以看到延绵起伏的海浪,她装了很多因为她不想再起来去装一次,她怕回来的时候位子都没了,如果吃不掉她就打算用餐布盖上。盘子里的蛋糕紧紧贴着咖喱牛肉,牛肉旁边是一些滚圆的炸汤圆,特意为中国人准备的。她刚落座,就看见高个子拿着盘子走过去,她很想问问,鼻子是不是被什么人咬下来的。高个子实在太高了,要做一些类似鞠躬的姿势才能从旋转餐盘上夹到自己要吃的菜。让人替他难为情。

她坐在位子上一颗一颗仔细剥着满满的磷虾,可以不用剥,但她又不是没时间。她看着窗外,天上的云散了,一丝缝隙都没有了。

磷虾非常非常小,它们能够忍受超过200天的饥饿,甚至会出现负生长,所以通常2~3年也不过长到5厘米左右,但保守估计总量在5亿吨以上,相比之下,人类的总体重也才4亿多吨。她又感觉自己在吞噬很巨大的事物。

高个子坐在了隔桌,并没有挨着窗户,低头吃东西,看上去只想尽快把东西吃完。如果不是因为鼻子,他可以说长得非常帅,郭一想,会不会因为帅被别人打,打坏了鼻子。

很快,餐厅的人多了起来,胖阿姨瘦阿姨还有更多阿姨坐了过来,没错,她想,人老了就有钱了。在吃午餐的时候广播里说,因为风浪大,也许登岛的时间又要延后了。失望不言而喻,如果没有登岛就是亏了,但没有人敢抱怨天气,郭一当时正在喝咖啡,一部分咖啡倾斜了出来,她听见旁边的瘦阿姨说——一年之中听说也就只有小半年可以,其他大半年都不可以。郭一想,她说的可以就是不亏,不可以就是亏。胖阿姨点头。大家感受到了同样的安慰。大意就是——反正都亏了。

郭一想,她们还是打麻将的时候更可爱。她快速喝掉剩下的咖啡以免更多部分倾泻出来。

饭后,郭一照例要在船上逛逛,否则她实在无事可做,她又不会去打麻将,船上有一间理发室,她走进去问价钱,理发师也是一个高个子,她忽然觉得有必要将这个消息告诉另外一个高个子,在自己的城市,她一年,十年,也碰不上一个高个子。大概两个人都有两米。理发师正在扭动脖子,做一些运动。于是她问理发师:你是哪里人。理发师说蒙古人。然后又问郭一你是哪里人。郭一说中国人。理发师说:内蒙古。

郭一打量这间小小的理发室,也许这只是必要的设施,而整个行程都不会有人光临。只有一个椅子,墙上贴着三款发型,男士的板寸,男士的中长发,中间还有一个大波浪女士。图片上三个人的牙齿都很白,但其实她最想说——你知道这个船上还有一个高个子吗？或者不止一个，如果有足够的耐心，会发现，两个，没错，现在不就是两个吗？或者三个、四个、成百上千也不一定。但是因为她的英语不好，所以她就什么也没说。

　　理发室旁边是一家小小的超市，里面卖一些方便食品极地纪念品，还有一些在玻璃锁柜里，听说是一些极地艺术家的限量版。价格不菲。郭一觉得艺术家一定要贵，不贵就不值钱了。

　　之后无事可做，只能重新回到船舱了。她的船舱被刷成蓝色，就像在海底波光粼粼。之后她在一张白纸上写——今天看见了两个高个子。白纸是船舱免费提供的便签。昨天她也写了，她写：何多在分手后第一次没有联系我，我也没有联系他。

　　船舱的四周都是镜子，郭一想——如果有镜子，人怎么会孤独呢？她把昨天喝过红酒的杯子扔在水池里，她想此时此刻最孤独的莫过于水池里的杯子了，已经从红色变成了淡红色。她感觉不到探险船一丝一毫的行驶。

　　船舱的床头挂着一幅企鹅，没有比挂着一幅企鹅更天经地义，而让郭一不明白的是，企鹅穿了西装打了领带，目光朝下，郭一躺在床上正好的目光朝上，和企鹅对视，她绝对想不到，自己有一天会和一只漫画企鹅对视，大概是正常的企鹅在极地见得太多了，所以船舱特意准备了西装领带企鹅，她不知道其他船舱是不是也一样，比如更贵的船舱，是不是会有一两只正常的企鹅当夜里晕船醒来的时候，不必觉得不可思议，她想这幅画一定是来自中国，中国某个小小的城市，那个城市的一部分人，就以制作这种画糊口度日，因为企鹅很矮，所以只穿了西装没有西裤。西装一直拖到画面的边缘。

她知道如果这只企鹅忽然说话也一定不要太惊讶。

毕竟，此地，最多的就是企鹅，可以说，没有看见就已经闻见了，据说，企鹅最早是会飞，后来它们不再需要飞，因为游泳可以让他们捕获更多的磷虾，在它们光滑的羽毛内保留一层空气层，既可以增加浮力，也有助于隔绝极地冰冷的海水。仔细观察会发现，它们的脚和耳朵都变得非常非常小，这是为了减少热量流失。

另外一件事便是卫生间里还有一只西装领带企鹅，卫生间的门很沉，下面还开了一个洞，类似小猫小狗爬进爬出那样的装置，卫生间的玻璃有一条裂纹，闪电一样四散。但并没有碎。

她忽然明白一件事，自己是不是在极地都无所谓了。在不在地球上都无关紧要。她把两个企鹅调换了位置。卫生间的摆在了床头，床头的摆在了卫生间。

吃过饭之后，她的指甲全是咖喱味道，她喜欢咖喱，但是不喜欢咖喱味道。就像自己喜欢抽烟但是不喜欢烟味，所以郭一每次都对着空气净化器抽烟。看上去就像空气净化器抽了不少烟一样。

狭小的空间中她身体发麻，她觉得自己已经很小了。简直可以从下面的猫洞狗洞爬进爬出。

她打开网络，这意味着她要破费十美元了。何多的微信就在这个时候过来了，微信里说：不要在你的诗歌里写我是不是手淫，我从来不手淫！

郭一感觉自己已经变成了一只可怜的猫或者狗，只想往下面的洞里爬。何多看上去很愤怒，竟然用了叹号。

离开城市之前,她在一个公众号发了一组诗歌,里面多是一些爱恨情仇,可是她发誓:没有一首是写给何多的,更没有一首是写他的。有人规定不可以写手淫吗?

这太可笑了?男人手淫可耻吗?一个不手淫的男人比没有鼻子还可耻吗?

她还没有回,何多又在信息里说:我真想咬你。

郭一不敢相信自己看到的,这是什么意思呢?是真的要咬自己吗?咬哪儿呢不会也咬鼻子吧?可又像一种暧昧,他们分开一个月了,还在恨对方,郭一和同事一起工作,工作着工作着就工作到了床上,就冲这一点,难道还不应该被何多把鼻子咬下来吗?她用手摁了摁自己的鼻子,实在想象不出来如果没有了会怎么样,也许应该问问高个子,但显然她不会这样做。而人也不能自己咬到自己的鼻子。想到与何多恋爱的时候,两个人经常互相咬住对方的鼻子,或者闻一闻,就像小动物在辨识彼此。

鼻子咬掉了是不是还能接回去?

她记得原来在晚报上看过一篇报道,一个男的不小心切掉了手指头,慌忙去医院,因为太慌忙,把手指头(也许是最重要的大拇指)忘在了家里的菜板上,回去拿,因为太慌忙,又忘在了出租车上。但她不知道这个报道有什么意义。

接着又是一条信息,在郭一看来,何多就是这么精神错乱,信息里说:我梦见你了。每天打开门又是一扇门。

在地球的另外一边,现在是夜里,也许他真的梦到自己了。郭一想,但也许自己才是精神错乱的那个人。还在渴望什么?

她关掉网络。需要重新拼贴理解这一切。

在船上，每天的生活都一样，她连每天穿的衣服都一样，内衣内裤秋衣秋裤外裤外衣，毛背心，大衣，手套围脖帽子。就像是一种人形动物的包装套。还有两层袜子，船舱的天花板很低，因为狭小，四周装了镜子，仔细听还有管道的声音。她摸了摸镜子里面的自己，冰凉传入指尖。

她大部分时间都在自己船舱，除了吃饭的时候，或者下船的时候，有时候吃饭前后会去周围走一走，极少，她总怕碰见什么人，担心有人和自己打招呼，问长问短甚至交一个朋友。

郭一喜欢在自己的船舱喝酒，酒是餐厅买的，她喝得很节约，因为怕喝多，没有冰块，她感觉十分滑稽，极地到处都是冰，但她此时此刻连一块冰都没有。

就在这个时候广播又响了，里面说他们可以驶入一个类似海湾的地方，坐上橡皮艇看鲸鱼，这个地方经常有鲸鱼出没。郭一开始穿衣服。她有点儿后悔喝了酒。穿了很多层，还有橡皮鞋救生衣要去更衣室穿，救生衣是一次性的，如果打开就不能收回了，打开的方式是吹一下前胸的哨子，还有墨镜，这里的紫外线很强，之后要统一做生物消毒就可以下船了，十个人一个小艇。

上艇的时候，高个子正好和她坐在对面，没有队形，这多半是一种巧合，要刷卡上艇，便于统计人数，她也有机会近距离看一张没有鼻子的脸，超过了看鲸鱼的乐趣。另外，也可以从这个角度看见他们的探险船，船头在呼呼冒着白色蒸汽。她想起一首诗中的一句：船在海上。

但四周并不是雪白一片，山脊上长出一丛丛绿色，成百上千年才长一毫米一厘米，仅仅贴着地衣。也有点儿像何多之前的板寸,她想一定非常柔软微微地探出,这个时候导游说:这里最多的是座头鲸,它们都是成群出现,用鳍拍打水面,跳跃出水面。所有人都在期待,只是你不能确定它们在艇的哪个位置,会不会在下面。观看的时候很安静,不能发出声音,有一些来自鲸鱼的声音像从遥远太空传来的声呐。高个子真的很高,坐下去的时候郭一都要仰着头,她不能一直看,有时候她也看看鲸鱼,因为穿了很多,脸上都被围巾盖了起来,可以说缺了一块的鼻子更明显了。郭一忽然想起一件事情这让她感觉恍惚,她的衬衫一直扣在喉咙上,她摘下手套,松开了一点儿。大概一年前:她与何多在东南亚的一座海滩,碧海蓝天椰风树影,一切都像明信片一样,和这里的无比寒冷正好相反,那里是无比燥热,不知道从哪里,走过来一只耕牛,慢悠悠地,那种只有在水田才可以看见的耕牛,四周的人包括何多都无动于衷,好像只有她看见了,正像此时此刻,她就是这样的感觉。

　　鲸鱼,耕牛,四周被包围的蓝冰,一个人残缺的脸上,古老的巨大的永久的,甚至也许是邪恶的,死亡的,一无所有的,不知道为什么让她着迷,她有一刻感动。于是干脆一直盯着对面的人看,艇上的其他人在拍照,只有快门的声音,郭一连手机都没有拿出来,高个子早就觉察到了这一切,他偶尔拍照也是用手机,更多时候就让郭一看,世界上多数问题都是因为不够直接。此时此刻多好。身体就是灵魂。这样的鼻子比成千上万完美的鼻子都更吸引郭一。当她这样想的时候,橡皮艇剧烈摇晃了一下,就像是被一条座头鲸拖了起来,橡皮艇两侧的人离得很近,郭一下意识抓住高个子的大衣角,往下看是清澈的云,上方是水,没有形状，混合着灰色黑色白色。蓝色是底色，其他的颜色在蓝色蔓延。郭一知道自己即将消失在这一切之中。终于和所有一切的关联都没有了，她向四周望去，当人从环境中分离出来的时候，四周都变成了蓝色。深浅，海天，火焰冰块都是蓝色。就像碎了的瓷器片，褪色的吸墨纸，冰山上的一块胎记……

往回开都坐好！

导游的一句话将郭一拉回来。她不再看高个子，倒是高个子一直盯着他。她拢了拢被风吹乱的头发。也许在别人看来根本没有拢的必要。下艇的时候她踩到一个毛茸茸的东西，低头发现是一只死鸟。毛已经被踩没了。她想，并不只是她一个人踩的结果。只有自己半个脚掌大小，她低头把鸟扔进了水里，一点儿水花都没有激起来，很难想象它也曾经有过生命。

因为今天天气很好，所以才可以出海看到鲸鱼，或者说太好了，光线很刺眼，就像古往今来的热量，钻石被灼烧成灰烬。

这里真美，但有什么用呢？郭一不得不这么想。就像她不得不暂时来到这里一样，离开眼下的生活，然后再像传送带一样被带回去。

听说你是一个作家，回到公共区域之后正准备喝蜂蜜姜茶的郭一被导游拦住问。

谁说的？

那我们肯定有我们的渠道。导游吹了一口茶，茶上面起了一层波纹。郭一把茶杯抱在手里，很温暖。看着四周来来往往的人。有人下船了，有人要上船。1959年美、苏、英、法等国经过反复磋商签订了《极地公约》，在这里没有领土要求没有军事活动当然更没有人。其中规定了上岛人数,所以船上的人要分批次上岛。我们肯定有我们的渠道,她反复咀嚼导游这句话,觉得很邪恶。

没名的作家。郭一说。

那我不是这个意思。

我真没名。

那你写过什么我拜读一下。

等我写了更好的再告诉你。

我看你不和别人说话,是不是作家都这么有个性?

我真的不是作家。

反正我觉得你挺有个性的。

我就是不爱说话。

你写什么的?

我真不是作家。

谦虚!

我不是谦虚。

那怎么能当一个作家呢?

等我当了再告诉你。

你要是需要拍照可以喊我。

哦。

我看你不拍照。

嗯。

你太有个性了,果然是一个作家,是不是作家可以描写这种景色?

也不一定吧。

我就没读过什么作家的书,你是我认识的第一个作家。

等我真成作家你再叫我作家吧。

那你都写什么呢?

没写过什么。

爱情小说?

也不是吧。

那你回去好好描写描写极地,争取让更多人来。

啊。

是不是作家自己写作就不用和别人聊天了,昨天晚上喝酒你也不在。

我不会喝酒。

那多没灵感啊!反正现在和作家说话是不是有点儿打扰作家。

没有。

能不能晚上和你一起在餐厅吃饭,我和你请教一些写东西的事情,我真的没见过作家真人。

请教?

你们作家都不愿意承认自己是作家,我看你就像。

你说是就是吧。

你觉得我能当作家吗?

都能当。

又谦虚了。

我就一直想写我身上的事,特别传奇。

我就没什么传奇的事。

那你把我的传奇的事写了吧。

哈。

你要写了我请你喝酒！哦，对了你不会喝酒。那当作家能养活自己吗？

我真不是作家。应该不能。可能有人能，我不能，因为我不是。

那我晚上吃饭给你讲讲我的事。

哦。

别嫌我说的没意思。

不会。郭一说，但她其实在想，我一定觉得你没意思，因为多数人都没意思，我也没意思，怎么会有意思呢？而你已经表现得很没意思了。

说到这里的时候，导游的茶都光了，他起身说：我不能再陪你喝了。

郭一看了自己手里的茶，已经凉了，还没动，茶水里能映出自己的脸，她觉得这张脸笑容很陌生。

导游走了两步又转身回来说那我加你个微信吧，又补充了一句：我还没加过作家的微信呢！

郭一忽然感觉有点儿无耻这个人，就说：可我不怎么发也不怎么看。

你扫我还是我扫你？导游说着找出了自己手机的二维码命令到："你扫我吧。"

通过后他快步离开，还说了一句：晚上餐厅见。看上去你心事重重，可能你们作家都这样。

可能你们作家都这样，这句话听上去很刺耳。

郭一打开他的朋友圈，签名是：收集地图上每一次的风和日丽，昵称是开心果。

寒冷中让人对一切失去热情。外面的雾气忽然浓重，让人不知道浓重的雾气中有什么，好像从这个门走出去就会撞到，导游看上去很年轻，和年轻人称兄道弟让郭一感觉吃亏。于是她将对方的朋友圈设置成了彼此都看不见的那种。

郭一绝对不会和任何人承认自己是一个作家，在来极地之前，她看过一本小说就叫极地，她以为会多少和这里发生一点儿关系，事实上并没有，讲的是一个女人想出轨，最后被出轨对象用手铐绑在床上，她发疯一样试图打开，想把床头板拉下来发现办不到，发出巨大的声响喊叫但是嘴里被塞了棉布，使劲踩地板但是楼下并没有回应。房间越来越冷，她一丝不挂，持续的麻木在身体里扩散。寒冷从头上倒在身上（大致），小说最后写：因此，她想到了极地（也许这里是点题的），她还想到了冰雪和尸体，想到地狱，想到永恒。

这些同行的烂小说让她根本不想承认自己是什么作家，也许她写得更烂也不一定。但她确定一点，没有人想来这里出轨。

当这一切结束之后，她发现高个子也在旁边喝茶，大概所有上船的人都在这里喝茶，不然还能去哪儿呢？郭一起身又去倒了一杯，把刚才冷的倒掉，然后坐到高个子对面。这是她第一次想主动和别人说话，她感觉自己的身体变得很轻盈。

她不相信这几个字是从自己嘴里发出来的，她问高个子：

"你觉得极地有意思吗？"

她知道这么问是因为自己觉得没意思，至少目前为止没意思透了。她甚至不知道这样受罪的日子什么时候结束。她又觉得自己是不是很低级，要去和一个没有鼻子的人说话。

高个子说自己来过很多次，这里是他的挚爱。

很少有人用到挚爱这个词。郭一反反复复咀嚼这个词。她都快忘记"挚"字怎么写了。

挚爱？她说了出来。

你别笑。高个子说。

如果你不说我感觉这些词就再也没有人说了，郭一又念了一遍：挚爱。这两个字让她的心一紧，就像一张塑料纸被揉成一团。人应该在这个地球上挚爱一些什么。哪怕是一只企鹅。如今来到了极地，她打算找一只让自己挚爱的企鹅。但在没有找到企鹅之前，真的没意思透了。她也很快忘记了刚才看过的鲸鱼。

看上去高个子不喜欢说话。也许是因为不喜欢自己的鼻子。

她把头抵在冰凉的窗玻璃上。从玻璃传过来的引擎震动。玻璃中看到的自己，比镜子中看到的自己美一些，但依然说不上是那类美的女人，尽管她早就习惯了，但多少有些遗憾。想到遗憾的事情她就习惯性把手背放在鼻子下面闻一闻。

我的鼻子就什么都闻不到，高个子说。

郭一想换个话题，因为这个话题她想保留住。

你个子真高，于是郭一说。

但她知道自己问错了，她应该问：你的鼻子怎么了。

很奇怪，每个人最终都回到正确的路上。

好像关心一个人的鼻子就是在关心一个错误的问题。真希望他的鼻子不存在。最好这个人都不存在,连同他的鼻子一起消失在5000米的海沟里。

高个子只穿了一件短袖,也许喝了茶之后很热。看上去根本不是在极地而在东南亚的某个沙滩上,一样的椰风树影一样的碧海蓝天一样的耕牛。有什么不可以呢?

郭一很想碰碰她的鼻子,或者应该是鼻子的那个部分。但她又害怕好像某种不祥之兆。

高个子把剩下的一口喝完说:我都习惯了。

郭一不知道他说的我都习惯了是什么意思呢?她就这样盯着高个子看,看上去就像马戏团的演员,那些因为身高原因而被招进马戏团和侏儒搭档的感觉。一直抵在窗玻璃上的头很凉了,鼻息处有水雾。

高个子起身,和她挥了一下手,好像是去放回茶杯,也可能没有挥手只是动了一下手,两个人离得很近,中间是一个茶几,可是郭一感觉他很遥远,阳光照在茶几上,没有阳光的地方和有阳光的地方天壤之别,阳光透过玻璃留下一片片条纹。还有一部分照在脸上手上,人就像漂浮在水面上。大概所有人都应该感到心满意足吧。海上的水汽像一只毛毛熊一样笼罩着这一切。这遥远的感觉让郭一想到自己上小学的时候,有一天在游乐园,也许不是游乐园,就是马戏团,或者是那种有马戏团的游乐园,临时的马戏团,一个叔叔请她吃冰激凌,她没有吃,叔叔自己吃了,后来又吃了一根,一共吃了三根一模一样的冰激凌,之后给了郭一50元钱,在1991年,叔叔说:你真像我死去的女儿。不知道为什么，从那句话之后，郭一就感觉自己已经死了。而且自己值50元钱。但为什么一个死了的人又活了很多年？

很快高个子又重新坐回来。

郭一很感激他没有问那些傻问题，比如像导游一样说：一个人出来多没劲。

郭一想，就这样，真好，可以说，也可以不说，最好不说，企鹅就从来什么都不说。

她也从来不会觉得一个人没劲，要是没劲，两个人才是真的没劲，而一旦"没劲"这两个字从另外一个人嘴里说出来，就真的发生了。一个人不会感觉什么是有劲的什么是没劲的，那多半是一个有意思的人。不知道为什么她觉得高个子正是这样的人。人可以生活在这里，也可以生活在那里；可以是自己，也可以是天上的鸟水里的鱼。可以完整可以残缺。一切都可以就不会再有没劲的事情出现了。高个子就是接受了这样的人，甚至可以说他是先从自己残缺的鼻子接受了这一切，郭一想，要是自己有一个这样的鼻子呢？自己还会来极地看企鹅吗？还是会干脆变成一个非常放肆的人。

两个人就这么坐着，郭一发现这里还有苍蝇。

极地会有苍蝇吗？于是她问。

除非是从北京和我们一起飞过来的。高个子说。

郭一看见这只苍蝇翅膀的四周轮廓若隐若现。小腿在跳动着，很辛苦。

你是第一次来吗？高个子问。

郭一点头，她可没有十万块钱再买一次船票，她更不知道什么人会再来一次，光一次就够了，美是真美，无聊也是真无聊。这就像形容某一类女人，但绝对不是她这类女人，因为她不够美。何多有一次说：我也不知道自己看上你什么了。但因为当时两个人还在热恋，郭一很容易将这句话理解成一种撒娇。她现在才恍然大悟，也许何多说的是真的。想到这一点，让郭一后背发热。

整个下午都被延长了，两个人一共也没有说上十句话，没有鼻子会影响说话吗？郭一忽然提议说：我的船舱还有酒，你喝吗？这句话说出口之后，她又担心是不是有什么误会。高个子说行。

到了船舱之后，郭一给餐厅打电话说自己晕船，让服务生送过来一点儿切片面包。

十分钟之后，服务生送来了切片面包、小圆面包，还有黄油果酱。用一块餐布盖住。可以说，这一切，真像那么回事儿。但要是有涪陵榨菜就更好不是吗。

人没了鼻子能活吗？两个人大概喝了半个小时之后郭一忽然问，也许是一个小时，狭小的船舱没人感知时间的流逝。郭一坐在沙发上，高个子坐在地上。

没有回答，因为这显然很愚蠢，高个子不就是活的吗？正坐在自己的对面，他想到何多给自己讲过的一个故事，何多在法院系统工作，他故事的主人公正是他的同事一个女法官。女法官的两个孩子被谋杀了，在法庭上，女法官忽然冲向谋杀犯，开始咬所有她能咬到的地方。

人到最后一步能做的就是这些。

两个人自始至终没有碰杯，碰杯的时候酒会洒出来，不舍得浪费。

这个船舱不舒服，每天夜里睡觉都晃。郭一说。

我睡哪儿都行。高个子说，我年轻的时候经常睡防空洞，因为离家出走。

为什么离家出走？

不知道，可能是因为年轻，现在也是离家出走。

但是还得回去。郭一说，我就没离家出走过，一次，哪怕一次。都没有，小时候不敢，偶尔想过，后来又想，真这么做我爸我妈准会哭瞎眼。后来大了也就更不想了，不知道想有什么必要。真走了也没什么必要。

接下来又是很长一段时间的沉默。郭一用手抠黄油果酱。她没有碰小圆面包，否则会让她有一种坐飞机的感觉。

我给你讲一个考察站的故事吧。高个子说，很突兀，而且他显然不会讲故事，故事是这样的：我忘记是哪个国家的考察站，一个驻站人员，在这里工作了一年，第二年终于可以换回国了，但后来没有人接替他，他只能继续留一年，于是在一天夜里，他就将考察站烧了。我想起来了，可能是英国，因为后来他就回到了英国，蹲了监狱，妻离子散，大概这样。

后面的就没意思了，郭一说。但前面的很有意思，就是疯了的那个部分。并且郭一感觉，高个子大概一直想找一个人把这个故事讲出来，

后面的让这个故事变得很合理。高个子说。

我觉得前面的更合理。我受不了在这里一年，我从上船的第

一天就有一种预感，我要下船，尽快下船，但是一旦开出去就哪儿都下不去了，除非跳下去，可我也不会跳下去，我怕冷。

郭一说出这个"冷"字的时候，真的有一股冷意，她缩缩肩膀。

你为什么给我讲这个故事呢？郭一很怀疑，有点儿恐惧，她想：他要干什么？进而她又想到，这个故事和你的鼻子有什么关系吗？

酒很快喝完了，因为无话可说，之后两个人分别看了一眼自己的手机，但是郭一的手机没有信号，除非她打开信号。她感觉此时此刻，两个人应该分别看一眼手机然后心满意足地说：我的老婆（老公）没有给我打电话。也许高个子有老婆，但，郭一真的没有老公。因为只有这样心满意足地说上一句之后，他们才会意识到真的应该各回各屋了。

高个子临走的时候说：要不要我帮你把空瓶子拿出去。

高个子走后，郭一再次打开网络，她忍不住拨了何多语音通话，并非借着酒意，她觉得有意思的事情也变得没意思了。电话里的声音，一丝一丝遥远空蒙，她感觉一只不存在的野兽舌头在舔舐自己。响了几下之后没有人接听，郭一没有再等，挂断，她想得非常荒诞，她觉得何多一定不敢接，挂断之后何多的微信就过来了，三个字"有事吗"，郭一回了一句"你没有资格再骚扰我，你又不是我的挚爱"，然后就直接拉黑了。大概说出了"挚爱"两个字让她感觉大好。分手之后为了保持体面一直没有互相拉黑对方，她想，自己拉黑了一个从不手淫的人，这多么珍贵。

何多不能告诉郭一什么是真的，郭一也不能告诉何多什么是可笑的。她反复咀嚼挚爱这个词，觉得终于将它说出口了，她知道也许舱外最后一丝天光已经消失了，但她看不到。

之后，郭一在沙发上睡着了还做了一个梦，梦里自己一边想事情一边数地上的瓷砖，忘了梦里想的是什么事情，什么地方的瓷砖，她就感觉自己在想事情，也不是重大的事情，但是若有所思，梦里很清晰，瓷砖是正方形的，非常非常正，很多正方形又拼成一个更大的正方形。

第二天一早，外面的太阳浑圆臃肿，看上去更像一个太阳。太阳很狂又很确定。在餐厅，她又碰见了导游。

郭一说：昨天晕船。

导游说：怪不得没看见你。

郭一说：我一会儿回去还要躺着。对不起啊。

说着郭一站起来，她没有回船舱，她去了餐厅的洗手间，她一个人把马桶盖掀下来，裤子没脱就在上面坐着，马桶和门的距离合适，正好可以睡一会儿。她想：如果一切顺利，今天她就可以看见企鹅了，虽然不少人警告她企鹅非常臭。她想和一个企鹅拍照，她觉得自己更像一只绿色的企鹅，因为衣服的缘故。但是她也有一丝丝的紧张，她不知道会不会有一只企鹅配合自己拍照，不要等一切都准备好了，企鹅自己走掉了或者被更多的企鹅挤跑了，当她这样想的时候，有人敲门，她不敢回答，她担心是导游，又过了一会儿敲门声更猛烈，她起身按了冲水马桶，出来的时候发现是一个准备打扫的黑人，她说了几句SORRY。很谦卑，她几乎感觉到了自己无耻的样子。

之后她来到顶层，顶层更贵，她还没有来过，船舱下面有一个大吧台，顶层有一个小吧台，更小，但是有几个巨大的真皮沙发，和一架钢琴。郭一发现小吧台的地板都是正方形的瓷砖。这很难不让她想到昨天的梦。唯一的不同是梦里一点儿声音都没有，她是默片里的主人公。胖阿姨和瘦阿姨也在这里，她们真的是非常有钱的老年人，住在了海景房，不知道她们是不是接受顶层的剧烈摇晃。她们分别做了发型，一定是那个蒙古人干的。她们正再聊船票的价钱，因为不同的渠道于是不同的价钱。阿姨们旁边还有一个小女孩，大概没上小学的样子，郭一想：她真幸运，小小年纪就看遍世界各地。小女孩拨弄琴键，郭一听出钢琴很久没有调过了，大概从这艘船建造之后就没有调过了，像冷战时期的声音。她已经没有那么期待见到高个子了，因为就算是共度的时光，她也没有把想说的话说出口，那些好奇的问题已经消失不见了。小女孩见人并不陌生，大概是郭一也长了一张娃娃脸的原因。小女孩走过来说：姐姐，你可以用红被子灯塔列车大戒指给我讲一个故事吗？

郭一摸了摸她的头，不知道她是谁，也不知道她为什么在这里。想问她是怎么想到这几个词，而不是那几个词的。而这一切又和此时此刻有什么关系呢？

郭一低头说：红被子，灯塔，列车，大戒指……但是她毫无思路。而小女孩仿佛并不在意她的答案，只是想调戏她。调戏，没错，就是调戏。她闭上眼睛，感觉钢琴里传来了一首温柔的乐曲，这让她获得了片刻的宁静，她坐在一艘船上，这艘船正在驶向地球最寒冷的地带。她想，很快自己就会适应船上单调重复熟练的生活。人应该好自为之。

片刻之后她感觉一种解脱，因为无处发泄的愤怒而带来的一种解脱：于是她干脆给导游回了一句微信——我不是作家，我是诗人，给你看看我写的诗，不知道合不合你的胃口。于是她把让何多恶心的那首诗贴了过去：

所以最后
你背井离乡
对着一只企鹅猥亵

当然，郭一原来的诗并不是这样，她因地制宜做了调整，仅仅保留了"猥亵"两个字，她非常想激怒谁。点了发送之后她摸了摸自己的鼻子，她一直觉得自己的鼻子不是很漂亮，很塌，戴上眼镜多半会掉下来，当然，也没必要很漂亮。她可以通过整形手术，但是这一切又有什么区别呢？

作者简介：

于一爽，1984年生于北京，北京联合大学师范学院汉语言文学专业2003级毕业生，现为上海三联书店（北京项目）品牌总监。青年作家，《十月》青年作家奖获得者、《人民文学》中篇小说奖获得者。出版随笔集《云像没有犄角和尾巴瘸了腿的长颈鹿》，小说集《一切坚固的都烟消云散》《火不是我点的》《生活别爆炸》等。

替代者

李 唐

一

他走到一棵树下，站住。这是个晴朗的好日子，天空中，由于前几日连续下了几场大雨，此时见不到一丝云朵。天空湛蓝而赤裸，仿佛一面巨大的镜子，因其本身所映照的事物太过庞杂、繁复，且意义不明，于是这些事物干脆混合到了一起，变成了纯然的蓝色。当问题太过复杂，他想，有时反而会显得异常简单。

他凝视着这棵树。树干粗壮、有力。他有些怀疑如果自己抱住它，是否能够将两只手再次握在一起。他可以试一试的，但他只是站着不动。目光向上，树干开始分杈，变成了杂乱的树枝，而每一根树枝又结出更加细小的分支，如此继续下去……叶子长在树枝上，非常茂密。从下面看，他发现树冠里面的叶子要比外面的叶子颜色浅一些。风一吹，它们就开始摆动，仿佛一团柔软的绸布，在自身中显示出风的形状。而风本是没有形状的。他伸出手，感受着风从他指间的缝隙中穿梭而过。

真实的感觉。他想。

有时，他觉得自己已经丧失了真实感——自从他成为一名"替代者"以来。这种丧失是潜移默化的，是在不知不觉中发生的。当你意识到时，往往已无力改变。这些年，他越来越无法确定究竟何为真实，何为虚幻。或许真实与虚幻其实本质上属于同一种东西？他摇了摇头，一片叶子从他的头顶落下来，落在他的肩膀上。他扭过头，注视着这片叶子。他用手将叶子拿起来，放在鼻子下面闻了闻。一股带着湿润气息的清香。前几日的雨还残存在它薄薄的身体内部。

他扔掉叶子，向前走去。

这是一座33层高的商业大楼。每一层都有无数家公司，每一家公司都是热火朝天的景象。他差点迷了路。如果不是之前他已经将自己今天的身份背得滚瓜烂熟，他就要迷失在这座商业大楼的迷宫中了。终于，一个小时后，他找到了自己所在的公司，并且准确地找到了自己的工位。正当他准备走过去时，一个满脸严肃的中年男人拦住了他。

"林峰，"中年男人说，"你今天又迟到了。"

"对不起。"他——作为"林峰"的替代者——说："堵车了，实在抱歉。"

中年男人责备地看了一眼"林峰"，扭头走了。

他走到自己的工位里，坐下。四周都是忙碌的身影。他打开电脑，准备一天的工作。从事先的资料里，他知道这个叫"林峰"的男人的工作基本上都是重复性的、没有什么技术含量的。这样的人为什么也需要"替代者"呢？他有些疑惑。但无论如何,这是属于他的工作,他没有质疑工作的权力,更何况,这还是一件相对而言比较轻松的工作。他只需要敲敲键盘,写几封邮件就行。此前,他曾短暂地替代过一名长跑运动员。那一天的训练真是把他累得半死。

"林峰,"一个女人急匆匆地走过来,将一叠文件放到他面前,"这些文件你看看,有没有毛病,下午开会要用。"说完,她就走开了。他甚至都没看清她的面孔。

他环视着周围的"同事们"。他们难道真的看不出来,我并不是"林峰",而只是他的替代者吗?可是没有一个人对此表示惊讶,或者疑问。他们依然在干着自己的事,并且把他当成真的林峰那样相处。为什么会这样?这是他职业生涯中最大的困惑之一。或许——他胡思乱想起来——就像上级说的那样,究竟谁是"林峰"并不重要,重要的是"林峰"要坐在这里,否则就有可能酿成祸端。

"林峰,"他身边的一个胖子打断了他的思绪,"怎么样,跟莉莉新婚还和谐吗?"

他注视着胖子。胖子也注视着他,脸上挂着坏笑。

"你难道真的看不出来吗,我并不是林峰。"他忍不住对胖子说道。

主动揭示自己的"替代者"身份,而给周围的人带来困扰——他知道,这是严重违反职业规定的,如果被发现,他将受到惩罚。可是,即使如此,他仍然忍不住想要发问。

"说什么呢你?"胖子有些紧张地瞥了他一眼,转过身去噼噼啪啪地敲打起电脑键盘。

一切如常。世界安稳如斯。

二

"你好像还有很多事情不明白。"

上级坐在桌子后面。他的双肘戳在空无一物的桌面上，双手交叉托住下巴，因而遮挡住了半边脸。这是一个戴着墨镜的男人。屋子里光线昏暗，而他沉浸在黑暗的角落中，因此仿佛只是一道阴影，或某种事物的轮廓。但是，他又是实实在在地存在着，并且在这间屋子里是绝对的主宰者。透过黑色镜片，他似乎在饶有兴趣地观察着坐在自己面前的人。

是的，他可以感觉到上级的目光，尽管他看不见他的双眼。他清楚地感受到那种审视的意味，在这间小小的屋子里造成了一种紧张感，仿佛有什么东西在暗中紧绷着。很明显，上级喜欢这种氛围，这可以表明：一切都在他的掌握之中。

面对上级，他小心地斟酌着词汇。他不得不承认，在上级面前，自己莫名地变得渺小，如同蝼蚁，如同那只不停地撞击着黯淡灯泡的蛾子——它是房间里唯一的光源，悬挂在他的头顶。由于那只蛾子的影响，灯泡左右摇晃，使得房间仿佛也在随时变幻着构造。

"是的。"他对上级说，"我有一些疑惑。"

"说出来。"与外在的形象相反，上级的声音显得很慈祥，并且有某种鼓励的成分在里面，"只有解决了问题，才能更好地执行工作,不是吗?"

听到上级的话,他稍稍地放松了一些。于是他鼓起勇气,继续说:"我想知道,我为什么要替代林峰这种人?"

"你是指……"

"他不是重要的人,"他说,"甚至可以说,他微不足道。即使这个人消失了,也不会造成任何后果。既然如此,我替代他的意义是什么?"

这时,他听到了上级的笑声。并且他从笑声中听到了怜悯。当然,也可能是他的幻觉——坐在这间逼仄、昏暗的房间里,与上级面对面,确实让他太紧张了。

"你说得没错。"上级平静地说,"但是现代社会发展到今天,已经是一种庞大、精密、复杂的系统,复杂到你无法想象。这样的系统容不得任何差池,所以才有我们的出现。就算林峰是一个微不足道的人,他依然有他在社会中的位置与价值。你可听说过'蝴蝶效应'?"

他愣了一下,好像明白了什么。

"林峰是微不足道的,可是他失去了身份,就会在系统中造成一个空缺,或者说造成一个漏洞。这漏洞不大,可没人能预料它会造成怎样的后果。既然蝴蝶的翅膀可以在另一块大陆掀起一场风暴,那么,没人能确保这个小小的漏洞百分之百不会危害我们的社会系统。而我们要做的,就是维持这个系统平衡、稳定的运转,消除潜在的威胁,将风险降到最低。这也是替代者的工作的意义。不知我解释清楚了吗?"

蛾子依然在坚持不懈地朝灯泡发起一次次攻击。直到它筋疲力尽,掉落在他的脚边。他看着那只垂死挣扎的蛾子在自己脚旁无助地扇动翅膀,原地打转。

"那真正的林峰去了哪里?"他问。

"按照规定,我本来不应该告诉你。"上级从抽屉里拿出一个文件夹,翻开几页,"不过为了消除你的疑惑,我可以破例向你透露——资料显示,他欠下了巨额赌资,因此以非法渠道出售了自己的身份。也就是说,他现在是一个'没有身份的人'。"

他吃了一惊。他知道,"没有身份的人"意味着此人不存在,因此是一种极其危险的状态:一旦被剥夺了身份,所有人都可以对你做任何事,而你却不会受到任何保护。因为从社会系统的角度上讲,你已经不存在了。就像死人不会死第二次。

"我真的不会被识破吗?"他沉默了一会儿,不再理会蠕动的蛾子,"毕竟我并不是他,所有人都知道,我不是他……"

"记住。"上级依然用那种平静的语气说,"身份只是众多社会属性的集合,你也可以把它理解为某种社会符号。现在,你替代了林峰这个社会符号。换句话说,正是因为你是林峰,所以你便是林峰。没有人会否认这一点。"

"我还是不太明白……"他摇了摇头。

"你会明白的。"上级的语调中多了一丝嘲弄的味道,"记住,你现在就是林峰。直到任务结束。"

"任务会结束吗?"

"这个还不太确定。除此之外,今天你违反了规定,必须要接受惩罚。"

"你是怎么知道的?"虽然他早已预感到了,但还是感到了一丝恐惧。

"我们知道一切。"上级说,"别忘了,我们是社会系统稳定的维持者和修复者。不过念在你是初犯,我们不会太过严厉。经讨论决定,扣除你两个月的工资,以儆效尤。"

三

他一眼就在人群中认出了她。

莉莉——林峰年轻的妻子,此时正站在街角,茫然地向四处张望。她是一个长相清秀的女孩,留着清爽的短发。他躲在一个橱窗后面,巧妙地将自己隐藏在阴影之中。这个角度便于他暗中观察。不知为何,他有些踟蹰,有种想要逃跑的想法。时间一分一秒地过去,莉莉焦虑地不停低头看手表。

他知道自己不能逃避。这是他工作的一部分。他硬着头皮,艰难地穿过从四面八方涌动的陌生人群,朝那个身影走去。莉莉搜寻的目光很快就在他的身上停住。此时,他的心跳动得很快,似乎穿透了周边的嘈杂声,整个世界只剩下他的心跳。绿灯亮了,他随着过马路的人群走到了她的面前。

她沉默不语地凝视着他。

他有些紧张起来。她为什么这样看着我?他想。是不是她发现了我是个冒牌货?很明显,我并不是林峰。她会不会大声质问他:你到底是谁?你把我的丈夫弄到哪里去了?她会不会在街头突然失声痛哭起来(因为自己的丈夫变成了另一个人)?这一连串的假设迅速闪过他的脑海。他的额头和手掌心立刻就变得汗津津的。

预想的事情没有发生。他看到一抹笑容出现在这张美丽的脸庞上。如一个慢镜头那样悄然绽放的笑容。她向前一步，主动挎住了他的胳膊，有些撒娇似的抱怨道："你可又迟到了，都第几次了？"

他几乎是被她拽着，往电影院的方向走去。

一路上，他悬着的心并未完全放下。他的身体有点儿僵硬，不时瞥一眼莉莉，又赶紧收回目光。对他而言，她是一个完全陌生的女人，此刻他们却手拉着手，亲密无间，与一对普通的新婚夫妇无异。他很想停下来，郑重地问她：你好好确认一下，我真的是你的丈夫吗？可他知道自己不能这样做，因为上级知晓一切。

莉莉身上淡淡的香气传进他的鼻子里。这是一种类似柠檬的清淡香味。这种静谧的味道让他稍稍平复下来。她的手很柔软，身体紧紧地靠着他。没有人会对陌生人如此亲密，他想。事实证明他确实多虑了。目前为止，作为林峰的替代者，他的工作进行得很顺利。

我现在的身份是林峰，为了打消挥之不去的紧张感，他在心中一遍遍重复着这句话。正因为我是林峰，所以我便是林峰。没错，我就是林峰。想到这儿，他停住了脚步。

"怎么了？"莉莉困惑地看着他。

他需要一个证明，用于彻底地使自己安心的证明。他注视着莉莉的眼睛。这是一双明亮的眸子。他这才发现，她的瞳仁是栗色的，闪烁着明丽动人的光泽。他忽然不再紧张。他就这样闭上眼睛，吻了上去。他感受到了莉莉薄而软的嘴唇。

几秒钟后，莉莉推开了他。她的脸微微涨红，露出羞涩窘迫的表情。

"你怎么突然……"她的呼吸变得有些急促——即使他们已经结婚成家，她仍然不习惯在公众场合展示这种过于亲密的行为，"这么多人呢。"

他笑了笑，主动挽住了她的手，领着她走进电影院。

他们找到位子，坐下。片刻后，电影院的灯光熄灭。在短暂而完全的黑暗中，他深深地吸了一口气。电影开始了。他根本没去关注电影演了什么，他的注意力全在莉莉身上。他不时转过头，看看莉莉。大屏幕的光映照着这张精致的脸庞。他不禁看得有些入迷了。偶尔，莉莉会侧过身，与他相视一笑。那时他感觉到自己的身体在微微战栗。他握住了莉莉的手。温暖而神秘。

他希望这一刻永远不要结束。

四

星期天，他与莉莉一起去拜访父母。他们住在同一座城市。当他看到这两个笑容可掬的老人站在自己面前、称呼自己为他们的孩子时，他再次感受到了那种强烈的不真实感：仿佛眼前的事物都只是一场戏剧里的情景，那面墙、那只沙发都与平常无异，然而观众们都知道它们只是剧里的道具，是仿制品。但是演员们却不能将这一层关系说破……他坐到沙发上，拿起茶几上的玻璃杯。为了确认这日益稀薄的真实感，他控制不住地反复摩挲着玻璃杯光滑的表面。至少，这触感是真实的。

"小峰，你在干吗呢？"父亲亲切地问道。

他放下玻璃杯，盯着父亲。这是一个两鬓皆白、正步入老年的男人。他报复似的想从父亲的眼神中捕捉到一丝不自然或怀疑的神态。或者说，他其实是在寻找真实——当一切都显得那么不真，唯有对"不真"的质疑才包含了真实的成分。然而父亲很快站起身，去厨房的冰箱里给他和莉莉拿了冰镇的可乐。

厨房里，母亲正在忙活着午饭。

客厅处于背阴的位置，因此光线有些黯淡——这让他感到不适，因为他下意识地想到了上级的那个小房间。每件物品都沉浸在阴影中，似乎是它们自身流淌出了阴影。他再次与父亲对视。父亲很自然地避开了他的目光，拿出一只折扇不停地呼扇。

他仿佛看到阴影正在自己的脚底扩散，像是某种黏稠的液体。莉莉起身去厨房帮忙。客厅很静，除了炒菜的声响，就只有父亲扇动折扇的声音，像是某种鸟类在扑扇翅膀。

坐在餐桌前，对着一桌子的饭菜，他却丝毫没有胃口。在他面前安坐的这对夫妇，此前他只在林峰的资料里见过。现在，他感觉自己像是一名奇怪的客人：所有人都对他很熟悉，只有他自己对环境感到无比陌生。就像是当人们身处梦中，哪怕最熟悉不过的事物也会变得有些不对劲……

"小峰。"母亲放下筷子，担忧地问，"你是不是有什么心事？"

"有什么事就跟我们说，"父亲接着说道，"毕竟咱们是一家人。"

莉莉也转过头，疑惑地看着他。

于是，他不得不一下子承受来自三个人的目光。他的嘴唇颤动着，想要说什么。他忽然觉得眼前的这一幕很虚假。他们会不会其实知晓一切？他暗自思忖道，他们会不会只是在嘲弄我？是的，他有了一种被欺骗的感觉，即使他知道明明自己才是欺骗者。

"我想看相册。"他说，"我想看看我的相册。这里应该有吧？"

对于这个要求，他们显然有些惊讶。他知道，这属于一种挑衅，是他的最后一搏。上级会知道这件事吗？但上级也没有理由责罚他，毕竟他的这个要求并不过分……这对夫妇交换了一个眼神。然后，母亲站起身，走到卧室。过了一会儿，她重新回到客厅，手里拿着一本厚厚的相册夹。

"这是你上小学的时候。"她拉着他并排坐在沙发上，每翻一页都会附上讲解："这是你初中，在游乐场……"

他俯下身，仔细观瞧。没错，照片上的那个人，与他完全不一样。那个人才是真正的林峰。如果非要说他俩有什么相似之处，恐怕只能说他们都有一点儿忧郁的神色。

他一边听着，一边偷偷观察着这个老妇人，直到翻到最后几页，他都没有露出丝毫破绽。她指着照片上那个与他完全不一样的人，说道："那个时候你多瘦啊，不过现在也不算胖……"她完全沉浸在了自己的回忆中。

这荒谬的场景使他感觉有些晕眩。他挽救真实感的最后一丝希望破灭了。他虚弱地靠在沙发背上，盯着昏暗的天花板。他好像看到一只蛾子正趴在那里。他揉了揉眼睛，发现那只是一块脱落的墙皮。

现在，他可以确定了，自己确实完全替代了林峰——替代了他的家庭，他的职业，甚至替代了只属于他的回忆。他完全地占据了"林峰"这个身份。是的，人只是社会属性的集合，只是一个符号，或许这才是最大的真实……此时，上级的话给了他些许安慰，减轻了他莫名的负罪感。

母亲仍在自顾自说着，丝毫没有意识到他的异常。

五

那之后，他有了一个意外的发现：他发觉自己真的爱上了莉莉。

每天早上，他们一同起床，一起站在卫生间的镜子前刷牙。那时莉莉的头发总是乱糟糟的，脸上的表情似醒未醒，懵懵懂懂，再加上她那件宽大的印有长颈鹿图案的睡衣——他觉得她在自己面前就像是一只安静的小动物。他忍不住拍拍她的头发，或是捏捏她的脸。莉莉则会一边刷牙一边不耐烦地将他的手挡开。

然后，莉莉会做上一桌丰盛的早餐。摊鸡蛋、牛奶、面包、水果、牛肉……他们边吃边聊，互相打趣。吃完饭，他们把碗筷放进水槽里，简单收拾一下。之后他们穿戴整齐，一起出门上班。他们像是学生情侣那样手拉着手走到地铁站。他们坐的是相反的方向。每次，他们都是站在中间，等某个方向的地铁先到，便挥手告别。透过车窗，他看着莉莉的身影倏忽而逝。从这一刻开始，他已经迫不及待地想要回到莉莉身边了。

在此之前，他从未感受过女人的温存，也没有感受过父母的爱。他从小就离开家乡，四处漂泊。他性格软弱，因此吃过不少亏。他觉得这个社会是如此可怕，他害怕别人靠近他，也不愿靠近别人。那时，他整日将自己关在屋子里，打游戏、看电视、睡觉，日子过得浑浑噩噩。他不想回家，不想看到父母间那无穷无尽的争吵。他以为自己的人生也就这样了，像是一颗误入臭水沟的种子，无论长成什么样子，也都改不了在臭水沟里的现实……直到，他误打误撞成为"替代者"。

据他所知，上级喜欢收留像他这样孑然一身的人当"替代者"。没有留念，甚少牵绊。这是一份报酬不菲的工作，只不过，签合同的时候他发现这相当于一份"卖身契"。如果中途想要退出，他不但会失去工作，而且作为合同里最严厉的惩罚，他将失去身份，成为"没有身份的人"。无疑，这是件恐怖的事。然而他几乎想都没想就签了合同——他本身就一无所有，还有什么可失去的呢？

作为林峰的替代者，这是他的第一份正式工作。之前他只是短期地替代过一些人，往往是作为临时工的性质。现在，他终于体会到了这份工作的美妙之处——借由工作，他得到了一个崭新的人生！在这个新身份中，他拥有了虽有些无聊但体面的工作，爱他的父母，以及美丽的妻子。莉莉。每天他会无数次默念这个名字，仿佛这个名字是一道照亮黑暗的光，是一种神圣的恩赐。此前，没有女人这样地爱过他，他也没有真正地爱上过某个女人。但现在一切都不一样了，如果现在让他为莉莉死去，他也会毫不迟疑地去死。第一次，在他昏暗的人生中，感受到了"爱"的滋味。

是的，他明白，这一切原本是属于那个叫"林峰"的人。他是如此地嫉妒他。他不明白，为什么有人会甘愿放弃这一切。这对他来说简直是梦寐以求的天堂般的生活。或许正是因为对林峰这样的人而言，生活太容易了，太唾手可得了，因此才不会去珍惜。傻瓜！他在心里骂道，十足的傻瓜！

出了地铁，他意气风发地朝商业大楼走去。路过公司底下的那棵树时，他稍稍停下脚步。他抚摸着粗糙的树干，心想：哪怕这所有的一切都是虚幻的，又有什么关系呢？比起现实，我更喜欢这虚幻。没错，我全身心地热爱这虚幻。他不禁露出了笑容。

工作他很快就得心应手了。他的工作牌上的照片仍旧是林峰的，可没有人在意这一点。他们很自然地把他当成了林峰，没有人会去怀疑他的身份。是的，他愉悦地想，社会系统已经接纳了他作为林峰的身份，自己没有必要再犹豫不定了。他应该尽可能地去享受属于他的新生活。

下班回来，他迫不及待地打开门，紧紧地抱住莉莉（一般她下班会比较早）。他将她抱到床上，解开她的衣服。"饭还没做呢！"莉莉说。他不管。此时此刻，他想要亲近莉莉身上的每一寸皮肤，想要与她真正地融为一体。

"你最近像变了一个人似的。"莉莉说,"以前你总是无精打采的。"

"我确实不一样了。"他贪婪地亲吻着她,"我变得比以前更加爱你。"

"油腔滑调。"莉莉笑着,"一会儿吃饭别忘洗手!"

六

时间一天一天过去。他渐渐适应了自己的身份——那身份就像是一个移植器官,从最初强烈的排斥反应中慢慢安静下来,终于接受了这具陌生而温暖的新肉体。他不再去思考关于身份的问题,那种压抑的、充满了不安全感的生活,他不想再去回顾。往日的生活如同远处渐淡的幻影。他的人生从接受新身份的那一刻才真正开始……

下雨了。连续几天的雨水使天空长期沉浸在晦暗不明的状态。积雨云层层叠叠堆砌在空中,如同一片广袤的旷野。他从电梯里走出来。已经晚上八点多了,他刚结束了加班,迫不及待地准备回家。莉莉正在家里等着他。想到这儿,他感觉自己正在被一种甜蜜、轻松的氛围轻轻摇晃,写字楼过道里整排的白炽灯将走廊照得干净、整洁。他的脑袋并没有因为加班而感到困顿,相反,新生活的幸福感使他的内心一片澄明。

这段时间,他感到自己真正地融入了生活。他与莉莉平日里有了偶尔的争吵;工作上,也会有一些不尽如人意的地方。但是这些却让他获得了久违的真实感——他感到自己正实实在在地生活着。生活里那些小小的瑕疵反而是他求之不得的恩赐。

雨仍然在下。他来到大楼门口，伸出手。几颗水滴接连不断地落到他手上，清凉的触感使他很满意。他撑开伞，迈步走进雨幕之中。

莉莉正在家里等着我。他不禁加快了脚步。

这时，他看到有一个穿黑色雨衣的人朝自己凑了过来。他以为是平日里那些散发小广告的推销者，便摆了摆手。谁知，那人竟一把握住了他的手。他吃了一惊，停下来仔细打量这位不速之客。

穿雨衣的人似乎也有些不好意思，放开了他的手。

"抱歉，"那人喃喃地说，"我只是一时有点儿激动。"他说着，将雨衣上的帽子摘下来。他的雨衣湿漉漉的，不停往下淌水，看来已经在雨中等了有一会儿了。接着，他又摘下了那副厚厚的白口罩。"是我。"他说。

低垂而隐秘的雷声远远地传过来。

他认出了他。这个穿雨衣、戴口罩的男人，除了林峰还能是谁呢？

他握着伞柄的手开始颤抖。成千上万颗雨滴正在同时坠落。附近的树叶发出连绵不绝的沙沙声。他盯着林峰的脸，喉咙迅速地干涸，仿佛有细小的沙砾卡在了他的嗓子眼里。

"咱们到那边说话。"林峰紧张地环视了一下四周，"这里人太多，被发现就糟了。"

林峰不由分说地将他拉进了旁边的小公园。公园中心有一个亭子，他们走进亭中。林峰神色忧郁地看着面前的人——他的替代者。

替代者面无表情地将伞收了起来，还甩了甩上面的水滴。

"你怎么敢来这里？"替代者不动声色地说，"要是遇上认识你的人就麻烦了。"

"我丢失了身份。"林峰嘴角浮现出一丝冷笑，"在社会系统中，没人会认识一个没有了身份的人。"

"你究竟要干什么？"替代者转而严肃地凝视着林峰。

"我想要见莉莉。"林峰有些苦涩地说，"我太想念她了。我只想看她一眼，一眼就够。但我不敢在白天露面。你能不能帮我把她晚上约出来，散个步什么的，我只要远远地看上一眼就好。"林峰的语气转为哀求。

"不行！"替代者几乎是下意识地拒绝了他。奇怪的是，林峰从他的脸上看到了某种恐惧。

"你得到了我的一切。"林峰面色凝重，"难道连这一个小小的请求都不肯吗？"

"那是你自找的。"替代者再一次断然拒绝，"我绝不会让你靠近莉莉一步。"

他们沉默地对视着。雨势比刚才更急切了，打在亭子的顶部，全世界好像只剩下了这一种落寞的声音。

"你真是个混蛋。"半晌，林峰挤出了这几个字。

替代者冷冷地凝视着林峰。杀掉他——这个念头像是闪电般划过他内心深处。虽然只是短短的一瞬，却使他既恐惧又兴奋。他绝不容许任何人夺走他目前拥有的一切。林峰的意外出现是他意想不到的,无论如何都是一个严重的威胁。

他现在是没有身份的人,他想,就算杀掉他也不会有任何问题。替代者用余光注意到自己脚边有半块砖头。他慢慢地蹲下身,将那半块砖头捡起。

林峰惊愕地看着他。

"你想杀我?"不等他说完,替代者已经上前一步,将手里的砖头狠狠抡了过来。林峰灵敏地避开,然后使劲地推了一把替代者。"记住,"林峰吼道,"你只是我的替代品,他们只是把你当成了我!"替代者脚下不稳,踉跄了几下。林峰趁此机会逃进了雨中的夜色。

替代者望着林峰逃跑的方向。一片漆黑。雨声掩盖了脚步声。过了一会儿,他整理好自己的衣服,撑开雨伞,走出亭外。

七

他在黑暗中睁开眼睛。连续几天的失眠使他疲倦不堪。他从床上坐起身,看着躺在旁边的莉莉。她睡得很香,似乎没有任何事物可以打扰到她。有一次,莉莉做了噩梦,半夜惊醒,由于惊恐而哭泣起来。他将莉莉抱在怀里,低声安慰着。他想,每个人都有自己的恐惧,这恐惧既无法使别人真正感同身受,也不能令它自行消失。你能做的,唯有与它对视,看清它究竟是什么样子。

现在,恐惧包裹着他。电子钟上显示的是凌晨四点。窗外还是一片昏暗。他轻轻地抚摸着莉莉的头发,将她贴在脸上的一缕头发拢到耳后。他爱这个女人,这是毋庸置疑的。可是她爱我吗?他有些悲哀地望着她沉睡的脸。她是爱她的丈夫的,不过,她爱的是林峰,他想,而我只是林峰的替代品。那晚林峰说得不错,她爱我,只是因为她把我当成了林峰。如果我不再是林峰,她还会爱我吗?甚至,她可能自始至终连"我"究竟是谁都不知道……

他仍然爱抚着莉莉的脸。可是,他忽然有了种与以往不同的感觉。那是一种模糊的异样感——仿佛不是他在爱抚莉莉,而是林峰在爱抚她。他低下头,盯视着自己的双手,越看越陌生,仿佛这双手已不再属于他,而是林峰的手……

他使劲地捶了几下脑袋,想让自己清醒一点。他努力不让自己胡思乱想。

窗外,掠过一阵不知名的光束。他贴着莉莉的后背,轻柔地亲吻着她柔软、小巧的耳垂。睡梦中,莉莉发出舒服的哼哼声。这一刻他觉得自己是幸福的。然而,短暂的幸福感之后,那种异样感再次袭来。他觉得仿佛是林峰在借由他的嘴唇亲吻着莉莉,在借由他的手抚摸着莉莉的身体……

不是这样的,不是!他不知道自己是怎么了,痛苦得直想大喊大叫。他使劲捂住嘴才没有喊出声来。

他沮丧极了。这是一种他从未有过的绝望的体验,如同冰冷的液体注入他的全身,从他的血管朝身体里的各处蔓延。他愣愣地坐在床头,一时不知该如何是好。

天空渐渐出现了亮光,只是这亮光还很微弱,显得苍白无力。他紧紧地搂住莉莉，像是一个怕黑的孩子，借助他人的臂膀来驱散恐惧。他越搂越紧。

"怎么了？"莉莉醒了过来。她讶异地发觉自己的丈夫的身体在颤抖。

他沉默。过了片刻，他忽然将她的身体扳过来，骑在了她的大腿上。他们在昏暗的光线中对视着。"你压疼我了……"莉莉的身体动弹不得。他的动作变得粗暴起来。"你这是怎么了？"她话音未落，他已经粗暴地进入了她的身体。可她看到他的脸上分明不是欢愉，而是一种被痛苦扭曲的表情。她有些惊恐地看着他。

"你爱我吗？"他闭上眼睛，声音嘶哑地问。

莉莉根本不知道发生了什么事。"我当然爱你了。"她说。

"不。"他打断了她，"你是爱我，还是爱林峰？"

"你到底怎么了，"莉莉哭笑不得，"我听不懂你的话……"

"你仔细看看我的脸！"他爆发出那压抑已久的情绪，"不要把我当成符号，不要把我当成任何东西，仅仅把我当成我。现在，我要你回答，你到底爱我吗？"

她被他歇斯底里的样子吓住了。这时，她觉得丈夫变得无比陌生，她感到了疼痛，感到了被侵犯。她想要挣扎，但双腿和双臂都被紧紧地压制住。她的眼眶里涌出了屈辱的泪水。

这是一段显得漫长的时间。终于，他从莉莉身上起来，跳下床，像是一头发了狂的野兽。他在卧室的穿衣镜前站住。

他看到镜子中浮现出了林峰的脸。

没错，那确确实实是林峰的面孔。

他不可置信地摸着自己的脸,发出了一声尖叫。他一拳挥向镜子。这次伴随的是莉莉的叫声。镜子碎了一地。

细小的血滴从他的手指间一颗颗渗透出来,滴落在地板上。

八

他觉得自己落入了某种不可言说的境地。林峰的突然出现仿佛一下子改变了他的生活轨道。曾经被他刻意回避的,或者说逃避的事物正在变得面目清晰,使他不得不承受——他只是一个替代品。他占据了林峰的身份,所有人都认为他就是林峰,可是只有一个人知道,这一切都建立在谎言之上。那个人就是他自己。

究竟什么是"我"?此后无数个不眠之夜,他都会思考这个虚无缥缈的问题。他好不容易构建起来的真实感顷刻间便如沙质的堡垒被海浪吞没。他躺在床上,就像漂流在无边无际的海面上。陆地遥遥无期,只有微弱的光亮若隐若现,然而,那可能只是某种虚假的希望。如塞壬的歌声。"我"究竟是什么?他想,如果身份被完全地改变了,是否"我"也会彻底改变?如果真是这样,那他只能得到一个苦涩的结论:"我"是一种虚妄,一个幻境。每个人都孤独无依,漂泊在这世上,没有可以抓住的东西。

一切都是流动的……

但是他的潜意识在抵制这种虚无的念头。刚开始,他想得很简单：无非是替代某个人的身份，按照这个身份去生活而已。这有什么难的？甚至他还感到了愉悦。可是，林峰的出现作为一次契机，让他忽然发现了在貌似阳光明媚的生活里，一处不易察觉的深邃暗洞。那洞穴是如此之深，散发着灼人的寒气。自从他发现了这处洞穴，就再也无法假装对它视而不见。曾经看似美好的生活像是纸片被风浪卷走，露出背后那死寂般的真相。

有几次，他将莉莉从深夜中叫醒。她睡眼蒙眬地凝望着他，眼神中满是不解与惶惑。那天的事情之后，他们的关系出现了看不见的裂痕。莉莉像是一只受伤的小动物，蜷缩在自己的角落里。他们仍然躺在一张床上，心的距离却不可避免地拉远了。

"那天晚上，我觉得你很陌生。"事后，莉莉曾对他坦言，"我感觉自己像是被一个陌生人强奸了。"

莉莉的话反而令他有某种解脱感：毕竟，我不是林峰。我是"我"。莉莉的话印证了确实有那么一个"我"的存在。假如她完全觉察不到他的陌生，那才真的让他觉得恐怖至极呢。他能做的，只有将她抱在怀里，温柔地安慰。

"你觉得，人有灵魂吗？"他忽然问道。

"你怎么突然问这个问题？"莉莉眨眨眼，"你以前从来不会思考这种事。"

"据说人是有灵魂的。"他继续说，"我听过一个实验，说的是一个人死前和死后的体重出现了变化——死后人的体重减轻了。那是不是就是灵魂的重量呢？"

"你竟然还信那个谣言？"莉莉忍不住笑出了声，"你难道不知道故事的后半段吗？后来发现其实是那个死者的女儿趁人不注意拿走了死者的金戒指。"

他沉默了。他意识到,自己是在一个没有灵魂的世界里。在这个世界中,人的心灵的位置令人生疑。他知道,如果自己不主动说破,如果林峰永远要不回他的身份,那么,他将永远作为林峰生活下去。到最后,他将验证上级的话:"因为你是林峰,所以你是林峰。"

其实这也没什么不好。他想。只是,他觉得有些悲哀。悲哀源自莉莉——这个他终于找到的,此生最爱的人。他永远都要以林峰的身份爱她。他觉得自己仿佛被囚禁在某个没有门窗的禁闭室中,四维皆是厚厚的墙。无论他如何拍打都无济于事。于是,他终于意识到,其实并非他替代了林峰,而是林峰替代了他。是林峰的身份将"我"禁锢,甚至更严重的,让他开始怀疑"我"是否真的存在。

"你到底怎么了?"莉莉不无担忧地说,"最近你状态很不好,要不要去看医生?"

"不用了。"他轻轻地说,"睡吧。"

他伸手关掉了灯。

夜幕再一次笼罩他。他躺在床上,感觉到从未有过的孤寂。一滴泪不自觉地从他的眼角流下来,融进枕头的布纹中。黑暗中,不会有人发现一个独自哭泣的人。

九

现在,他仿佛站在一个岔路口前。这一天他没有上班。他像是往常那样跟莉莉一起去地铁站,目送着莉莉的身影消失在隧道中。然后,他回到了家。他凝视着这里的一切,从沙发到喝空的可乐罐,不想放过任何细节。这里真的是他的"家"吗?准确地说,他是一个入侵者,他占据了本属于别人的生活。

别想那么多了!他在心中咒骂着自己,难道这样的生活你还不满意吗?不,他回答着自己,这段时间是我从未有过的快乐时光。

替代者。担负着平衡社会稳定的重任。这是一项崇高的使命。没什么可自责的。我应该安安稳稳地忘掉那个虚无的"我"的存在,他想,去尽情享受自己的新生活。想到这儿,他变得轻松了不少。他走进厨房,开始洗一只玻璃杯。这是一只洁净的玻璃杯,他也不知道为什么要洗它。他只是看着水流冲刷它光滑的内壁。

他想象着今后的生活 —— 他会与莉莉有自己的孩子,他们会慢慢老去,共度彼此的一生,直到生命尽头。那时,莉莉会对他说什么?他毫不怀疑他们的爱情会保持到最后。在那最后一刻,他仍会对莉莉说:"我爱你。"那时,他会回顾自己的人生。他会想到,他们的开始源自一个巨大的谎言……

不!他使劲地摇了摇头,这不是谎言。难道我爱她,也会是虚假的吗?即使所有的事物都是虚假的,他相信爱绝对不会虚假。

可是莉莉呢？他不禁打了一个寒战。莉莉真的知晓我的爱吗？自始至终，她都会以为爱着她的人是林峰——那个背着妻子赌博，不惜放弃了生活的男人。无论他的爱多么深沉，他都注定会被另一个人所替代。

嫉妒、不甘与屈辱融合一起，在他的内心深处搅动。这时，他听到了一阵玻璃破裂的声响。他低下头，发现玻璃杯被捏碎了，而他竟毫无知觉。碎片扎进皮肉，可他并不感到疼痛。他只是茫然地想：这双受伤的手，究竟是我，还是林峰？

走出厨房，他再一次环视这里，他的生活。他的眼眶里充盈了泪水。这是怎么回事？他深深地吸了一口气，不让泪水流出来。接着，他开始打扫卫生，浇花，洗衣服，将随处乱丢的东西放回原处……做完这些，他在阳台抽了一根烟。阳台上晾晒着他刚刚洗好的衣服，他看着它们被风轻轻吹起，在阳光的照耀下散发着洁净的光芒。

他微微眯起了眼。

他知道，自己已经做出了决定。

这是一个让他感到艰难而痛苦的决定。他穿戴整齐，最后一次打量他与莉莉的家。他知道，这一步一旦迈出，就再没有挽回的余地。他会后悔吗？或许，日后他会对自己这个愚蠢的决定后悔不迭。但是，此时此刻，他是无比坚定的。

在此之前，他从未想过自己能对某一件事如此坚定。

谢谢你，莉莉。他在心里说道。

十

"你实在太让我失望了。"

上级的头颅隐藏在阴影中,只有薄薄的镜片反射着不知从哪里来的光。屋子依然黯淡,所有的光源依然来自那盏小小的灯泡。他看不清上级的表情,但从上级的语气中,他可以听出毫不掩饰的愤怒——这种情况是不多见的。上级总是那样冷漠、严酷,以至于让他无从分辨坐在那个座位上的人的喜怒哀乐。

黑暗中,他听到一种莫名的响动。像是某种东西在扑打翅膀——他看到在上级的桌子上,摆放着一个玻璃罩,里面有一只硕大的蛾子正不停地左突右撞,似乎想摆脱玻璃壁的束缚。他知道,这是上级的新宠物。

此刻,他依然是一名被审问者。但是,这一次,情况有了很大不同。他掌握了事情的主动权,这一切都是在他的意志下进行的,而不仅仅像从前那样作为一个没有自主性的执行人员。他知道,从他说出"我要放弃替代者的工作"的这一刻开始,他就成为主导者。

即使,他要付出沉重的代价。

"你知道这意味着什么吗?"上级的口吻里有着隐隐的威胁,"这意味着你失去的不仅是替代者这份工作,同时,作为违约的最严厉的惩罚,你还将失去身份。"

他知道,这意味着自己将变成一个"没有身份的人"。

"你知道事情的严重性吗?"上级不禁提高了音量。声音回荡在这间逼仄的屋子。

一阵仿佛凝固般的沉默过后,他轻声说道:"我明白。"

"为什么?"上级的语气恢复了以往的冷静,"告诉我理由。"

理由?是的,他曾有很多话要说。可以说就在几分钟前,他还有着强烈的倾诉欲。他想要将他的困惑、迷茫与思考一股脑地全对上级说出来。他迫不及待地想要倾诉,痛痛快快地倾诉一番……然而,不知为何,那些话、那些理由涌到他嘴边时,忽然就烟消云散了。他知道自己其实不必再说什么。

他清了清嗓子。

"我不想当一具行尸走肉。"

这是他唯一说出的话。说完,他感到了彻底的轻松。他浑身充满了莫名的力量。他看着上级,忽然觉得那个高高在上的人不再令他那样敬畏,相反,他觉察出了上级面临的窘迫。

"正是由于有你这样的人,"上级说,"极端的个人主义,丝毫没有责任感,不知荣誉为何物,才使得社会系统越发沉沦、衰退……千里之堤毁于蚁穴,没想到你已堕落至此。"

"对不起。"他说。

"不用道歉。"上级声音像大理石般冷漠,"现在,我对你只有怜悯。你已经被剥夺了替代者的身份,根据协议,你将不再拥有任何身份。你的身份档案将彻底销毁。"

"也就是说……"上级顿了一下,继续道,"也就是说,从社会系统的角度,你已经不存在。"

他听着上级的话,忽然有些恍惚。直到他离开这间屋子,恍惚感仍未褪去。他觉得这就像是一场梦,甚至比梦还要荒诞。

十一

他躲藏在灌木丛中。

想要在城市中隐藏自己并不容易。到处都是人，到处都是喧嚣。似乎不再拥有某个角落，可以供人真正地独善其身。但是，作为"没有身份的人"，他必须要躲藏。自从他的身份被剥夺以后，他看到了许许多多如幽灵般徘徊在城市中的像他一样的人。他们由于种种原因失去了身份，变成了社会系统的弃儿。他看到他们很轻易地便丢掉了性命，因为在社会系统中，他们早已不存在。

死人不会死第二次。他想起了上级曾说过的话。世事难料，他自己现在也成为"不会死第二次"的人。

此前，他从没注意过这些人。而现在他们却一下子出现在他面前。难道，只有当自己也加入了他们的行列，他才能真正发现他们吗？他不清楚。他只是看着这些"没有身份的人"像自己一样在东躲西藏，稍有不慎就彻底地消失了。他曾见到在熙熙攘攘的大街上，一个"没有身份的人"被活活打死，尸体躺在街头，所有人却视而不见，仍像平时一样从那具尸体身旁走过。他想，他自己也曾那样目不斜视地从旁边走过吧？

他想到了林峰。想到了那晚林峰惶恐的模样。他也像林峰一样买了口罩，可这样仍不算保险。他随时都可能被发现。我不能就这样死去，他在心里说道。他所做的这一切，只有一个目的。或者可以说，这是他最后的心愿——

"我要真正地爱一次莉莉，不是以林峰或其他人的身份，而是真正以'我'的名义，去爱一次莉莉，哪怕仅有一次。"

他当然希望莉莉也能知道他的心意，不过他并不奢求。毕竟，这是他自己的事。

他藏在楼下的灌木丛中，等待着莉莉下班。这里曾是他与莉莉的家，而现在，他已失去一切。他只能偷偷地窥望那个阳台。那个已向他紧锁的世界。

我做得对吗？直到现在他仍在疑惑。一整天，他的精神都处于紧绷的状态，因此有些迷迷糊糊的。他不知道自己何时睡着的。他在梦中见到了一棵大树，上面开满了美丽的花朵。他站在树下，用一种难以言喻的心情注视着树冠。花朵全都闪烁着耀眼的光芒。这时，一片闪亮的花瓣掉落下来。他伸出手，接住了它。他将花瓣攥在手中。片刻后，他慢慢张开手掌……

他忽然醒来了。天色已暗。他吓了一跳，以为自己竟错过了莉莉。正当他自责不已时，他发现莉莉正走进小区。在她旁边，还有一个男人。他看不清那个男人的脸庞。他明白，那是林峰新一任的替代者。

他凝视着莉莉，同时体会着自己心中的爱意。他甚至激动得颤抖起来。因为他知道，此时此刻，他完完全全是以他自己在爱着莉莉。这份爱终于没有了任何怀疑的暗影。它无比明亮，无比纯粹，在他内心深处静谧地涌动。他有一种冲动：走过去，再跟莉莉说说话，甚至有可能的话，再拥抱她一次。最后一次，他将永生铭记……然而，他只是看着莉莉从自己面前走过，消失在楼门里。夜幕降临了。他战栗着，久久地站在灌木丛中。

他觉得自己仿佛已经经历了一生的时光。

作者简介：

　　李唐，1992年生于北京。北京联合大学应用文理学院2010届汉语言文学专业。作品见《收获》《十月》《人民文学》等。出版有小说集《菜市场里的老虎》《热带》，长篇小说《身外之海》《上京》等。曾获十月文学奖、"紫金"人民文学之星小说奖。

第二辑

文学新星

归山

董雅倩

奶奶是在傍晚时分离开人世的，她与屋顶最后一丝夕阳一同滑入了黑暗。

接到老家传来的消息后，爸爸像个孩子一样哭着跟我说："我没妈妈了。"然后，他疯狂地发动了轿车，火速回家奔丧。车子驶出高楼盘踞的城市，喧嚣与嘈杂渐去渐远，车内的空气突然凝固一般，让人有些喘不过气来。我胸口有些憋闷，很想使劲儿咳嗽一声，可又怕惊动了开车的爸爸。尽管光线暗淡，我依旧能够看清爸爸眼角的泪光。

其实一个多月前，当我得知陪伴了奶奶18年的那只花猫死了，就预感到奶奶在人世的时间不多了，只是没想到她走得这么快，这么突然。

奶奶的花猫叫"朵儿"，名字是奶奶起的。它的毛是杂色的，样子又土又丑，一点儿也不可爱。它出生不到一个月就来到奶奶身边，是奶奶一口饭一口水喂养大的。那时候，我爷爷刚刚去世，独自住在乡下的奶奶，正需要一种情感，填补她内心的空落。朵儿没有窝,每天都睡在奶奶的床边。寒冷的冬夜,它还会钻到奶奶的被窝里。就这样,朵儿跟奶奶一天天建立起了亲密的关系,在奶奶眼里,它比我和爸妈的位置都重要。

我们居住的北京,距离老家80公里,爸爸工作繁忙,平日里很少有空回家看望奶奶,只有重要节日时才必须回去。自然,奶奶的生日就是重要节日。

奶奶八十岁生日的时候,爸爸带着我和妈妈回老家,给奶奶准备了一桌丰盛的寿宴。开饭前,奶奶颤颤地拿起勺子,挖了一些鱼肉和米饭放在猫碗里,又在上面浇了一些肉汁,嘴里"朵儿、朵儿"地呼唤,那种口气就像呼喊新生婴儿一般。这是奶奶多年的习惯,吃饭前总是先给猫碗里放好了食物,再照料自己的肚子。呼叫了半天,不见朵儿的影子,奶奶焦急地在屋内寻找,说一定是家里突然来了这么多人,让它受了惊吓,躲藏在什么地方了。大家都劝奶奶别找了,猫饿了自然就跑出来,饭菜都凉了,赶紧吹蜡烛吧。奶奶仿佛没听到,找遍了屋子后,丢下一屋子人,又要出门寻找。

我一边玩着手机,一边朝奶奶喊:"先吃饭行不行?我饿了!"

奶奶说:"找不到猫,我吃饭不踏实。"

我赌气说:"一只破猫,死了才好呢!"

奶奶听了,突然回转身子,剜了我一眼,生气地说:"死了好?死了谁陪我?你们一年才回来几次呀?还不都是朵儿陪我?你们等不及就先吃!"

我并没有看到爸爸难看的脸色,竟然真的拿起筷子吃起来。

爸爸一把抢过我手中的筷子，使劲儿摔在桌子上，说："快去帮奶奶找猫，找不到，谁也别吃饭！"

众人纷纷走出屋子寻找朵儿，终于把它找回来。

其实，奶奶一个人留在老家，爸爸一直不放心，几次劝说奶奶去城里生活，都被奶奶婉拒了，她知道朵儿习惯了在农家院子出出进进，楼房里没有它生活的空间。有一次，奶奶的肾病严重了，必须住院治疗。最初，奶奶死活不答应，原因是朵儿怀孕了，正需要照顾。爸爸苦口婆心劝说了半天，奶奶终于答应了，条件是最多住半个月。奶奶给朵儿备足了水和食物，按照奶奶的推算，朵儿的预产期还有一个多月，她完全可以赶回来。朵儿跟奶奶心有灵犀，它意识到奶奶要出远门，一直跟在奶奶身后。奶奶上车后，它竟然拖着一个大肚子，想跳进车内。当时，我心里真担心奶奶突然改变主意，下车不走了。

奶奶进城后就身不由己了，她在医院住了一个多月，出院后，为了让奶奶在家里住几天，爸妈就哄骗她说，病情虽然稳定了但需要继续观察几天。那时候，奶奶跟我住在一个屋子，她的腿脚不利索，从不下楼遛弯儿，白天一个人在家闷着，到了晚上就缠着我聊天，给我讲爸爸小时候的故事，说爸爸是四个孩子中最不省心的，晚上必须抱在怀里轻轻拍打才能入睡。我对她唠叨的那些陈芝麻烂谷子的事情不感兴趣，总是有一搭没一搭地回应她。有一天半夜，我被奶奶吵醒了，发现她坐在黑暗抹眼泪，一问才知道她做了一个梦，梦见朵儿生了一窝小猫崽子，没吃没喝的，都饿得皮包骨头，就跟生我爸那年闹饥荒一样。我困得要命，胡乱安慰她几句，没想到她却打开话匣子，给我讲述她走过的苦难岁月:"小时候你爸饿了,偷着把地里的土豆刨出来搁在大铁锅里烧,连皮儿带瓢儿全烧焦了,气得我狠狠地给了他一巴掌,那脸一下肿得老高,也不知道你爸现在记恨我不……"奶奶讲得很动情,我却不知什么时候睡着了。

早晨醒来,我发现奶奶已经起床了,坐在那里发呆,大概又在想她的朵儿。妈妈从厕所出来,推开我屋子的门,不高兴地对奶奶说:"妈,我跟您说过几回了,这马桶不是乡下的茅坑。您方便完了记得冲水,这味儿满屋子都是!"奶奶像个知错的孩子,惶恐地点点头,从嗓子眼儿中挤出了一个"嗯"字。

其实奶奶是一个很爱干净的人,只是因为肾功能衰竭,时常大小便失禁,不得不像婴儿似的用起了尿布。尽管身体虚弱,但奶奶从来不麻烦别人,每天都是自己洗尿布。我教她使用洗衣机,她却说:"我这臭尿裤子粘屎粘尿的,可不能脏了你们的洗衣机。"

那天吃过早饭后,奶奶跟爸妈提出要回老家。她说:"你们要是忙,没空送我,我自己坐车回去。"

奶奶口气强硬,爸爸无法挽留她了。

奶奶那次回老家后,再也没有进城。她有几次病倒在床上,为了照顾方便,爸妈想接她进城,她死活不肯走,就跟她的朵儿厮守在一起,生活在三间老屋子里。在我的记忆中,几乎每次回老家,都会看到奶奶坐在家门口,怀里抱着她的朵儿。

一个多月前,我和爸妈赶回去给奶奶过八十五岁的生日。吃饭的时候,我突然发现猫碗空着,奶奶没有像往常一样,先给猫碗里放上食物。我有些意外地问:"奶奶,您的猫呢?"奶奶似乎没听到我的问话,我忍不住又问了一句。奶奶叹了一口气,说:"猫归山了。"

"归山?什么意思?"我没听明白奶奶的话。

"老了,它太老了,牙都不好用了,我把火腿肠嚼碎了喂它,都吃不几口的。那几天它一直跟着我,我上厕所它也跟着。"奶奶本不想再说下去了,看到我还是一脸茫然地看着她,于是索性说,"死了,不想让别人看到它死,自己死到村后的大山里了。"

好半天,我才回过味来,明白她的朵儿,独自死在山里了。那一刻,我的心颤了一下。身边的奶奶,穿一件土黄色粗麻布上衣,一头银发,脊背佝偻,像一棵干枯的老树。我心里有一种不祥的感觉,奶奶留在这个世上的时光不多了。我口中的饭菜,味如嚼蜡。

我们在老房子住了一夜,第二天回城时,奶奶像往常一样拖着两条老腿,吃力地走到大门外送我们上车。三月的风还很硬,吹乱了奶奶的一头银发。她双手扒在车玻璃上,颤巍巍地跟爸爸说:"路上开车慢点儿、慢点儿……"

我探出头,对她说:"奶奶,快回去吧!外边风大!"

说完,我又对爸爸说:"别磨叽了,快开车。"

车子开出老远,我从后车窗玻璃看去,奶奶依旧站在大门口目送我们。她的身影越来越矮,越来越渺小,终于跟身后的那座山融为一体了。

那一幕,竟成为永别。

…………

车子开始颠簸了,我知道快到老家了,抬眼望去,前面的村庄有点点灯火,村后面的那座大山,隐在夜幕中,只有一个模糊的轮廓。我的眼泪一下子涌了出来。我无法想象奶奶在人生最后的时光中是怎样度过的,但我知道奶奶的内心非常强大,她不想给我们添麻烦,甚至不想让我们看到她痛苦而凌乱的表情,她像朵儿一样,在老屋子里很有尊严地走了,没有一声告别的话语。

　　奶奶归山了。

作者简介:

　　董雅倩,女,北京联合大学师范学院中文系2015级毕业生。

后海的春风茶

张紫宸

北京的春天,是极不容易把握的。三月时节桃树含苞初露,到了四月鲜嫩的细小绿叶伴随着朵朵阳春花。吹面不寒杨柳风,人们脱去棉服,欢迎春风的到来。但对于我来说,春天貌似是个遥不可及的自然奇观。

窝在学校里已经小半个月了,除了去食堂和上课,我便不怎么出去。每逢从宿舍走向教学楼,春风拂面的那种享受、向校园外的街心公园看去桃花点点的那种惬意、无人一同欣赏的那种孤独……学习上迷茫、情感中挫败,它们就像是一块块冰锥刺穿内心,让我感到这个生活是如此冰冷无情。三年的恋爱走到终点,自己心爱的人终究没有留住芳心,在我们诀别的第二天,他便"无缝衔接"找到了另一个心上人。迷茫、无助到自甘堕落,仿佛整个世界站到了我的对立面。我变得极其敏感,一件不起眼的小事都能点燃我心中的枯草,形成燎原之势。暴躁、烦闷到深夜抽泣,我就像个小丑,生活跟我开了个足以改变我生活的玩笑,我再也看不到爱情的光亮。我是多么想放空自己的内心,让自然治愈我每一颗细胞。

周四午夜,家人给我发来消息,奶奶上午坐公交买菜时把腿摔了,父亲带着年过80的奶奶在积水潭和六院之间来回奔波,现在可算是把腿给保住了。我便理所当然地想着明天过去请安,尽些力所能及的孝道。奶奶住得并不远,就在鼓楼脚下的一个四合院里,爷爷早逝,每天依靠着字画墨香度日倒也闲然自在。说来惭愧,我已经小半年没去过奶奶家了,最近内心枯槁,甚至连用笑脸掩饰悲伤的信心都没有。

下课后,我便直接出发了。到了久别的四合院,松柏依然常绿,就像奶奶的身体那样一样硬朗。奶奶在里院慢慢踱步出来迎接,我立马上前去搀扶住她,进了北房。伴着春天温润的阳光我们吃罢午饭,坐在院子里边下棋,边闲谈。又泡得一壶清茶,滤掉上面的沫子,喝下去的瞬间是如此顺滑。品茶间,奶奶仿佛能看透我的内心,或是我脸上的假笑太过明显,抑或是我品茶时的略有所思,郁闷之情溢于言表一看便知。"你啊,就是在大学里待太久了,本来校园也不大,你还不多出去走走?"奶奶一脸嫌弃地说,"帮我去买点儿吴裕泰新上的茉莉花儿,我腿不方便,顺便去后海散散心吧。"我答应着起身:"那我走了,差不多做晚饭之前回来,您就把菜搁盆儿里,等我回来炒。"拐出影壁走远了。

我低着头,春风肆意地扯乱头发,自行车铃的叮当声迫使我放慢脚步,仔细打量危险来临的方向。可当我想远处看去,视野里哪里有什么危险,唯有盎然酣春。四月在北京的胡同里溜达无异于是一种享受。近几年吆喝声远没有小时候来的热闹,但也能听见依稀清脆的磨刀打铁声。春的气息日渐浓烈,柳絮如雪般洒在街边巷角,我轻轻走过,却也带起一阵清风,吹散了这群聚在一起的小精灵。疫情简直使人类生活陷入停摆,只有自然的葱郁显得尤为活泼。四合院屋顶养的家鸽叫个不停,惊动了睡在房梁上的橘猫,叫得一声奶气,便又睡下了。我摘下耳机,抬起头,缓慢踱步,聆听这自然的绝唱,这般悦耳,这般陶醉。

穿过南锣鼓巷的车水马龙,来到烟袋斜街。市井喧闹和胡同里那般清净形成强烈的反差。虽然立夏未到,但是吴裕泰门口已经开始有人购买抹茶冰激凌了。我绕过熙熙攘攘的人群,买得茉莉花茶,又要得一杯热水,准备品尝这第一抹春意花香。春茶泛云液,那种鲜嫩与清甜缓缓地从口腔飘入胃中,一阵暖意涌出,温暖着身体,浸润着灵魂。一口香茗入肚,我迅速逃离了熙熙攘攘的人群,径直向前来到后海湖畔。

春风早已闹醒了湖面,回想严冬来时,我还在冰场上飞驰过。下午的后海岸边,孩子们即将放学,大人们仍在上班,这里是老人们的天下。趁着夕阳的亮光,将象棋摆出来对弈,引得一大群围观者,将两位老人团团围住。而围绕人群的,是湖面的波光与海棠的春色。说来有趣,老人们走的每一步一定要将棋子重重地摔在棋盘上,围观者则纷纷指手画脚地出主意,如若遇防不胜防的好棋,便会引得众人片片欢呼,而我们的"参赛者"则满面红光,开心地抽起烟来。在他们的笑容里,这个浮躁的世界荡然无存,只有如茶水般甜苦相依、恬淡悠长。

我坐到湖边的石椅上,品茶赏景。波光粼粼映在玻璃杯中,那是春的倩影。望向湖面中央,见一只野鸭在湖中游弋,一个猛子冲到水下,眨眼之间,湖面只剩下了点点涟漪。我的目光直勾勾看着湖面,不知不觉时间过去了良久。当我回过神来,手中的茶杯里已落入了几片桃花,让这茗茶增添了生命的律动,似旧非旧,似新非新。生命、青春、律动,无数形容朝气的词汇都可以来形容这满湖春色,这满口茶香。我百感交集不由得笑出了声——生活就像这春水般柔和,虽有阵阵起伏,但终将归于平静。日常孤独的烦躁,一见春景灿烂便能化解八分。这朵朵桃花装衬着柔水,我烦躁的狂奔渐渐慢了下来,内心不断被春风洗礼,被湖水浸润。我闭上眼睛,置身于大自然的怀抱中,放空心灵,将世间的一切嘈杂置之度外。

我在回想,回想大学生活一路走来的磕磕绊绊,回想这三年间的杂糅往事。又一阵春风拂过,我并没有睁开眼,而是去体会春风,拥抱春风。那一刻,我彻底掏干净了内心,就让这春风化解我心头的杂念吧。它拂面而去,未曾停留片刻,愈飘愈少,愈分愈散,化作春水,永久地尘封在回忆之中。让所有的烦闷都化作春风吧!让平滑的日子变得褶皱,而这些生活中的褶皱感,无时无刻不在丰满着我们的人生。

偷得浮生半日闲,投身于自然的怀抱里,陶醉在精神世界中,是惬意是欢欣,是给自己足够的放松休整。这个浮躁的世界,生活的重压总有一瞬间将我们彻底压垮,但我们只能不断地向前奔波。人生就像是一个长句子,可写到一定长度,就要有空闲的时间去回忆前面的句子,留下逗号,放空内心去感受前一句的美好,再回过头,填补墨水,尽情书写未来。世界运转得太快了,不留神我们就会跟不上它的脚步,故而我们疲于奔命,寻找自己的价值，我们在寻找不同的方向目标，但缺少的是停下脚步的片刻。当我们坐下来思考，给自己放空的时间，世界便会为你停留。就像激昂音乐的停顿，像球赛的中场休息，像舞者的短暂停留……这能让我们真正回忆出过去的美好，让灵魂进行休整，让烦闷变得释然。放下了错的人，才能遇到对的；放下过去的烦恼，才能遇见美好的未来。

我睁开眼，天边霞彩倒映在湖面上，茶水也变成粉红色。我站起身低下头的一刹那，数十片桃花飘落，才得知我坐在树下太久，落花在我头顶留情。我长舒了一口气，自觉神清气爽，喝完最后一口见底的茉莉花儿，沉重的内心变得淡然。万物皆有裂痕，那才是阳光照进来的地方。我内心的裂痕被回忆中的美好填满，被春茶浸润，变得鲜活，变得释然。

我站起身拿上茶叶，再没有忧愁与伤感，只有春色、春水、春风结伴相随。彩云挽起春风的手，送予我一盏青春茗茶。

作者简介：

张紫宸，男，北京联合大学师范学院中国语言文学系2020级学生。

最后的仪式

梁 军

按照习俗，我父亲的出生地，今天广西都安瑶族自治县所属的永安乡，应该算作是我的祖籍，但我从未踏上过那块土地。永安位于桂中部偏西，是云贵高原向广西偏斜的一处以喀斯特地形为主的山村，也是当年老、少、边、穷的代表。

因为苦难，梁家有太多的人逃离大山。幼年失怙的父亲为了投奔活路，14 岁跟着黄埔军校从戎的堂兄，随国民党桂系部队，一路辗转，最终孤身一人落户到了北京。70 年代成为驻非洲外交官的堂叔回忆自己少年时代，为了求学，要从山沟里徒步走上足足两天才能到达学校；我的一位堂侄也是十几岁就离开永安，在外发奋苦读，90 年代初，一路考到清华，靠着国家的贷款和每一个假期的勤工俭学读完了四年的学业，直到毕业工作两年后，偿清了全部贷款，才拿回清华的毕业证书……但更多的族人还是在那大石山乡里走完一生。

关于永安，在亲戚们口口相传中，我还知道有一个声势庞大的家族仪式，那就是每年清明的祭祖活动。在这块散发着原始古朴气息的土地上，安息着当地大姓——梁家的列祖列宗。从家谱记载的第八代曾祖算起，到最近的十六代，几十座祖坟散落在各个山头，一进入四月，散居在广西各个角落的梁姓族人，有钱的、没钱的、有身份的官员、没地位的农民、开着高级轿车的、搭了闷罐子货车的，扶老携幼，带着各种祭品，纷纷奔向永安。各家代表汇集大约有近千人，集体祭拜八世祖先后，再五代内的亲戚为一个单位，大约分成三路人马，整整一天，从一个山头辗转到另一个山头，浩浩荡荡，前仆后继。

大山里的人世世代代不断地投奔到外面的世界，清明时节又纷纷聚集在先祖坟前。这个天经地义的生死之约，如同印在生命里的基因，有着生生不息的凝重。

1983年的清明，父亲离休后才重新回到阔别近半个世纪的故乡。当年在永安村头，那首"少小离家老大回，乡音未改鬓毛衰，儿童相见不相识，笑问客从何处来"的古诗，曾定格了一段老父背井离乡的世事沧桑。与父亲前来相聚于祖坟前的兄弟姊妹无不涕泗横流，怆然泪下。

两年后也就是1985年我上大二时的春节，父亲才答应让我回一次广西。但当时通往永安的路十分艰难，且那里已经没有什么近亲了，亲戚们担心我吃不消，最远只带我到了附近的六甲。那时是"不识愁滋味"的年纪，我对于家乡的兴奋点仅停留在那片不凡山水上。从高原涌出的红水河一路飞崖，流经广西境内后，变成了幽深碧绿的一潭池水，托着沿岸的层峦叠嶂，美得让人惊心动魄，可以说六甲一带的山水远胜过我见到的桂林、阳朔风光。那时，我能理解的只有故乡的苦难和美丽，而她与我血脉相依的内涵，随着岁月的流逝，才渐渐地体会出了。

2009年的暑假，我带着考上大学的女儿和正在读小学的侄女——两位"90后"，又一次踏上了阔别二十五年的八桂大地。

如今，广西早已不是当年的光景了，柏油路四通八达。游漓江玩北海，一如当年的我，孩子们兴奋得不亦乐乎。离京前，亲戚们给我们安排了祭拜祖父母的活动，祖父母在新中国成立前的一次水灾时，曾外出避难，最终没有回到家乡，合葬在了离永安几十里地的东江。

一早，表兄开车载着我们到了东江，那几天刚好下过雨，野草长到一人多高，把通往墓地的路都封住了，脚下一步一滑；身上穿的都是短袖，胳膊上被树刺划得伤痕累累，大学生的女儿还能忍耐，小学生的侄女爬到半山腰便开始满腹委屈地无声啜泣了。

一行人经过半个多小时披荆斩棘，连拉带拽地终于站在了墓碑前，我们将带上来的祭品摆好，对着长眠于此的祖父母墓碑上香、烧纸、叩拜。想到祖辈们一生的苦难以及数年前远去的父亲，我不禁潸然泪下。侄女一直关注自己腿上擦破的一点儿伤，应付的心理远胜于对血脉亲情的倾注。果然一路哼哼唧唧从山头下来的侄女不肯再去永安，在她看来，永安是与她毫无关联的受难之地。见她那副狼狈相，我心也软了，毕竟登山祭拜远比我想象的要艰难，对孩子来说，这只是一种形式大于内容的精神负担。一切向前看的社会给予新生代的独生子女们提供更多的是对"我去哪儿？"的关注，"我从哪儿来？"的困惑并没有过多地打扰他们的精神世界。现代生活简单而自我，烦恼多于痛苦，快乐多于幸福。一切与时俱进吧。

永安，我们最终没有去成，那个轰轰烈烈的家族祭拜仪式至今对我仍是一个传说。我不知道随着独生子女一代的成长，那个仪式会不会在某一天戛然而止，就像父辈们曾经经历的苦难，在孩子们身上消逝得无影无踪。

作者简介：

梁军，女，北师大分校中文系1983级毕业生，北京联合大学退休教师。主要作品有纪实散文集《到济州看海去》（中国青年出版社2009年8月出版），2010年前后曾为《大学生》《世界博览》《神州学人》《济州周刊》等杂志撰写了数十篇散文随笔。

回响

王文静

一

布莱恩望着阳光照耀下波光粼粼的海面,远处海面上漂荡着随波起伏的点点白帆。各种舰船穿梭在港口的码头,此刻的海面宁静得像是母亲的怀抱一般,只是用目光凝视着它远行的孩子。同时它也像是许久未见的恋人,张开怀抱等待着两颗心的簇拥。

"你听说了吗?今天有一艘新的邮轮要起航了。""只要它别像去年那艘出事的邮轮一样,我就谢天谢地了,我还想顺利地看到我的小公主长大。"两个水手相互聊着天。

"布莱恩先生,你好。""好久不见,布莱恩先生。"天空中一群海鸥飞过。布莱恩走到一个无人之处,两只海鸥也跟着落在了他的身上,"布莱恩先生,这次你又要去哪里呀?"一只海鸥开口问道。

"船开向哪里,我便去哪里。哪里有人需要我,我便在哪里。"布莱恩湛蓝的眼睛望向海面。细长的鹰钩鼻在这张并不出众的脸上显得格外冷峻，他的左手还拿着一个手杖。

"请所有乘客立即登船，我们的邮轮马上就要起航了。"码头中一艘邮轮已经整装待发，布莱恩很快也加入了登船的队伍。

邮轮缓缓地开出了码头。

夜晚，布莱恩站在甲板上静静地听着海风在耳边的呢喃。"我想您一定就是布莱恩先生吧。"一位贵妇人缓缓登上甲板，她明明衣着不菲，身上佩戴着珠宝。但布莱恩却仿佛看到了一朵正在衰败的玫瑰。"是的，文森特夫人。"布莱恩回答道。

"我想你已经接到我的信件了吧。"文森特夫人将目光注视到布莱恩身上，她的目光是那样深邃，此刻面容上没有一丝微笑。

"文森特太太，我已经收到，并且请您节哀。"布莱恩看向这个五年前曾经像玫瑰一样灿烂夺目的女人，那时的她还只是一位歌女，因为在邮轮上的一次酒会遇到了一位闪耀且夺目的人，他们坠入爱河，很快结婚，婚后她一度以为自己活在童话中。直到上个结婚纪念日，他们本想登上这艘他们相识的邮轮一同回忆初遇，却不曾想一场海难竟无情地夺走了文森特先生。此刻的文森特太太像是沙漠中即将干枯的一汪泉水。

"布莱恩先生，我想调查清楚他的死到底是不是意外，如果是意外的话，他为什么要留下这些信件。"文森特太太拿出一些信件递给布莱恩。

二

　　布莱恩一连几日都在阅读这些信件，他发现这里面除了一些信件甚至还包括一些财产公证及转让协议。而这些受益人都是文森特太太，文森特先生的这些信件也透露给人一个讯息，他知道自己可能将不久于人世，所以故意给自己的朋友及仆人交代了身后的事情，并且让他们瞒着自己的夫人。但文森特太太还是在整理自己丈夫遗物的过程中发现了一封来往书信，那段日子她似乎重燃了活下去的希望，她四处寻觅这些来往书信的人，却发现自己的丈夫很可能早就知道自己会死，但具体原因是什么却无一人知晓。这简直令人无法想象，她开始整夜、整夜地无法入眠。后来没有办法，她雇用了一艘船，经常开到他们出事的海域，她不止一次对着海面哭喊，有的时候海里的生物会跟随着船一同前行，尤其是一些海豚。文森特夫人觉得自己快要疯了，她想不明白，也无法接受现实。

　　布莱恩拿着信件走到甲板上，海风带来咸咸的气息。

　　"爱莎，我亲爱的爱莎。"一阵微弱的声音传入耳中，布莱恩猛地环顾四周，没错。在成为文森特夫人以前，爱莎是文森特夫人的本名。爱莎是一位歌女，她的歌声曾经红极一时，只是嫁给文森特以后她才渐渐离开了舞台。然而又是谁在这里呼喊文森特夫人的姓名呢？布莱恩思索着。

　　他发现四下除了一个经过的水手，两位贵妇人外再无旁人。"难道是听错了？"布莱恩摇了摇头。

　　"爱莎，爱莎。"布莱恩又一次听到了那微弱的声音，他走到船头,发现在海水中一头海豚正探出头,他心中一惊。

夜晚时分,布莱恩再一次登上甲板,他走到船头,"文森特先生!文森特先生!是你吗?"布莱恩尝试着对着海面喊道,寂静的海面上突然泛起涟漪,一只海豚出现在海面上。

"哦,我的主。竟然真的是您?只是您为什么会变成了一只海豚呢?"布莱恩问道。

"布莱恩侦探,您又是为什么可以听懂动物的话语呢?"文森特先生反问道。

"我想,文森特先生,您应该懂每一个人都有自己的秘密。"布莱恩的嘴角微微露出一个弧度。"文森特先生,我想您应该知道,自您走后您夫人的境况不是很好,让我更为费解的是您是如何得知自己将不久于人世的呢?"布莱恩问道。

"是的,侦探先生,这也是我想和你说的事情。海难发生前我就已经查出了重病,医生告诉我已经没办法医治了,我只能依靠药物尽量地维持生命。我与爱莎结婚不到四年,我的家族又是那样复杂,如果没有处理好后面的事情,爱莎很可能会陷入深渊。那段时间我四处联系朋友、仆人并且变卖了自己的产业,希望把一切都帮爱莎安排好。那天正好赶上我们的结婚周年纪念日,我当时忙得头昏脑涨,爱莎却突然兴致冲冲地跑来说想和我一起到这艘邮轮上重温初遇,当时我心想陪她去吧,下一次等不等得到还不一定,只是当晚发生了海难,我同我的随行医生一同遇难了。这比我的计划要提前了一些,但我从不后悔在这场事故中为救她而死,她还活着,活在这个世界上。"文森特先生此时的声音哽咽了。

"可您的夫人现在过得并不好，她为了您的死感到十分愧疚。"布莱恩说道。

"是啊，我的死给她造成的冲击很大，原本我想安排好一切，再借口出去做生意，默默离开，给爱莎一定缓冲的时间，可是没想到意外竟然就这样发生了。"文森特的声音透露出悲凉的气息。

"恕我打断一下，您又为什么会变成一只海豚？"布莱恩不解地问道。

"侦探先生，难道您没有听过关于这片海域的故事吗？"文森特笑了一下，回答道。

布莱恩脑海中突然闪过什么，"您是指'海豚追船'事件。"布莱恩急切地想要知道答案。

"没错，如你所想，这片海域里的海豚有的并不是真实的海豚，我们这些人在死后幻化成了海豚的样子，因为海神说我们在这片海上还有未能了却的遗憾，所以我们可以保持住这副模样直到心中的遗憾消散。"文森特先生一边说着，一边陷入了沉思。

"既然您说出了一个秘密，那我也告诉您一个发生在我身上的秘密吧。其实从我出生起便一直能听懂动物的声音。我一直认为上天赋予我这项能力，是要我完成一些特殊的事情。所以我选择成为一名侦探，因为我总能听到一些特殊的证词。所以，文森特先生我能为您做些什么？"布莱恩注视着文森特先生。

"明天靠岸的时候，去查理医生家，我有一些信件原本委托他在我死后每月按时交给我的妻子，以此营造出我还在的假象。只是可怜的查理和我一同葬身于海难之中，麻烦你帮我取回来。

后天日落时分带她来这里交给她。"说完文森特翻身回到了海里。

布莱恩望着海面久久无法平静。

三

两天后日落时分。

在这两天里布莱恩取回了信件，并且从文森特先生的口中了解到了当年这件事情的始末。

"布莱恩先生，您说您已经了解我丈夫的死因以及信件背后的含义，您可以告诉我是什么吗？"文森特夫人急切地走到甲板上。

"夫人您先等一等，不知道您对这里熟不熟悉。"布莱恩指着眼前的夕阳问道。

此刻，远方的海平面上，一轮金色的光圈浮动在海面上，夕阳将余晖不遗余力地洒向大海，海平面上波光粼粼。

爱莎望着落日陷入了深深的回忆，良久她终于开口："我怎么会忘记，这里是他向我求婚的地方。他当时还向我承诺，会和我一生都待在一起，可他却背弃了誓言，一个人狠心地走了。我早该想到的，出事前的一年，他总是很忙碌，总是四处奔波，问他出什么事了，他什么也不回答。"爱莎的声音越发的低泣。

"不，夫人，我想当你看完这些信的时候，你就会理解他对你的良苦用心。"布莱恩拿出信件递给爱莎，爱莎接过信件翻看，她一眼就认了出来这是她丈夫的字迹。

亲爱的爱莎：

　　我正在欧洲出差，这里的原材料很好，我想收购回来一些，不知道这几天你生活得好不好，玫瑰庄园里的花应该开了吧。有空你可以去看一看。这趟旅程比我想象中的远，我不在的日子你要好好照顾自己。

爱你的文森特
1913 年 5 月 6 日

亲爱的爱莎：

　　我正在亚洲的中国，这里的人们都很喜欢我卖出去的咖啡豆，这里的市场也很不错，我想留在这里停留一阵子，院子里的雪要是太大了，你就叫彼得来帮你清理一下，不要总是在壁炉旁给我织围巾，多起来活动活动，如果可以，你也可以唱唱歌。我想你还是属于舞台的，我们的婚姻束缚了你，从前的你是那么夺目，我想抛却文森特太太的身份，你仍然是舞台中那颗最闪亮的星。答应我，去找寻你从前的笑容，我可能会在这里待上一阵子，我不在的日子好好照顾自己。

爱你的文森特
1913 年 10 月 6 日

亲爱的爱莎：

　　看到这封信我想从我离开你已经有一年之久了，不知道现在的你怎么样了？是不是已经逐步适应了我离开你的日子,我想这一次我是真的要向你道别了。原谅我的不辞而别,医生告诉我得了绝症。最长还有一年的时间,听到这个消息时我慌了,我不知道该怎样和你说。当我冷静下来以后还是决定暂时不告诉你这个消息,我花了一年的时间去处理我的后事,力图给你最好的保障。原谅我这一年来的忙碌以及奔波,没有办法时刻陪伴你。我准备了这些信希望他们能在我去世的一年里陪伴你,让你渐渐适应没有我的生活。

爱莎,我的爱人,原谅我食言了。没有办法陪你走完接下来的路,但在我的心里你一直是闪闪发光的,以后我不在的日子里也不要忘记微笑,答应我好吗?好好照顾自己,我会换一种方式一直陪伴在你的身边。

永远爱你的文森特

1914年1月1日

爱莎一封一封地看着,足足一共有12封信。当读完最后一个字的时候,爱莎的眼里盛满了泪水,这些原本在文森特遇难那天就哭尽的泪水又再一次不受控制地奔涌而来。她的身体开始不自然地抽搐,布莱恩见状赶忙扶住了文森特夫人,"夫人,您还好吗?"

这时海平面上一只海豚突然跃出海面。他不断地跃起,又落下,跃起,又落下。

文森特夫人突然挣脱布莱恩的搀扶,跑到船头,双手扶着围栏。大喊道:"文森特!是你吗?"顺着布莱恩疑惑的目光,海豚在空中划过一条完美的弧线。"文森特,我们第一次见面就是在这里,当时你和我讲过这个海域关于'海豚追船'的故事。当时你还开玩笑说:'要是有一天你也掉到海里了,就算变成海豚,也会再来找我。'"布莱恩看着这位往日毫无生机的夫人,此刻扯着嗓子用力地喊着。

"那天纪念日,我对你说我想再看一次我们初见时的夕阳,但还没等日落。你就被海水带走了。"文森特太太的泪水顺着面颊打湿了衣服。

"今天我看到了,这里的夕阳和从前的一样美。"文森特太太说到这停了停。

"文森特,你不在的这一年里,我想了很多,我曾经懊悔过为什么一定要你来过这个结婚纪念日。我痛苦过,海水为什么没把我一起带走。文森特,我想你,可是今天我看完这些信,我想我理解了,你是爱我的,我想余生我会带着这份爱一直活下去。"文森特太太哭倒在栏杆上,她弯着身子良久无法直立。

"你说喜欢听我唱歌,嫁给你以后,为了你家族的颜面,我再没登过台,再没开过口,今天我想再给你唱一次。"文森特太太闭上眼睛,像是最虔诚的信徒做着祷告。她的歌声弥漫在整片海平面之上,因为哭喊太久,整个歌声中甚至带着一些嘶哑。但这歌声却能触动每一位听众的心弦。白云停下了游荡的脚步,海鸟凌空驻足。文森特先生也静静地仰望着甲板上的女人,此刻他们静默地矗立着,仿若世界已经静止,万物已经消散。

在最后一个音符落下的时候,文森特先生在空中划出一道弧线。他用尽全力一次次喊道"爱莎,我爱你!"可惜,船板上的爱莎并没有办法听懂这一声声回响。渐渐地文森特先生的身体化作点点星光一同融进夕阳里。

爱莎唱完这首歌睁开眼睛,静静地望向远方的海面。

"布莱恩先生,刚才我好像看到文森特了。他刚才就在这里,好像在对我说什么。"爱莎回过头,红肿着眼睛。脸上却泛起了久违的微笑。

"刚才真是让您见笑了。"文森特太太说道。

"不,太太,刚才那头海豚真的是文森特先生。告诉您一个秘密,一直以来我都听得懂动物之间的话语,所以我总是可以听到一些旁人听不到的证词。"布莱恩回答说。

文森特太太急切地问:"那布莱恩先生,文森特都说了什么?"

布莱恩微微一笑:"文森特先生告诉了我当年事情的经过,这场海难确实是意外,但同时一年前,他已经得知自己将不久于人世的消息,因此他开始四处奔忙为你日后的生活四处打点,他原本写好了一年的书信,想要交给唯一知道他身体状况的医生查理。等这次旅程过后他就乘船以做生意为由离开,由查理每月将这些信寄送给你。然而实际上他却是找一个地方默默等待死亡的降临。他害怕你承受不了这个消息,所以给了你一年作为缓冲期,可谁料到当晚突发海难,他为了救你不幸当场去世,而保存这些信件的医生也一同丧生于那次海难,但万幸这些书信一直保存在医生的家中。所以他托我把这些信拿给你,希望你可以重拾对生活的信心,他实在是不忍心看你日益颓废。最后还有最重要的一句话。"

"什么话?"文森特太太的眼睛像是燃起了一团火焰。

他说:"他爱你。"

文森特太太的脸上突然绽放出一个似盛夏阳光般的微笑。

"谢谢您,布莱恩先生,我想我知道未来的路我该怎样走了。"

文森特太太向布莱恩鞠了一躬,然后向着船舱走回去了。

"布莱恩先生,刚才文森特太太为什么哭得那样伤心呀?"名为露西的海鸥又一次落在了文森特的身上。

"露西小姐,我想你需要经历一场热恋,这样你就会理解这其中的含义。"

"布莱恩先生,刚才文森特太太根本听不到文森特先生最后的告白好可惜呀。"另一只名为露娜的海鸥问道。

"虽然听不懂,但我敢肯定她一定感受到了。"布莱恩把目光投向远方的海面。

"可是她明明听不懂我们的对话呀。"露西抢着问。

"错了,那是关于爱的回响,除了文森特太太和文森特先生本人,这世界上没有第三个人可以听懂。"

"诶,爱,那是什么呀?"露娜好奇地问道。

"这个我知道,每天飞过你们人类的身边,他们总把情啊、爱啊挂在嘴边。"露西兴奋得抖了抖翅膀。

"爱呀,那是一种看不见、摸不着的东西。那是一种即使走出时间,走出生命,彼此发出声响于万千世界中,一眼便能认出对方的印记。那是一种回响,经年累月会灌注在人们的血脉之中,即使一方不在了,这种烙印也会时时在耳边响起。"

"这样啊,布莱恩先生,那你遇到这样的人吗?"露西好奇地问道。

"我们刚才不是在关注你的婚恋问题吗？露西小姐。"布莱恩笑着回答道。

作者简介：

王文静，女，北京联合大学师范学院中国语言文学系2019级学生。

欲望陷阱

李嘉怡

……这是我被困在这儿的第四天了,这里充斥着无尽的黑暗和聒噪的水声。我必须用这种方式记录下我所经历的一切,但愿可以有人看到,将消息带给我的家人。

我的时间可能不多了,虽然不甘心是以这种方式在和世界做最后的道别,但是我别无选择,我没有故弄玄虚,就在今天,我几乎吃光了所有干粮,而且能感觉到空气越来越稀薄了。不甘,绝望,无助,这些情绪早就在前几天把我折磨得不成样子。

随着耐心一点点地耗尽,我好像已经开始出现幻觉了,忽地,眼前有点儿光亮出现,这让适应了黑暗的我有点儿恍惚,这是光吗?真的,居然是真的。刚才有一瞬,我以为我要被永远笼罩在这暗无天日的鬼地方了。我立马朝着光亮爬过去,身下的路崎岖不平,坑坑洼洼还有小石子,爬了没一会儿,我的手掌和膝盖都出现了刺痛感。

我不敢去看,更不敢去仔细感觉,生怕再多一些的绝望感吞噬掉我,似乎我已经开始机械地向前挪动,眼前的光点还是没有变大，我不敢停下，也是在给自己多一点儿的信心。万一逃出去了呢？万一活着回去了呢？我还不想死，更不想死在这里。求生的欲望促使着我继续前进，也不知什么时候，光点越来越大。

原来是门缝。等会儿，门缝？！在过去的几天里，我一直以为我被困在石洞里，周围都是潮湿的石壁，还有源源不断的水滴声，都让我以为我被困在了地下岩洞中，这怎么会出现木门？

难不成这是人工开凿的溶洞一类的吗？要是人工开凿就肯定有逃出去的路。在能逃出去面前，木门和石洞的搭配已经让我感觉不到诡异了。

这扇木门是我这么多天来最大的转折点，我尝试去推它，这个地方绝不年轻，木门早就应该因年久失修和潮湿而腐朽了，可是我竟然没有撼动它分毫。眼下，只好翻翻包里仅剩的东西，一些捕兽夹，麻醉枪，军刀，绳索，手机，氧气瓶。果然没有任何可以派上用场的东西，如果不是那次坠崖，应该会有能用的家伙在的，怎么着也不会被区区一木门困住。

不，不，不。现在不能想这些没用的，我必须振作起来。不得不说木门的出现，给了我很大信心。现在只能祈祷门与外界相通。我贴近门去听，听不到任何声音，砸门也没有任何回应。呵，回应，我在期待什么呢？这可是喜马拉雅，我在期待雪怪回应吗？还是我一直寻觅的他？怎么可能。蹲守几个月也不曾见到他一根毫毛，要不是因为他我怎么会到这种境地。真是可笑。

从膝下传来的凉意将我拉回残酷的现实，冷啊，我实在是太冷了。又饿又冷。不知不觉，我的视线开始模糊，最糟糕的事情发生了，我在绝望中昏了过去。

再次醒来，已经不知道是第几天后了，虽然身上还是破烂不堪的雪服，并且疼痛感还是很强烈，但周身好像不那么冷了，定睛一看，我好像在山洞里。而且，等会儿，而且我逃出来了？我缓慢地坐了起来，我真的逃出来了，我在一个干燥的山洞里，有空气，有亮光。没错，一切都对了，背包也在。

虽然不知道我是怎么死里逃生的，但是我没想到天不绝我，我竟然活了下来，但是我并不打算停止记录，因为，我看到了那样东西。

这件东西简直令我发狂，真是踏破铁鞋无觅处，得来全不费功夫。那是雪豹的体毛，原来我在雪豹的巢穴里，居然是它们救了我，真是缘分未尽。

我赶紧下意识地摸了摸包里的枪，还在。那就好说了。它应该不会走远。这回虽险，但是好在上天眷顾，可算能捞笔大的了。兴奋又紧张的心情促使我不自觉地警惕起来，毕竟是难得的不能再难得的机会，这么近距离，可还是第一次哪。但愿我的"救命恩人"还能再回来。

那微小的"咕噜咕噜，咕噜咕噜"声，被我灵敏地捕捉到，我心中一颤，立刻竖起耳朵，听声音，距离不近。这简直是我做梦都想梦到的声音——雪豹的叫声。

但是以我现在的身体状况，还不适合追捕这机灵的"雪中精灵"。只能是用老办法赌一把了！我摸索着从背包拿出了这铁疙瘩，用过很多次了，但还是对这东西心有余悸，这东西的威力可是不容小觑啊。我边想边带着东西爬到洞穴外的雪地里，强忍疼痛将手里所有的铁夹全数布置在了周围，然后我就顺着山坡找了个树林隐蔽处藏身。

这一藏就是大半天,眼看天色渐暗,我心里也越发焦急起来,若是今晚它不归巢,气温骤降,我恐怕也自身难保。最后一点儿食物被我吃干净后,我几乎不抱希望了,这时,一阵焦急地"咕噜咕噜,咕噜咕噜"声又在我耳边响起,我立刻全身紧绷,警惕地注视着山洞处,眼见着一只成年雪豹从远处山脊向山洞移动,我不禁屏住呼吸,看它的皮啊,是那样的美。每一寸都是那样的精致,在夕阳下仿佛射出光芒来,耀眼夺目。任谁不想拥有呢?这可怪不得我啊,我的乖乖。

终于等到它靠近了,我激动得差点哭出来,我等这一天等了多久啊,一想到以后的富贵,便觉得都值了,心潮澎湃之间,"砰"的一声,可恶!背包滚落了下去。它应该没听见吧?但我忽略了,在这常年寂静的高地,任何一点儿动静都会被无限放大,等我抬头去看时,只见那只雪豹循声绕过陷阱,朝我这里来了。

好吧,没关系,幸好我还留了一手,今天必须把你拿下!我悄悄地把枪摸了出来,瞄准。太远了,还是太远了。

我一面向着雪豹小心挪动,一面从瞄准镜里观察。眼前突然出现的一幕让我愣住了,成年雪豹身后竟冒出来一团毛茸茸的小东西,居然是一只小雪豹。哈哈哈哈,居然让我一下遇到两只,真是走运。

我将枪口对准了成年雪豹,果断地扣动了扳机。我对自己的枪法很有信心。果然,毫无防备的雪豹妈妈应声倒地,小雪豹像是触电般惊慌失措,围着妈妈不愿远去。这对我来说是一个好机会，我再次将枪口对准了小雪豹并慢慢向前移动，准备伺机开枪。再近点儿，近点儿，再近点儿……

  贪心和欲望使他从树上跌了下去，滚下山崖，几周后，被雪豹保护考察小组发现，发现时，尸体面目全非，已辨认不出身份，身边只有麻醉枪残骸和黑屏破损的手机，经过数据恢复，修复出一些文字、录音以及音频，经过还原，整理出如上文字。

——佚名

作者简介：

  李嘉怡，女，北京联合大学师范学院中国语言文学系2020级学生。

伊蒂亚特

孙 喆

从前，有个孩子，他的名字叫伊蒂亚特。他不是个正常的孩子，他总想多为别人做些什么。

他看到邻居老奶奶用完了午餐，他就主动帮忙收拾好餐具，带到水池去清洗。可是布满泡沫的光滑的盘子狡猾地从他手中溜走。伊蒂亚特惊慌地收拾着一地的碎片。锐利的瓷片割伤了他的手，鲜红的血浸热了白色瓷片的冰冷。老奶奶听到声响走来。伊蒂亚特在老奶奶的咒骂声中收拾好了一切，又在老奶奶的冷漠中离开了。手上的血已经止住了，黑乎乎地挂在皮肤上。

……………

伊蒂亚特还是喜欢笑得一脸阳光灿烂。伊蒂亚特总会给公车上的老幼病残让座。这似乎成为一个习惯。老人上车后总会自然地向伊始蒂亚特走去。伊蒂亚特自然地站起来，老人理所当然地坐下。那天伊蒂亚特的小腿受了伤，但在公车上的他看到一个老爷爷向自己的座位走来时，他努力想站起来。小腿传来疼痛让他的动作变得缓慢。老爷爷淡漠地瞥了他一眼，说："不想让就别让，哼，我还不稀罕坐呢！"

……

一个阳光有些刺眼的日子，伊蒂亚特看到一个小孩在路边哭泣，他走过去安慰。原来孩子走丢了，要找爸爸妈妈。伊蒂亚特那么认真，他觉得他有责任去帮助那个孩子！几经周折，伊蒂亚特拖着疲惫的身体，带着那个趴在自己背上熟睡的孩子，找到了孩子的家。伊蒂亚特按响了门铃。门开了，伊蒂亚特觉得房子里有温暖黄晕的光。背上的孩子醒了，用小小的手揉着眼睛。从那暖光中走出一位高贵的妇人，她带着亲切和蔼的微笑。当那妇人看到了满脸激动的伊蒂亚特和那个仿佛受了委屈的孩子的时候，她的亲切不见了，和蔼消失了……她把孩子从伊蒂亚特背上拿起来，对，是拿，她也不顾孩子被弄疼后的叫声，就把他拿进了屋子。门被重重地关上了。伊蒂亚特心里有些奇怪，除了奇怪还有种说不出的感觉。他不知道，那种感觉叫作失落……

过了几天，伊蒂雅特像以前一样，仰着脸，让暖暖的阳光亲吻自己。他在路边又发现了那个孩子。这次孩子没有哭，只是呆呆地望着远方……伊蒂亚特没说话，他抱起孩子，带他回家。还是那个妇人为他们开的门，还是转瞬即逝的亲切与和蔼的微笑，不过，妇人这次没有把孩子拿走。她只对伊蒂亚特冷冷地说："用这种方式你什么也得不到！把他带走！我们根本不认识他！"伊蒂亚特带着那个孩子走了。孩子没有哭也没有闹，就静静地趴在伊蒂亚特的背上。

伊蒂亚特收留了这个孩子。他才明白，这个孩子的左臂有着天生的残疾，看起来正常，却无法活动。伊蒂亚特更加疼爱这个被遗弃的孩子，虽然他自己也还是个十几岁的孩子，但他知道，要把好吃的留给孩子，要把好玩的带回来给孩子，要保护孩子不受伤害。

伊蒂亚特的妈妈在那个孩子八岁的时候跟伊蒂亚特吵了一架。"家里养你一个孩子还不够费劲吗？！你这么想让我早死吗？！还要让他上学？！你想没想过你从小惹了多少事？我们赔了多少钱？！你带邻居生病的猫去看病，猫死了，咱们不但白出了医药费，还被邻居敲诈了一笔赔偿费！你在河边救上的那个孩子！他父母非说是你把他推下去的，咱们赔钱！你捡了钱包还回去，人家说里面少了五百块钱。咱们又得赔给别人……你说说你从小到大，让我们赔了多少钱？！你就不能做个正常的乖孩子吗？！收养现在这个孩子我已经够仁慈了！你不要得寸进尺！！！"

母亲对伊蒂亚特吼着，叫着，发泄着。伊蒂亚特在母亲的叫嚣中沉默着……一件件往事在伊蒂亚特脑中划过：他的笑脸，陌生人的咒骂；他的热情，陌生人的冷漠；他的真诚，陌生人的贪婪……太多的脸，扭曲，重合，撕裂……

那天过后，伊蒂亚特变了，或者说，他分成了好几个他。这个形容好像也不恰当，应该说，伊蒂亚特还是伊蒂亚特，不过又多了几个人而已，而恰巧，这几个人都寄居在伊蒂亚特的身体里。很多心理学家把这种现象叫作人格分裂。

伊蒂亚特还是一如既往地管着他不该管的闲事，温和地照顾着他收养的那个孩子。寄居在他身体里的还有三个人，艾芙瑞是个小姑娘，她很脆弱，她需要别人的抚慰，她需要别人的保护。她总在黑夜中出现。她看着周围漆黑的一片，总是害怕极了。她哽咽着，却不敢发出声音。马克是个强壮的男孩子，他对那些欺负伊蒂亚特的人抱有强烈的敌意。马克暴躁极了,他总想用自己的拳头去解决掉那些贪婪恶毒的大人!马克暴虐残忍,冷漠专制,他常常为达到自己的目的不惜一切代价!玛丽亚是一个中年女人,她总是带着亲切的笑容。她像妈妈一样,总是照顾着伊蒂亚特。当伊蒂亚特醒来,如果他发现有精致的小点心,那一定就是玛丽亚为他准备的。他们就这样在一起生活了很长一段时间。他们相互帮助,他们相互鼓励,他们相互支持,他们相互需要。似乎只有这样,他们才能生存下去……

而这一切都在伊蒂亚特收养的那个孩子满十四岁的时候改变了。那天正好是那个孩子被伊蒂亚特带回家的日子。那孩子在医院的病床上醒来,正如他左臂大动脉上的四个疤痕和一个鲜红的伤口的数量一样,他是第五次躺在这里了。孩子醒了,看到病床边上那张温和的脸。孩子眼中冒出愤恨,他大声地吼着:"你为什么要救我!你为什么不让我去死!你知道我活得多么痛苦吗?!是你!你让我被人嘲笑!让我被人当成笑话!让我被人当成小丑!让我被别人戏耍!你就是罪魁祸首!你让我承受一切痛苦!你这个混蛋!这个世界上只有你这样待我!你知道吗?!只有你!可是这个世界上不是只有你一个人!你明白吗?!我的痛苦你明白吗?我不属于这个世界,你为什么要强迫我留下来!你……你根本就不正常!你也不属于这个世界,你也应该去死!你去死吧!去死啊!"那么一瞬,一切都那么安静。洁白的窗棂,洁白的窗帘,洁白的墙,洁白的床单……好静,静得似乎只听得到风呼吸的声音。伊蒂亚特静静地看到:医生,护士,病人,还有太多太多不相干的人围着这个小小的白色病房,他们说着笑着看着，嘲笑着冷淡着，就像看一场精彩的表演，津津有味。那个被他抚养长大的孩子奔向病房门口，夺过那个一边看热闹一边削苹果的女人手中的刀子，然后狠狠朝自己的心脏刺去……汩汩的暗红冒出，伊蒂亚特想起了自己那焐热了瓷片的手上的血……

伊蒂亚特听到了一个声音："哎呀！我的刀子！"又一个声音："先去交抢救费吧。"还有一个声音："知道我多么想看着身体里的血都流干净吗？！哈哈，真的很舒服，我要离开了！我终于可以离开了！"最后，一张满足的温和的笑脸映在了伊蒂亚特的眼中。多么美的笑容，原来这个孩子这么漂亮啊！那样的笑，是伊蒂亚特从没看到过的。

伊蒂亚特离开了，一步一步走了出去。一个水果刀本不会致命，他决定，成全那个他养大的孩子，除了他，没人会去挽留那个生命了……

那天过后，伊蒂亚特从一个名字变成了一个名词。没人再看到那个让座的人，没人看到那个在养老院讲故事的人，没人看到那个带邻居的猫去看病的人……但是，大家还是时常听到那个名词："你这个idiot。""别理他，他就是个idiot。"

…………

对了，马克当上了公安局局长，但没人知道他的过去。

作者简介：

　　孙喆，女，北京联合大学师范学院汉语言文学专业2007级学生，现在北京市某机关工作。

蔷靡

尤菁菁

友人在米迦生日那天给花店里送来了一盆蔷薇，说是自己跑山里找了很久的花种，好不容易才培养出幼苗的。

米迦笑着将花盆放在店里采光最好的地方，请友人吃了一顿大餐作为答谢，便坐到窗台旁边，望着蔷薇幼苗出神。

会是什么品种的蔷薇呢？米迦思索着，指尖轻轻点了几下桌子，脑海里迅速闪过每个品种的蔷薇图样。思来想去也没有想出具体品种，米迦不禁无声地笑了起来，与其望着一个现在看不出来什么的小幼苗纠结，倒不如索性选了一个最为稳妥的方案精心打理，等待某一天花开。

至此每日清晨开店前，米迦照例哼着歌给每一盆花认真地浇好水，"早上好哦，小蔷薇。"

直到有一天，米迦也如往常一样，在开店前浇水时，听到一个声音：

"早上好，米迦。"

"？？？"不是吧不是吧，米迦狐疑地四处看了一圈，这里只有他一个人。

"喂！别找了，我就在你面前呢。"

米迦循着声音找过去，面前只有一盆蔷薇幼苗。

"你是小蔷薇？怎么会说话？"米迦手一抖，给旁边的花盆里不小心多浇了些水，水混着泥土洒到地上，犹如浓稠的可可液。

"不要给那盆小雏菊再浇啦，会杀死花的！"蔷薇的语气里透露出一丝不满。

"抱歉抱歉。"米迦迅速将水壶移到下一个花盆中，"我是不是在梦里，怎么会有花会说话。"

"笨蛋米迦，我可是花妖哦，妖精当然会说话啦。"蔷薇幼苗好像伸展了一下自己的枝条，懒懒地打了个哈欠，"今天客人会很多，要好好努力哦。起得太早还是困，我继续睡了。"

"诶？！你把话说清楚啊？"

米迦作为一个新时代唯物主义三好青年，对这种玄学小精灵什么的一直处于半信半疑的状态。你说有妖精吧，但封建迷信要不得；你说没有吧，那和植物对话多半是脑子有点儿问题，属于马上就能前往精神科就诊的状态。米迦思考的片刻，不太相信是自己出现幻觉，索性就当这种奇幻小生物是存在的对待。

果然如蔷薇所言，花店这一天一直处于客流爆满的状态，米迦和手下为数不多的几个店员忙得连轴转。而花店的库存早早地宣布售罄，提前达成关店打烊的目标。

米迦等店员都下班后，搬着一只小板凳找到蔷薇幼苗的附近坐了下来。

"喂，小蔷薇，"米迦伸出手指，轻轻碰了碰蔷薇的叶片，"醒了吗？"

"就算没醒也会被你戳醒啦！"蔷薇好像受到起床气的影响，整个声音听起来气呼呼地说道，"又有什么事儿？"

"你可以当咱们店的财神花吗，头一次比平时卖得这么好。"米迦将蔷薇挪到一个较为空旷的桌子上，趴在花盆旁边，小声乞求道。

"我只是帮了个小忙而已。"蔷薇语气转而不好意思起来，"帮你可以啦，不过你也得好好照料我哦，幼苗的身体可是很脆弱的。"

"好哦。"米迦笑了笑，非常懂事地轻轻从肥料袋子中捏了几粒缓释肥放进花盆中充当犒劳费。

此后的每一天，花店生意逐渐火爆，店铺面积也开始逐渐扩张，蔷薇也在米迦的照料下变得枝条粗壮高大起来。

米迦在每天的聊天中偶然得知，这盆小蔷薇自称优，本是深山里一只正在渡劫的千年大花妖，结果渡劫不知道怎么出了些问题，本体被雷击中眼看时日不多，自己只能被迫转生到附近一个花种中重新修炼本体。

"好惨。"说着，米迦给蔷薇上了一勺肥料以示安慰。

"就是说！我还经常看见有小姑娘老跑店里找你聊天，你要是哪天跟人家跑去约会忘记给我浇水施肥，而我还没有修炼回人形就更惨了。"

"嗯？哪有女生老跟我说话？"

"你看你看，女生太多都记不住了！可恶啊，我也想要美男

蔷薇

环绕的生活。"

"我不算吗？"米迦笑了笑，指尖轻轻抚摸着已经变成翠绿色的叶子。

"啊？你是长得很好看啦，不过总会有一天离开我吧？人类可是要结婚生子的。"

"是吗……"

不知道为什么米迦觉得自己有点儿不高兴。比起结婚生子，更重要的是每天可以和植物进行交流吧？有了蔷薇的翻译，米迦现在照料植物变得更加得心应手，甚至联系起大学时代的导师开始着手再发表几篇论文。搞对象哪里有搞事业香啊。

米迦甚至觉得如果真的要谈恋爱的话，那还不如和他的小蔷薇谈，可爱又容易炸毛的话唠小花妖不比别的人类可爱？每天可以聊一聊植物的习性，还可以进行一些学生时代设想却又未能实现的植物实验。直接一波事业爱情双收，岂不美哉。

蔷薇见米迦脸色有些不好也索性知趣地闭了嘴，连续几天小心翼翼搭话，试图缓解气氛，"别生气啦米迦，还有几个月我就要开花啦，等到开花那天，给你看个好玩的。"

"什么好玩的？"米迦仍旧坐在蔷薇旁边的位置上，欣赏着刚刚拍下相机里的蔷薇。

"嘿嘿秘密啦，总之让你很心动哦。提前预告一下，这两天前后我就要开始闭关了，几个月不说话你可不要忘记照顾我。"

"好，那我就拭目以待吧。"

蔷薇没过几天很快开始闭关修炼，米迦每天早上照例的"早上好"，也彻底没了回音。时间一长，幸运小花妖与米迦的日常聊天互动变得好像只是米迦幻想出来的美梦。正如卢生在邯郸客店开启的荣华一生，也只是镜花水月，醒来仍旧什么也没有，不过人生幻象罢了。

一年过去了，蔷薇仍旧没有开。再喊蔷薇，也如石沉大海，没有回音。

现在是时候梦醒了。

又是一年过去了，窗边的蔷薇仍然迟迟没有开，米迦倒也不气馁，仍旧每天早晚轻轻打声招呼，店铺打烊后对着蔷薇讲讲今天的经历。朋友和花店雇员都说米迦是魔怔了，建议找个对象谈场恋爱换个心情。米迦摇摇头全部婉拒。

可能……不，的确他爱上了一朵迟迟未开的花。

劳动节又要到了，每年节假日花店的生意永远是最好的。

第三年劳动节那天清晨，米迦打开店铺门后照例给店里的植物浇水，一朵格外艳丽的深红色蔷薇迎着朝霞静静绽放。

"早啊，小蔷薇。"米迦无声笑了笑，在桌子面前静静站了一会儿。

不出所料，又是熟悉的沉默回应着米迦。

"没关系，你开的花真的很好看哦，我超喜欢。"

突然一阵清脆的风铃声响起，门猛地被推开。客人悦耳的声音在人还没进店前率先响起："老板，你这里有深红色的蔷薇吗？不要花束，要那种花盆的那种。"

米迦迅速转过身，眼前映入一位黑发绿瞳的女子，那双含情脉脉的桃花眼轻微上挑，嘴角在见到米迦后迅速扬起一个灿烂的微笑，"不好意思啊老板，遇到一点儿问题迟了三年才过来。这边没有多余的钱可以付违约金，您看可以让您许两个本人可实现的愿望吗？"

"好啊。"米迦面前的身影模糊起来，泪水无知觉地喷涌而出。

"第一个愿望，在我们店免费打工，包吃包住，当作赔偿三年的照料费。"青年点头答应，等着米迦第二个愿望。

女子连忙答应，慌乱地凑过去用袖子胡乱替米迦擦干泪水，被米迦趁机捉住手，拉着来到放满各式各样玫瑰的架子下面。

"第二个愿望……"米迦顿了顿，郑重拿出一盆开得最是娇艳欲滴的玫瑰递到对方怀中，"要不要和我谈个恋爱试试？"

作者简介：

尤菁菁，女，北京联合大学师范学院中国语言文学系2020级学生。

烟暖雨收

王小宇

如果只剩下回忆，藏起来也是好的

——题记

三月的天莫名极冷，我在被子里蜷缩着，被屋外淅淅沥沥的雨惊醒，将被子掖好，静静地听着外面的雨声，仿佛听见万物的呼吸吐纳，雨滴落在初春发芽的叶子上，每一片叶子上的脉络都在雨水中肆意生长，发出清脆的滴答声，浇在混凝土地上，打出鼓声。似乎隐隐听到蚯蚓在土地中上下翻新土的声音。我被这些声音吵得翻来覆去都睡不着，拿起手机看几点了，已经是六点多，走到窗户边，冷意更浓，随手拿起搭在椅子上的外套披在身上，睡不着索性就坐在了窗前听雨。打开窗户是我最喜欢的雨的味道，我把它定义为生命的味道，因为总是觉得一场雨可以给世界都带来宁静。家挨着地铁，这一段地铁是在地上运行。看着地铁从雨中呼啸而来，再匆匆而去，接送着一个又一个忙碌的上班族，不由得觉得地铁也是蛮伟大的。

也是这样一个下雨天，我从那山中的四合院里醒来。那时我还小，只是觉得山里好玩亦是宁静，便极爱山中的时光。山里面的空气比城市好闻的多，没有汽车的尾气，只有炊烟袅袅，没有工厂，从内而外都散发着植物的芬芳。我爱极了山里给我的那分安宁。小时候每到周末都会回到山里的爷爷奶奶家。盘山而上，沿路的风景总是让人忍不住止步，路边的小溪缓缓地沿着公路流淌，就在公路的边上，右边的巨大山石从山体中间凸出来，不知道是什么的植物在石缝中生长，它们长得很细，像是杂草又或者是树，小时候总是会被这些夹缝中的植物所感叹，现在再回首去看那些植物，它们也不过是向阳而生，扎根生长。在这个世界中的我们谁不是如此呢，努力在一个地方然后用尽全身力量在这里扎根。昌平的山总是连绵不绝的，小时候坐着环山公交车总也不会睡着，因为每次看到对面的山都有着不一样的发现，哪里多了个亭台楼阁，四个角挺立在半山腰，淹没在茂密的绿茵中间，看不清亭子的细节，只是知道周围大概没有人家，也不知那座山中因何出现了那座极富年代感的亭子。然后路过一座大桥就快到了，大桥是平的，可底下的柱子却是弧形的，亮红色的柱子格外显眼，每每看到大桥我就知道快到家了。就是在这个时候我爱上了坐公交，以前不知道为什么，只觉得坐在车上不用想事情也不用学习所以便是好的，现在依旧爱坐公交大概是觉得路上的风景远是比目的地更有趣更美好的。

爷爷奶奶家的四合院离公交车站很近，大约也就几十米而已。大门是暗红色的，门上贴着已经被风吹日晒褪色了的门神。一进门就是那幅两米多高的日出影壁，影壁是瓷砖贴好的，每一块砖的颜色都明晃晃的，饱和度很高，若是下雨了，影壁会更好看，仿佛上面的大雁活了过来，在墙中呼之欲出。我走进家里与门口的大雁点头示意，它也挥动翅膀，之后便不再动。我打趣道："我看到了！"大雁不再回声，与它的好友依旧目视前方，定格在那个云起云落的日出画面上。村子里每家院子都有影壁，我觉得这是北京四合院特有的物件。绕过影壁之后便是一个宽敞的院子，最先映入眼帘的是一棵巨大的柿子树，北京的天气很适合养柿子树，我虽不知道它有多少年头了，但看那粗细也是比我年龄还大的，柿子树的边上就是一口压水井，但是自我有记忆以来便没怎么样用过，想来自来水更方便吧，但是压水井也没被拆了，一直留着，由于不怎么使用它，里面掺杂着泥土和边上柿子树的叶子。中间便是四个划分好像"田"字一般的农田。西屋是厨房，东屋是杂物间，北屋住人，南屋是妈妈嫁过来后新翻修的，与其他四个屋不同，更接近现代的房子，里面则是我小时候的玩具。每个房间都有窗台，上面放着奶奶用蝎子泡的酒，诚然我并不懂那些，奶奶也并不喝它们，只是泡着。白色的窗台在外面总是落土，只有刚下完雨最干净。我不怎么去东屋，因为那里既没有吃的也没有可以玩的。所以现在的记忆里便也没什么东屋的印象了，奶奶也不怎么去，那个装满工具的房间，只有爷爷和爸爸经常去。

　　窗户是木头的，刷着绿色的漆，但也饱经风霜，不少地方都已经掉漆了，爷爷爱干净，玻璃总是擦得干干净净的。爷爷年轻的时候是会计亦是司机，在昌平县城当个小小的官儿，我自小便知道爷爷聪明，我不会的题，爷爷都会，那个年代，读过书的人自然是少数的,爷爷也很喜欢数独,报纸上面的数独,爷爷总是很快便能做出来,每一期都做。爷爷会的很多,会做饭会种地。原以为种地是个简单的事情,也不知道什么种子什么时候播撒,要浇几次水,有的娇气的农作物还得施肥,这里面便都是学问,现在想起来更觉得佩服爷爷,将每一样学问都做得精细。那个时候呀,最喜欢春天和夏天,因为爷爷要给田里浇水,便会从院子中间的水池拉出一个长长的水管,给四块田地浇水,我最爱玩水,总是愿意"帮忙",然后将整个院子都搅得七荤八素的,爷爷也并不说我,只说:"将院子冲洗冲洗,干净。"而奶奶呢,奶奶并没有读过书,大字不识几个,信佛,所以并不吃肉,只吃素,北屋里总是摆着一尊菩萨,奶奶日日烧香,奶奶小时候很苦,刚生下来就被送人了,在别人家当养女,可那个兵荒马乱的饥荒年代,哪有什么好东西,我也觉得奶奶不吃肉不仅仅因为信佛,也因为小时候从未吃过,现在便也觉得不吃也罢了。但就是这样连肉腥味都闻不得的人,却愿意为了我炖肉,小时候不懂,就觉得有肉吃就是好的,现在想来奶奶是极疼爱我的。

　　过惯了城市里面飞快的日子,回到那个四合院便觉得那是吾心安处,无论是那里的人,还是物,一座房子,一片可以种的土地,一些善良的邻居和那个把你捧在手心里面的人都是你心安之处。前两年四合院拆迁的时候我并没有回去,一方面我只觉得把最美好的留在心中就好,那样杂乱不堪的样子我并不想看;另一方面我不想失去那个承载着我小时候快乐的地方,所以便不敢去看。

　　就这样想着爷爷奶奶的四合院,我突然有了去看一看的冲动。大概早上七点多了吧,我起床拿起汽车钥匙,下楼,开车,走高速然后进山。一切的景色都和以前一样,不知是下雨的缘故还是因为是第一次自己开车走这段路,想多看看沿途的风景,一路走走停停,淋着春雨,景色盎然,直到走到那座熟悉的红色大桥,我在路边停了下来,良久,还是决定掉头回家了。我想如果只剩下回忆,藏起来也是好的,我只需记得那个村子的人热肠古道,那个四合院承载了不少欢乐,至于现在我把它们藏好就行了,因为沿路的风景已经足以让我欣赏。

作者简介:

王小宇,女,北京联合大学师范学院中国语言文学系2019级学生。

老郭那点事

陈 畅

老郭今年五十多岁了，是院子里有名的老光棍。乍眼看上去，他凌乱的长胡子像是粘在下巴上，肆意地訾着。老郭是个满族人，他至今仍保留着旗人的习惯，为了彰显自己的身份，他一年四季都穿着一身马褂，脖子上或是手腕上戴点儿手串，闲来无事，就带上他的八哥出去散步。可以说，老郭几乎是把清朝王爷那点儿提笼架鸟的习惯完全沿袭了过来。

"想当年，大清的江山就是这样亡的啊。"邻居们这样感叹。

在他们眼中，他是个怪老头，平日里，院子里除了胡大妈和他有点儿交情，家里炖了肉送点儿过去，其余的人基本上不登他的"三宝殿"。一则是下不去脚；二则是屋子里整日烟雾缭绕，像个佛堂。那间小小的屋子，铺天盖地的挤满了各式古玩摆件。桌上，地上，床上，只要是个能放东西的地方，都摆满了他的破烂儿，小到铜佛像、瓷器瓦罐，大到香炉、书画。在别人眼里是破烂儿，可对他来说，那可都是宝贝，每淘到一样稀罕东西，老郭都有一种常人无法体会的喜悦。

老郭住在一个胡同的小院里，街里街坊十几年了，见了老郭除了打个照面，几乎不再言其他。大家在私底下议论他，只要用手捋捋下巴，大伙就明白这是在说老郭了。

"土埋半截的人了，也不嫌孤单。"张大妈边洗衣服边和院子里干活的邻居聊。

"嗨，先别说他一穷二白，就光看他那屋子，谁愿意跟他呀？！"

"有个小病小灾的连个知冷知热的人都没有，也够可怜的！"

"你们搬来得晚，有些事不知道，他这个人就是自作自受，真是应了'可怜之人必有可恨之处'那句话了。"正在修车的李大哥无意中说了这么一句。

听到这话大伙觉得其中一定有故事，便不约而同地凑了过来。大家对老郭不感兴趣，但他的故事却有着超乎寻常的吸引力。顺着话茬，李大哥说了下去。老郭以前有媳妇，还有个儿子。年轻的时候老郭就喜欢古玩，而且已经到了一发不可收拾的程度。他把古玩当作一辈子的营生，不管淘来的是不是赝品，只要有艺术美，那就是好东西。儿子七岁那年，老郭只身去了外地的一个小山沟里，据说那里能淘到好东西，上至明清、下至民国的家具都藏在那里，村里的人不懂，都拿这些当废品卖，前一阵就有人在那里淘宝发了财。老郭也去了，看着偏僻的村落还保留着原始纯朴的模样，他更加笃定这里一定有淳朴的人，有真东西。他怀着绝不空手而归的心，走进村落深处，前前后后去了无数家，有的人家甚至把东西放到院子里论斤卖，看到这，老郭就暗自窃喜，这些人真傻，这么便宜地卖出去，到别人手里不知道要翻几倍。也许是淘宝的人太多了，所剩的东西基本上没什么区别。他把那些爬满裂纹且满是尘土的物件拿起又放下，像是在田野里寻找最长的那根稻草，必须货比三家才不虚此行，他可是背着媳妇把全部家当都带来了的。老郭正背着手往前走着，忽然看见一个十来岁的小男孩朝自己走来，肩上扛着重重的麻袋，身体瘦得像根干柴。

"叔叔，您在找古董吗？"

老郭打量着他，愣了一会儿，木讷地点了点头。

"我家有，跟我走吧。"

男孩刚一转身，老郭就发现男孩的后脚跟踩着鞋帮，鞋子像是捡来的，一点儿也不跟脚，像是拖着一个纸板在走，脚后跟上还有未干的血痕。老郭心里那份悲悯又涌了出来。进了男孩家的院子，男孩家看起来像无人居住的屋子，院子里堆满了破瓦片和塑料袋，门前只有一个两三岁的孩子流着鼻涕看着他们。

"叔叔，进屋吧。"

老郭礼貌地点点头，理了理衣领，显示城里人的风范。屋子很小，刚一进屋还没见古董，先见了人。躺在炕上的估计是男孩的父亲，盖着一片破棉花，在潮湿阴暗的屋子里咳嗽。

"儿子，来客人了？咳咳，给人家倒水。"男孩父亲听见有人来了，急忙抬起脑袋，脖子伸得老长。

"您别忙，我就是来看看。"

看着墙角的蜘蛛网，破碎的碗里还有凝固的菜汤，老郭的眉头始终紧锁着，此刻他似乎忘了来意，更像是在体察民情。

"我父亲瘫痪好几年了,家里实在穷得揭不开锅了,只能把祖传的香炉卖掉,实在没办法了,总不能这样一个个饿死吧。"男孩说。

老郭皱着眉,捧着东西仔细地鉴赏,像个专家。老郭点了点头,似乎是给男孩的话一点儿肯定。

"东西是好东西。"其实老郭只是抱着看看的心态,这和自己一路看的并没有什么区别。

"先生,好心人,我看你第一眼就觉得你懂行,你们城里不比我们这穷乡僻壤的,家里穷,要不是还有两个孩子,我是绝对不会卖掉这传家宝的,很多城里的有钱人充了他们的冤大头,买些假东西。我家这情况你也看见了,也没什么好骗你的,这东西留在我们这些人手里也没用,我看你不像一般人,所以我愿意卖给你。"

老郭听到这儿,有点儿不好意思了,他被推到了很高的位置。

他笑了笑:"您出个价吧。"

"我们不赚你钱,只不过祖传的东西总不能贱卖,够养活他们就行了。"躺在床上的父亲说。

看着眼前两个可怜巴巴的孩子,老郭最终大方地出了七万块,没怎么还价。一个来自城里且有身份的人,总不能在乡下人面前丢面子不是?

男孩把老郭送了出来,临别前老郭满怀悲悯地与男孩告别:"以后有什么难处就联系我。"

"您真是个好心人!谢谢!"男孩鞠了个躬。

老郭满意地走了，令他满意的不只是兜里的宝贝，更是自己的这份仁爱。此时，兜里只有一万了。还没进家老郭就直奔鉴宝的地方去了，好证明自己的慧眼，可经过鉴定，那东西根本不值钱，不定是哪儿捡来的破炉子。

"要不您再仔细看看？"老郭已是一身冷汗，他不相信自己的耳朵。

最终，老郭抱着那块被判决了的烂铁回了家。一波未平一波又起，媳妇发现家里的钱被拿走了，闹将起来，根本不听老郭解释。

"和你过这么多年了，平时往家里收破烂儿也就算了，拿着我和儿子的活命钱怜悯别人去了，最后带着这个劳什子回家，看看我跟你过的这是什么日子！七万啊，你就活该孤独终老！"说罢，拉着儿子走了，再也没回来。

二十多年过去了，想必儿子也结婚生子了，老郭从前想儿子，如今想孙子。但不过都是泡影罢了，他知道他没有资格，只能把这种情感藏在心里。是啊，活该孤独终老！

大概是从那儿以后，老郭对小孩就有一种深深的怜爱之情，一见到那些可爱的小家伙，就欢喜得不行。那天早上七点，他坐5路车去公园打太极拳，车上的人很多，都诧异地看着这个留着长胡子的怪老头。老郭看到一个女士旁边有个座，便礼貌地示意了一下，还没坐稳，旁边的女士就歪了过去，似乎有意疏远他。老郭微微笑了笑，看向了窗外。又过了一站，上来了一个带着孙女的老太太，坐在了老郭的对面。小姑娘睁着黑溜溜的大眼睛盯着老郭看。

"奶奶，你看这个爷爷像不像济公？"

"净瞎说，要叫爷爷。"

听到这里，老郭乐了："小不点儿你好啊，我看你很有福气，你几岁了？"

小姑娘转了转眼珠："我只告诉您我属鸡，您猜我几岁？"

老郭也装出顽皮的样子撇了撇嘴："你今年五岁了对不对？"

"爷爷您真聪明，您几岁？"

"我也考考你，鸡往后数三个生肖，是什么？"

小姑娘眼睛盯着天花板，心里琢磨着。

"傻孩子，奶奶不是刚教过你吗？鸡往后数三个是老鼠呀。"

小姑娘听了奶奶的话，笑着挠了挠头。

"这样，爷爷和你一起数十二生肖，我来试试你厉不厉害。子鼠丑牛寅虎……"

一路上，爷孙俩有说有笑，开心极了，把众人的目光都吸引了过来，这个看似奇怪的老头，原来也有可爱的一面，像个孩子。在老郭看来，童声是最好听的声音。如果自己也有个孙子，该有多好呢，他必定天天带着他去摆摊，去看紫禁城的琉璃瓦、北海的九龙壁……

出于爱好和糊口，老郭每天要到古玩市场摆摊，有时也能赚点儿钱。邻居们常在他身后开老生常谈的玩笑说给他听。

"他那宝贝是东周的还是西周的？"

"上周的呗！"说罢便是一阵大笑。

老郭不管那些，每天骑着三轮车拉着他那堆宝贝往市场跑，不知疲倦。放一个马扎，铺块布，就是一片江湖。生活有滋有味,见谁跟谁聊。摊主们都很喜欢这个古灵精怪且十分幽默的老头。古玩城水很深,大多人都抱着十足的警惕。不论是全套的永乐大典,还是博物馆里的原品,这里都应有尽有。

"师傅,这五个头的铜像我好像在哪儿见过。"一个男的拉住同伴在老郭摊前驻足。

"嗨,哪个都似曾相识,别说是五个头的,我这还有七个头九个头的。博物馆的头朝左,我能让它都朝右。你只告诉我,你要什么样的就行了。"老郭举起那个铜像打趣,摇着头摆着手臂比画着。

"那不就成了造假了吗?您倒挺诚实。"

"古玩这东西啊,没个真假,只要你喜欢。真假只是钞票上的价值,可如果把它当成工艺品来看,那就是无价的了。我这摊也摆了好多年了,大浪淘金,有真有假。在我看来,真假我没必要骗你,希望你和我一样把它当成工艺品。我们这古玩市场要是真有一天拆了,散了,那些像我这样喜欢闲逛古董的人上哪儿逛去?说实话,我把一辈子都搭在这上头了,虽然我一穷二白,可就是为了活个自在,图那么点滋味儿。"

年轻人点点头,买下了。老郭没长着一双辨真假的慧眼,但他真诚,这一点,就难能可贵了。

老郭一到天黑就收摊,不恋财。那天晚上,北风像刀片一样刮在脸上,老郭嘴里呼着哈气,加大腿力蹬轮子,忽然看见路灯下躺着一个七八岁的小女孩,在路灯下缩着身子,瑟瑟发抖。身上只穿着一件脏兮兮的粉毛衣。老郭立即停下了车,走了过去。

"孩子,你怎么躺在这儿呀?"老郭那副悲天悯人的情感又出来了。

平日里见到要饭的,他都会拿点儿饭菜接济他们,虽然邻居们都不以为然。老婆孩子都丢了,丢了西瓜捡芝麻又有什么用呢?

眼前的女孩有些昏迷,脸颊像两个红苹果,嘴唇已经冻得发紫,连说话的力气都没有了。

老郭看着眼前瑟瑟发抖的孩子,突然问道:"你愿不愿意跟爷爷回家?"

女孩吃力地点了点头。

老郭突然带回来个孩子,大院一下子热闹起来,大伙扎在一堆议论纷纷。

"这个老头子真是糊涂,不清不楚地弄回来一个孩子,以后够他受的,装什么大好人!"

"一把老骨头了,倒想圆儿孙梦了,晚喽!"

胡大妈急性子,直接问老郭:"你看看你,一把年纪了也不长个心眼儿,这孩子哪儿来的?什么都没想好呢就把人带回来了,你让别人怎么看你?"

"别人怎么看我管不着,这孩子怪可怜的,先这么养着吧,好歹是个伴儿。"

"说得轻巧,就凭你那点儿钱怎么养她?"

"我吃什么她吃什么,我想好了,以后她就是我的孙女,我就喜欢古玩,不过是打发孤单,她来到我身边后,我觉得自己不孤单了。"

胡大妈看着老郭那双牛眼睛,心里知道是拗不过他的。

老郭想给小女孩起个名字,想了好半天想不出个合适的,突然想到葫芦娃,干脆就叫她"小葫芦"。这些天,小葫芦给老郭的生活平添了很多乐趣和活力,陪着老郭洗碗摘菜,去市场摆摊。慢慢地,大院里的人也都喜欢上了小葫芦,跟她逗着玩,老郭更开心了。

可是没过多久,一个女人大呼小叫地敲开了老郭的门,引来了街坊四邻的围观。

"你找谁?"老郭此时一头雾水。

女人挤进门就往屋里闯,四处踅摸,直到看到了小葫芦。

"还不过来!急死妈妈了知不知道?"

"您是她妈妈?"

"呸,我要告你去,老东西,你就是一个人贩子,这要是个大姑娘你是不是也往家拉呀?亏你是个人!妞妞,跟妈回家。"女人蹲下身向孩子摊开手。

小葫芦躲到老郭的身后,揪着老郭的衣角不肯撒手。

"小葫芦,你告诉爷爷她是你什么人?"老郭扭过头耐心地问她。

"我要找妈妈!"小葫芦像抓住救命稻草一样用力地抓着老郭的衣服,恨不得攥出水来。

"你听听,她要找妈妈!还不快把孩子还给我,我非要到法院告你拐卖罪不可!"

说罢,女人跑到老郭面前伸手就要揪小葫芦走,揪的不是衣服,而是肉。小葫芦哇的一声哭了起来。

"她不是我妈,我不走!我不走!"

老郭心里一个激灵,推开了那个发了疯似的女人。听到这儿,所有人都警觉了起来,纷纷议论起来。

"这孩子说的是不是真的?"

"小孩子怎么会撒谎?"

……………

既然孩子这么说,其中一定有蹊跷。老郭抱紧小葫芦,对妇女说:"我不能这么轻易地把孩子交给你,谁知道你是不是她妈,咱们去派出所。"

女人一听要去派出所,脸上露出了难以掩饰的紧张。

"去什么派出所,她就是我的孩子,这还能有假吗?不然我怎么会找到这儿!妞妞你现在跟我回家,我可以保证不打你,我数三下。"女人几乎是用威胁的语气冷冰冰地对小葫芦说道。

"对!到派出所说明白去!"还没等女人把数数完,邻居们就拽着女人朝外走。

到了派出所,众人一个接着一个被拉进屋内询问,包括小葫芦。老郭坐在外面长廊里,像一匹跑了千里的老马,疲惫而又痛苦。

"老郭啊,别难受,弄清这孩子的身份是迟早的事儿,不清不楚的总是不好。"胡大妈拍了拍老郭的肩膀。

警察审查的结果,这个女人是一个拐卖儿童的团伙。女人坦白,女孩是三年前她在清水镇拐走的,那天趁菜市场人多,偷偷逃跑了。老郭得知真相后,气愤地说:"这帮人简直是混蛋!幸亏我没把孩子交给她!"

派出所一时找不到孩子的父母,在征求了孩子的意见后,警察留下了老郭的详细资料，让老郭暂时把小葫芦领回家。这次风波后，小院里的人对老郭另眼相看了，觉得老郭其实是个挺善良的人。老郭心里踏实了，躺在门前的长椅上，看着小葫芦在院子里跑来跑去，一脸的幸福。

自然，邻居们对小葫芦也多了一份爱心，经常给她买好吃好玩的。

"小葫芦，看叔叔给你买了个什么？"邻居李大哥弯着腰对着小葫芦，

"糖葫芦！"

"来，这是给你的，吃吧！"

小葫芦从李大哥手里拿过糖葫芦就往嘴里塞，那贪吃的模样把邻居们都逗乐了。

躺在长椅上的老郭笑着说道："小葫芦，你谢谢李叔叔了吗？"

"谢谢李叔叔！"

然而这种快乐的日子持续不到一个月，警察带着一帮人进了小院，他们在清水镇找到小葫芦的父母了。

"小青！你还认不认得妈妈！"一个身穿麻布上衣的女人朝小葫芦走了过来，小葫芦看着她，退了几步。

"小青，妈妈想死你了，这三年，妈妈没有一夜睡过安稳觉啊！"女人边说边哭起来。

警察走了过来对老郭说："郭同志，经证实，我们已经找到了万小青的父母，今天他们是来领孩子的。"

"她是小葫芦，不是你说的什么万小青。"老郭倔强地把小

葫芦护在自己身前,像一只老虎护着自己的崽。

"您这么说就不对了,人家是孩子的亲生父母,本应回到父母身边。"

老郭不说话,双手紧紧护着孩子。小葫芦的母亲蹲在那里哭得说不出来话。

小青的父亲走到老郭身边说:"事情的来龙去脉,警察同志都跟我们说了,恩人,是您救了孩子的命,我们打心眼里感激您!恩人!"

老郭的心好像被针扎了一下,他哆嗦了一下。

"我们知道您和孩子有感情了,以后我们会常带孩子来看您的。况且您岁数也大了,照顾孩子也不是件轻松的事,所以我们要把孩子领走。"男子坚定地看着老郭。

老郭脸涨得通红,眼睛里噙着泪水,紧紧地咬住嘴唇,委屈得说不出话。

此时,邻居们比老郭清醒多了,他们知道孩子是一定要还给人家父母的,于是都小心地上前劝慰老郭。

"老郭,让孩子回去吧,又不是以后再也见不到了,小葫芦会再回来看你的。"胡大妈走上前拍了拍老郭的肩膀。

"我们知道你舍不得,不过既然找到了孩子的父母就该把孩子还给人家,这也是为孩子好啊。"李大哥说。

此时老郭就像个木头人一样,护着小葫芦一动不动。警察使了个眼色,小葫芦的父母去拉小葫芦,邻居们一起拉老郭。

"爷爷,爷爷,我不走!"

"小葫芦!抓紧爷爷!别撒手!"

在小葫芦的哭声和老郭的喊叫声中，爷孙两人像是被无情拉开的一块肉。老郭一向是明理的，可是此时此刻，他的头脑一片空白。

小葫芦走了以后，老郭觉着自己原来狭窄的屋子，突然空荡荡的了，他又回到了从前孤单的生活中。邻居们理解老郭的心情，都变着法儿让这个善良的人快乐起来。

"老郭，你看，我给你端什么来了？你喜欢的红烧肉！"胡大妈推开老郭的门，脸上洋溢着喜悦。

老郭抬了抬头，无精打采地看着她。

"还有呢，老郭，我们家今天新蒸的麻酱花卷，你尝尝！"张大妈也走进屋。

见邻居们都来了，老郭不好意思地笑了笑，那样子像个孩子。

再后来，小院里的人跟老郭说话的时候，都模仿了小葫芦的声音，很甜美。老郭呢，也便用孩子般奶声奶气的语调回应大家，不知不觉中，老郭仿佛成了院子里的小孩，被大家哄着，娇惯着。

作者简介：

陈畅，女，北京联合大学师范学院中国语言文学系2020级学生。曾在《北京青年报》《北京晚报》等报刊发表《惦记大姨》《公交车上的女疯子》《放下苹果》等。

安琪的诗

安 琪

深深

无际无边
这一夜一夜的花开
这风来
是缓缓深深的歌啼
千万星辰和鸣
就快惊动我的湖水
留给我是寂静深深
寂静深深
深深的日子
该有刀锋般认真

那里

我们去哪儿
可以赤脚游荡
可以从水底
走到天上
可以不问四季
可以从我
回到你那里

我们去哪儿
可以不谙俗尘
一起从原野唱诗
到热烈山丘上
如此如此
余生也不必很长

清晨的春里

你在清晨的春里
怀揣长长短短的诗句
行走于山丘和小溪
低头是星河的倒影

月亮呀被诗人偷去

山青得泛出了透明
风捻起书卷未曾停
水一样的暮云环住你
岁华　垂垂未老已

这般温柔的世界里
不知有你怎样的相遇
大概是在风里写诗句
在雪中等花期
时间就这样爬上了掌心
悄无声息

她

她坐在树和星辰的尽头
她裹着最厚重的梦
她将酒一饮而尽
无话其他

她爱残缺的烟火
听不成句的歌

她想要编织最痛快的夏天
告别时又假装温柔

她没有动人的眉眼
她是宿醉的朋友
她常常穿梭于缠绵细雨
再亲吻你最爱的姑娘
那对乖巧的耳朵

她是骑白马的王子
一心要追逐远方

她终生吟诗
她是孤寂的风啊

你

你一定要是流水的潺潺
不要是荒凉的夏天
我会快乐地掬一把你
小心翼翼凑近唇边

你一定要是人潮的孤单

不要是热烈的火焰
我会不假思索地拥抱你
卑鄙妄想化于灰烬之间

你一定要是玫瑰的香甜
不要是四月的晨烟
我会化身识路的灰雀
姗姗来迟与你告别

你一定要是冰冷的浪漫
不要是美梦的纠缠
我便无须风与酒
缓缓醒来

是我

我看不懂你的形状
也摸不清你的颜色
你啊你
究竟是瘦骨的河流还是奔腾的山丘
眼睛是青灰还是辰星般的锈垢
我有心去更远的地方探索
这孤寂的疯癫的是我

悄悄带了一肚子的欲言又止

我就要乘风破浪

跨过山丘或者河流

可惜我啊我

手指嶙峋难看　不堪匆匆行走

只得把心肺就风酿成烈酒

等这月亮残破

酒碗里盛不下爱恨痴缠

谁又能说

孤寂的疯癫的不是我

异想家

想把你的所有眼神

收藏成所有温度

等到风雪刺骨

就用你的注目

化成火红的焰

融尽最静默的早晨

想拓下你的所有指纹

和眉睫的弧度

与我的一并描摹

经年累月

这纸上的黑白颜色

是你　也是我们

想念一声你的名字

风里就开一朵花

你飞扬吧

跌进尘埃或是风沙

尝尽了悄悄滋长的孤单

我也变成了异想家

作者简介

安琪，女，北京联合大学师范学院中国语言文学系2015级学生，有诗作入选《青年诗歌年鉴》(2017年卷)、《中国诗人年度诗歌选集2019》。

艺赫的诗

艺　赫

兰月，我到童年的小巷遛了个弯儿

1

向那些唱了整个夏天的虫告个别吧

要想轻浮

就再等一些时日

越过无数冰晶悬挂的枝头

越过，一粒摇曳的烛火

越过春又和，景又明

好像等了整整一世

那些云又飘过来的时候

树木茂盛，参天

万物生长又年轻

我又忘了前世，怎样悲伤地道别

2

等红绿灯，耗尽一首歌的时间

天还是晴朗的，午后

离落日滑进远山

相隔一场漫长的午睡

要耗尽整整一个童年

茶铺的爷爷尚在世时

会隔着落地窗凝望马路

半日看着人世匆匆

阅历尚浅的人只觉得茶太苦

漂泊半生

一首歌听完了

脚步仓促

童年在就眼前，也在身后

一条街面孔陌生

无法再向谁讨要甘甜的尾香

3

车到站了，我才从童年那里脱身

再过条马路，就到家了

黄昏是一个悲伤的时刻

不用煽情

太阳坠落多少次也无法用身体填平山后的疮痍

或许那里本来就完好无瑕

或许已然结痂

车快驶向终点，染上尾声般的落寞

却要感谢它在呜咽

让无声显得不那么盛大

童年离我，只不过

隔着好几站地铁

隔着一个盛满池水的夏天

隔着一声乳名

落了雨，叶子就又瘦了一些

阳光也变薄了

4

回忆是最重的罪行

因为留恋，才会化身西西弗斯

痴迷无尽的循环

在狂喜的顶端享受心碎

每一步都充满质感

无用，但意义非凡

半月

没有比半月之夜的天空更加无趣的脸庞

没有画家画它

仰望它,也就此将它轻视
没有飞鸟印出俊美的轮廓,它不值得
也不值得一场瑞雪屈身于此
连一根枯枝都懒得攀上,抚摸它
千年以来,它皎洁和无华
残缺与无瑕
无人惊喜或者叹息
露月以后,它更加孤独

多少被轻视的岁月
比立冬更盛大的寒冷,俯视
在凌晨四点半的赶路人
他们比其他人享有更长的时日与酷刑
半月之夜不能勾起任何哀乐
只能给他们披上华衣和缺憾
目睹他们奔忙在无奇和期待里
默默握紧每一个距归乡更近的日期
不值一提的欢喜
和圣徒的节日
总被半月之夜无声摩挲

过往渐渐消隐
只有一个面孔
重重叠叠地,俯身于我的寒冬

在黑暗的簇拥下

挤过极具腐蚀性的时间

启示我，半月之夜的孩子

会仰望夜空

也会投一枚最清澈的目光

也会，轻声细雨地安慰大雪前的寂静

月下

多少年以后，月亮还会如约而至

卧落在水上，在某个秋夜

我不曾抵达的年岁

它滑落湖面的一声叮咚

也按时赴约

也未可知，正滑进谁的心上

那个刚刚好经过的人

我在人间

尚清醒的多少年中

只能在同样的秋夜纪念把月装进心尖的人

可能就是一秒

让秋枝茂盛于盛夏的参天大树

如同闪电绚烂的一瞬

如同花朵只为绽放的一撇

想起他们,便找到通往月光的住处

那一刻,月亮成为我们
也是此生,唯一一次对视
我的时代是没有月色的
无处找寻的,就糅进他们的词语中
它们是一枚硬币
一个季节,一片江水
是偷来的花朵,某个夜晚
是诗人的月光
月华隆起的孤独刚好与我心上
那处浅洼贴合
刚好抚慰到舒适的程度
刚好,安然地坠入夜的网
这是多么平凡的一秒钟
何其短暂,何其漫长

当黑夜正在浸漫

航站楼,抬头看到余晖
巨鲸的骨架搭成这座奇妙的建筑
是起点,也是终点
我们都在鱼腹内航行,此去经年

以为能往返于童年和人间

伏在掌心中的光渐渐变暗
直到指纹模糊,我终于失去了辨认方向的敏捷
失去辨认一粒掌纹中的,预言
那是假的
哄骗我安然入梦,对前路充满幻想

夜晚降临,一些事物终于面目全非
机翼从半掩的遮光板中溢出
故乡就在空中,故乡就在脚下
这分明是海,我依然执拗于
一颗赤子的心
等待一条摆尾鱼
启示我,把山中人家的灯火变成真的星辰
穿梭于自由的汪洋中

时间

日出的样子,是米开朗琪罗画笔下
一个赤裸的女子
绝美的胴体,所有的赞扬都在此
否则你不会无声地凝眸,所有的罪恶也在

可能还有妒忌
女孩子们跑远了
十七八岁的笑声丢弃并洒落在石板地上

我在湖畔从黄昏坐到日落
直到余晖完全陨没
等待的过程远曼妙于拍下波光潋滟的灵动
等待以后，才能在本上慢慢地
写下一个"尽"字并掂出它的重量
尽，果然比"结束"这个词更生猛
它更聪明，懂得吸收最精华的养分
所有装满时间的词语都是这样吗
盛满我静静的，静静的想念

那个落进尘埃里却难以忘记的瞬间
晴朗的中午
前一秒你明明还在微笑
眼神里还有我模糊不清的面孔
还紧握着我的手，我们离得那样近
后一秒你的体温悄悄抽离
和你的灵魂一起抽离这个世界
只是那么一瞬间罢
时间让我眼见你与我间隔出一个世界
窗外，阳光依然是那样炫目

作者简介：

艺赫，女，北京联合大学师范学院中国语言文学系2017届毕业生。曾获"第七届中国白天鹅诗歌奖全国诗歌大赛"新锐诗人奖。

吴柯辉的诗

吴柯辉

抽烟

抬起小臂,老成地
斜在胸前
这是她一生中最年轻的时候
她笑笑,张开嘴
鱼吐泡泡,瞳孔中
浑浊的世界逐渐蒸发
模糊。也许,忧郁很难
但她脸上的河道,已深陷
那些走向四面八方的凹痕
她笑笑。她干枯的手指
放下,松开,修长
黑发渐成流烟
是的,她也是一本书

每当她感到衰老
每当她眯起眼睛
便缓缓地,习惯性地
翻回年轻

风筝还在远游之二:兼赠玖

我小的时候,她带我放风筝
暗蓝色的天际掉进她发卡里。她
也许没有发卡,她的短发
很短,以至于跑起来时
没有太多风。玖,我记得
她真美。但,那么
瘦。以至于在那么远的黄昏里
竟绑不住一只风筝。暮烟虚缈
稀释的云渗不进棉花
她已留成长发,且成了母亲
而影子,与田野
至今还在稻草人的注视下
趔趄,恍恍惚惚

读玖的诗

这时,雪花和雨滴
平行,轧出转瞬星火
夜色匆匆
赶路的人面无表情
漫天,漫山,遍野
蜡,迎风,像泪
扑在脸上,顺流
而下:褶皱闪耀
你的目光由此点燃
寂灭。火柴划亮
在晨雾散去之前
你就是黑色披风
不,你是飞马的羽毛

我与亨利

亨利是谁?
或许,他不记得了
他也不记得了
绛色药瓶一样的
玻璃,门窗,半透明的

桌椅，板凳
里面，也是记忆的里面
隐约有那么一个男人
一个中年眼镜男
沟壑深邃

他转头，晃了一晃
破碎的镜片晃到斜阳
到斜阳的边缘
我们曾路过他的名字
又远，又近
又寂静；锅碗闷声
瓢盆却在响。水泥白漆
成了海市蜃楼，隐约
走出来一个老男人
他的步履好像很古典
真的古典

作者简介：

  吴柯辉，男，本名吴忱澈，北京联合大学师范学院中国语言文学系2017级学生。